신화 전설이 된
영웅의
이세계담 5
타테마츠리 / 일러스트 미유키 루리아

오구로 히로

가더
히로는 칼집에서 『천제(엑스칼리버)』를 뽑아
태양을 향해 들어 올렸다.
강렬한 일곱 빛깔 광채가
대지를 뒤덮듯이 비추었다.
"제군, 두려워할 필요가 있나?"

리즈
레바테인
“『염제』, 힘을 빌려줘.”

신화 전설이 된 영웅의 이세계담

5

타테마츠리 지음
미유키 루리아 일러스트
송재희 옮김

INDEX

프롤로그

바닥을 가득 메운 것은 엄청난 수의 시체였다.

상처 입은 시체가 널브러져 있었다.

불타 문드러진 시신이 널브러져 있었다.

난도질된 송장이 널브러져 있었다.

어느 것이나 숨이 끊어졌음을 한눈에 알 수 있을 만큼 손상된 상태였다.

이곳에는 피가 끊임없이 넘쳐흐르고 있었다.

세계를 새빨갛게 물들일 정도로 죽음의 꽃이 만발했다.

천장이 요란한 소리를 내며 내려앉았고, 모래 먼지를 일으켜 붉은 세계를 회색으로 칠했다.

더없는 영화(榮華)와 번영의 상징이라고도 해야 할 알현실이 무너져 내리려 하고 있었다.

이취가 감도는 공간에, 썩은내가 지배하는 공기 중에 만연한 것은 죽음의 냄새였다.

그렇게 지옥의 양상을 보이는 공간 속에서 잔해에 묻힌 한 여성이 있었다.

모래 먼지 때문에 윤기를 잃은 청록색 머리카락은 새빨갛게 물들었고, 입가에서는 선혈이 흘러 떨어졌다.

살았는지 죽었는지 생사는 확실하지 않았다.

거기서 조금 떨어진 곳에는 붉은 머리 소녀가 기둥에 기대 쓰러져 있었다.

온몸에 자리 잡은 애처로운 상처를 통해 격렬한 전투를 펼쳤다는 것만큼은 이해할 수 있었으나, 그 모습이 되기까지 무슨 일이 있었는지는 파악할 수 없었다.

그리고 더 나아가 가장 안쪽 공간— 이 나라를 상징하는 휘황찬란한 옥좌에는 목 없는 시체가 있었다.

금실과 은실이 사용된 깃옷을 입은 시체는 이 나라의 정점에 군림하는 황제였다.

그의 잘린 목은 어떤 남자의 발밑에 있었다.

"……어중이떠중이들이 꼬리에 꼬리를 물고. 소용없다는 걸 모르나."

얼굴을 짚으며 원한에 찬 말을 내뱉는 남자— 그는 제1황자라고 불리던 자였다.

그런 그의 앞에는 온화한 얼굴을 한 쌍흑의 소년이 여유롭게 서 있었다.

소년은—.

"당신은 죽이겠어."

—사납게 웃었다.

제1장 염희의 성장

계절은 겨울— 제국력 1023년 12월 9일.

차디찬 바람이 소용돌이치는 평원. 화초는 시들고, 나무들을 물들인 황금색 잎은 강풍에 떨어져 도로 위에서 춤추었다.

그란츠 대제국의 주요 도로 중 하나인 샤인 대공로— 그곳을 마을 사람들이 소를 이끌고 걷고 있었다. 어린아이는 나뭇가지를 검 삼아 즐겁게 휘둘렀고, 아이의 다른 한쪽 손을 잡은 그의 모친은 미소를 지으며 그 모습을 바라보았다.

흔하디흔한 광경, 흔하디흔한 일상, 어디서나 볼 수 있는 행복한 가족 풍경이었다.

하지만 그런 경치와는 어울리지 않게 불안을 조장하는 음색이 공기를 뒤흔들었다. 몸 깊숙한 곳까지 울리는 중저음이 지면을 타고 발로 전달되어 몸을 잘게 흔들었다.

도로를 걷던 마을 사람들의 전방에서 나타난 것은 중후한 철로 몸을 감싼 군세였다.

그 선두 집단에서는 흑룡 문장기가 높은 하늘을 유영하는 태양의 빛을 받으며 바람에 펄럭이고 있었다.

그것을 본 마을 사람들은 눈이 휘둥그레져서 허둥지둥 도로 옆으로 이동해 일제히 머리를 숙였다. 『군신(마르스)』의 후손 『독안룡』을 기두로 한 군세 3천이 그 앞을 행군했다. 그 밖에도 빨간 바탕에 백합꽃이 그려진 문장기, 보라색 바탕에 검과 방패가 그려진 문장기 등 자신의 존재를 증명하는 깃발이 여기저기 흩어져 있었다.

병사들의 소속 또한 다양하여, 3천 중 8백을 차지한 『아군(鴉軍)』이라고 불리는 부대 외에는 서방 귀족 등이 보낸 호위병단이었다.

"우와……."

도로 옆에서 머리를 숙인 이들 중, 아이가 기쁘게 눈을 반짝이며 일어나 무의식중에 한 발자국 앞으로 나아가 버렸다.

"얘가!"

모친이 황급히 아이의 몸을 잡아당겼지만— 그 행동은 늦었다고 할 수밖에 없었다.

커다란 말 울음소리와 동시에 호화로운 마차가 눈앞에서 정차했기 때문이다.

—황족의 행군을 방해했다.

즉, 극형에 처해도 이상하지 않았다. 그렇기에 모친의 얼굴은 불쌍하리만큼 새파래졌다.

"너희가 지금 누구의 행군을 방해했는지 아느냐!"

병사의 호통이 날아왔다. 귀를 막고 싶어질 만큼 분노가 묻어났다.

주변에 있던 마을 사람들은 간신히 비명을 참았지만 절망에 빠져 얼굴이 창백했다.

"용서해 주세요! 나쁜 뜻은 없었습니다!"

모친이 두 손을 모으고 필사적으로 사죄를 입에 담았다.

마을 사람들도 모자를 용서해 달라며 간청했다. 그러나 고함치는 병사의 분노는 잦아들지 않았다.

황족에게 무슨 일이 생기면 자신에게도 처벌이 내려오기 때문이다. 직업을 잃는 것뿐이라면 그나마 괜찮았다. 자칫 잘못하면 목숨이 간당간당해질 수도 있었다.

병사는 노기 띤 얼굴로 채찍을 든 손을 높이 쳐들었다.

"그럴 순 없다! 너희는—!"

"괜찮아. 용서해 줘."

그 순간 제지하는 목소리가 날아왔다. 마을 사람들과 병사가 깜짝 놀란 표정으로 소리가 들려온 곳을 향해 눈을 돌렸다.

마차 창문이 열려 있었다. 그리로 밖을 내다보는 것은 흑발·흑안의 소년이었다.

그 진귀한 색채— 이 세계 인간은 가질 수 없는 색을 보고 모두가 멍해져 노골적인 시선을 던지고 말았다. 그러나 그것도 한순간이었다. 병사가 마을 사람들의 시선을 차단하듯 소년 앞에 섰기 때문이다.

"히로 전하! 하지만 저들은 행군을 방해했습니다."

"열심히 일하는 건 좋아. 하지만 이번엔 용서해 줬으면 좋겠어."

반론을 허락하지 않는 눈빛에 병사가 입을 다물었다.

"이런 곳에 황족이 있는 건 드문 일이니까. 아이가 깜짝 놀라는 것도 무리는 아니지. 이번에는 예견할 수 있는 일이 아니었어. 그렇게 생각하고 용서해 줬으면 하는데."

"……알겠습니다."

"그리고 이걸 저 아이에게 건네줘."

히로가 넘겨준 것은 작은 꾸러미였다.

작게 열린 틈으로 내용물을 확인한 병사의 눈이 동그래졌다.

"……과자입니까?"

"응. 미래의 그란츠 대제국을 지탱할 아이에게 주는 뇌물이야."

히로는 그렇게 말하며 병사에게 웃어 보였다.

"하아…… 건네주고 오겠습니다."

별난 황족이다. 그런 시선과 함께 몸을 돌린 병사가 아이에게 과자를 넘겨주었다. 과자를 받은 아이는 기쁨에 눈을 반짝이며 병사에게 감사를 표했다.

"……아니, 내가 아니라 히로 전하께서 주신 거다만."

병사는 당황한 표정으로 히로와 아이를 번갈아 바라보았다.

히로는 미소를 짓고 손끝으로 도로 앞쪽을 가리켰다.

"그럼 출발할까."

"아…… 그……."

당황이 가슴속을 차지하고 있다는 것을 잘 알 수 있었다. 병사가 복잡한 표정을 짓고 있었기 때문이다.

그래도 황족의 명령을 거역할 수는 없었다.

이내 병사는 머릿속을 정리했는지 히로에게 경례하며 입을 열었다.

"예! 당장 출발하겠습니다!"

병사의 쾌활한 대답이 한기 속에 열기를 머금게 했다.

"감사합니다! 감사합니다!"

마을 사람들의 감사를 받고서 히로는 마차 안으로 얼굴을 집어넣었다.

다시 마차가 나아가며 몸이 흔들리기 시작했을 무렵, 히로는 새삼 내부를 둘러보았다.

"아~ 어디까지 얘기했지?"

그렇게 히로가 마차 안에 있는 인물들에게 묻자 한 소녀가 손을 들었다.

"……폐하의 편지까지."

완전한 무표정. 감개라고는 찾아볼 수 없는 그 얼굴은 무뚝뚝하다는 한마디로 정리되었다.

그란츠 대제국, 트레아 르단디 아우라 폰 브나다라 준장이었다.

그녀는 서방 귀족에 속해 있지만 현재는 사정이 있어서 함께 대제도로 향하고 있었다.

'리즈가 회복된 뒤에 가는 편이 좋았겠지만…… 이게 도착해서야 무시할 수 없어.'

히로는 자신의 손으로 시선을 떨어뜨렸다. 그곳에는 황제의 편지— 소환장이 있었다.

아우라의 처우가 결정되었다는 것, 또한 리즈에게도 이번 잘못을 묻겠다는 취지가 적혀 있었다.

'잘하면 근신, 나쁘면 강등. 그게 아니라면 황위 계승권 박탈이려나.'

역시 2만의 군세를 이끌고서 패배한 것이 문제였다. 피할

방도가 없기는 했지만, 손실을 가져온 이상 문책하지 않을 수도 없었다. 제6황녀라는 이유로 넘어가면 귀족 제후가 불만의 목소리를 낼 수도 있기 때문이다. 그렇기에 상응하는 벌이 필요했다. 아우라 역시 마찬가지였다.

그래도 엄벌은 피할 수 있었다. 그걸 위해 히로는 드랄 대공국에 쳐들어간 것이었다.

'어쨌든 두 사람의 처우는 황제의 재량에 달렸어.'

히로는 그렇게 탄식하고서 아우라의 오른쪽에 앉은 리즈에게 시선을 보냈다.

평소라면 쾌활하게 웃고 있을 터인 그녀가 지금은 생각에 잠겨 복잡한 얼굴로 끙끙거리고 있었다. 그래도 상처 쪽은 아무 탈 없이, 뽑힌 손톱을 제외하면 정령검의 가호 덕분에 무시무시한 속도로 아물고 있었다.

"그래서 황제의 편지에는 뭐라고 적혀 있었지?"

그 목소리에 반응하여 히로가 아우라의 왼편으로 눈길을 주자 후드를 뒤집어쓴 여성이 있었다.

페르젠 잔당군을 이끌고 아우라를 궁지에 몰아넣었던 여장부이자 전 왕녀— 하란 스카아하 드 페르젠이었다.

황제라는 말을 듣고 마음속이 어수선한지, 후드 그늘에 가려져 표정은 알 수 없지만 그 입가는 증오로 비틀려 있었다. 히로는 굳이 그 점은 건드리지 않고 못 본 것으로 치고서 이야기를 진행하기로 했다.

"응. 황제 폐하의 편지에는…… 직접 읽는 편이 빠르겠네."

히로에게 보낸 것이지만 내용은 지극히 평범했다. 감출 만한 것은 적혀 있지 않았다.

세 사람 앞에 황제의 편지를 펼치자 그녀들이 어깨를 맞대고 들여다보았다.

맨 처음 반응을 보인 것은 아우라였다. 예상한 내용이었는지 어깨를 으쓱이고서 등받이에 몸을 기댔다. 이어서 침통한 얼굴로 편지를 응시하던 리즈가 이내 각오를 다졌는지 주먹을 움켜쥐고 고개를 끄덕였다.

스카아하는 호흡을 되풀이하며 마음을 달래고 있었다. 황제를 만나면 덤벼들 것 같은 위험한 분위기를 풍겼다.

"그래서 앞으로의 일에 관해 얘기를 나누고 싶은데."

제각각인 세 사람의 반응에 히로는 쓰게 웃으며 입을 열었다.

"상황에 따라서는 적대 파벌이 리즈나 아우라의 실패를 질책할 거야."

엄벌을 내리라고 아우성칠 것이 틀림없었다. 황위 계승 싸움에서 리즈를 탈락시키기 딱 좋은 기회였고, 약진이 두드러졌던 아우라를 실각시킬 호기이기도 했다. 그냥 넘어가 줄 리가 없다.

그것을 피하려면 비난의 화살을 다른 곳으로 돌려야 했다.

"마침 페르젠에서 악역무도의 극치를 보인 크로네 가문이 있어. 나는 그들을 이용해야 한다고 생각해."

그들의 죄를 백일하에 드러내 적대 파벌의 공격 대상을 바꾼다. 그리고 관계자를 한꺼번에 단죄하여 크로네 가문을 약체화한다— 히로는 그렇게 생각하고 있지만, 우선 세 사람의 의견을 듣고 싶었다.

"나도 그 의견엔 찬성이야…… 하지만 그것만으로는 안 돼."

리즈가 눈동자에 결의를 담고 히로를 똑바로 바라보았다. 그 빛은 아직 흔들리고 있었지만, 최선의 한 수를 모색하고 고민하며 정확한 결론에 도달하고자 하고 있었다.

"크로네 가문에는 페르젠 부흥 자금도 부담시켜야 해."

리즈의 대답을 듣고 히로는 만족스럽게 고개를 끄덕였다.

"그러네. 그 말이 맞아. 그들은 응보를 받아야지."

자국민뿐만 아니라 타국 사람에게도 자애로워지는 것은 중요한 일이었다.

그란츠 대제국의 정점에 서려면 좁은 시야로 일을 파악해서는 안 됐다.

"그와 관련된 일은 로자에게 맡겼으니까 안심해도 돼."

분명 대제도에 도착했을 때 재미있는 광경을 볼 수 있을 것이다.

"그래?"

"응. 인선을 잘못하지는 않았을 거야. 그녀에게 맡겨 두면 안심이지."

히로는 미소를 지으며 다시 울적하게 생각에 잠기는 리즈를 보았다.

"그럼…… 남은 건…… 아바마마에게 책임을……."

황족으로서 지닌 책임. 한 사람의 국민으로서 지닌 의무.

황제를 목표하기에 지닌 책무.

'그렇군…… 정말로 너는 걷기 시작했구나.'

계기가 무엇이었든지 간에 리즈는 자신의 길을 걷기 시작했다.

'정도(正道)와 패도(霸道). 리즈는 어디를 목표할까…….'

어느 쪽을 택하든 자신의 손을 떠난다는 서글픔이 가슴에 밀려들었다. 좋은 징조라고 생각함과 동시에, 앞으로 자신의 목적도 진행할 수 있을 것 같다고 히로는 생각했다.

'한동안은 리즈를 옥좌에 앉히기 위해 행동하자.'

하지만 줄곧 그러고 있을 수도 없었다. 그와 함께 자신의 목적도 달성해야 했다. 그러나 리즈나 로자, 그란츠 대제국에 속한 인간에게는 들키고 싶지 않은 사안이었다. 이 계획은 심복인 가더조차 모르는 부분이기도 했다.

'일단 **그녀**에게 협력을 바라기는 했지만, 신뢰하는 건 위험하려나.'

현재 히로와 그녀의 길은 겹쳐 있었다. 서로의 이해가 일치하는 상황이었다.

그렇기에 협력을 바라기는 했지만, 신용할 수는 있어도 신뢰하기에는 너무 위험했다.

히로는 창문으로 시선을 돌려 흰색을 띤 북방을 바라보았다.

'그래도 이용할 수 있는 건 이용하는 편이 좋아. 위험을 우려하여 안전책만을 택한다면 아무리 시간이 지나도 이쪽에서 치고 들어갈 수 없으니까. 무엇보다 장기말은 하나라도 많은 편이 좋지. 그게 흑이더라도 지금만큼은 백이니 말이야.'

그렇게 궁리하는 히로 옆에서 아우라가 스카아하를 흥미롭게 바라보고 있었다.

"……."

하지만 아우라는 아무 말도 하지 않고 빤히 스카아하를 볼 뿐이었다.

"읏……."

스카아하는 그 시선이 불편한지 어깨를 움찔거렸다. 크게 움직이는 몸동작에서 당황함이 잘 드러났다. 리즈는 그런 두 사람의 모습을 눈치채지 못한 채 무언가를 결심한 모습으로 얼굴을 들어 붉은 눈동자에 히로를 담았다.

"히로…… 대제도에 도착하면 말하고 싶은 게 있어."

각오가 깃든 목소리에 히로는 그녀가 길을 정했음을 깨달았다.

그것이 중요한 분기점인지는 아직 알 수 없지만…….

"……알겠어. 그래도 시간은 아직 있으니까 천천히 생각하도록 해."

"응. 하지만 이제 망설이지 않겠다고 결심했어."

그녀의 결의는 흔들리지 않는다. 히로에게는 그렇게 느껴졌다.

"그렇구나…… 그럼 그때를 기대하고 있을게."

히로는 그렇게 중얼거리고 다시 세 사람의 모습을— 그 광경을 잊어버리지 않도록 바라보았다.

리즈는 자신의 손을 떠나 걸으려 하고 있었다. 아우라도 페르젠에서의 싸움으로 새로운 길을 발견한 모양이었고, 스카아하 또한 복수를 이룬 후에는 페르젠 재흥이라는 꿈이 기다리고 있었다. 지금이야 머릿속이 온통 분노와 증오에 지배되어 있겠지만, 그래도 목적을 이룬 후에는 생각할 여유가 생길 것이다.

'그녀들의 향후는 걱정할 필요가 없어.'

분명 히로가 없어지더라도 자신의 길을 믿고 나아갈 것이 틀림없었다.

인간은 각오를 다졌을 때 크게 비약한다. 놀라운 속도로 성장해 버린다.

일찍이 히로가 그랬고 알티우스도 그랬다.

물 만난 물고기처럼 자유롭게 헤엄쳤고, 그 끝이 그란츠 대제국으로 연결되었다.

그렇다면— 그녀들의 성장을 마지막까지 지켜보았을 때, 히로는 쓸모없어질 것이다.

'그때부터가 진짜 시작이야.'

예상할 수 있는 범위지만 그란츠 대제국이 어지러워질 것은 틀림없었다.

주변 나라들까지 끌어들인 큰 전쟁을 일으킬 가능성도 있었다.

'1000년이라는 긴 세월 동안, 그란츠 대제국은 중앙(솔레이유) 대륙의 왕으로 군림했어. 하지만 지금은 늙은 사자야. 그 힘은 예전만큼 강세를 자랑하지 못해.'

이빨은 건재하지만, 눈은 침침해졌고 내장은 썩었으며 뼈는 물러졌다.

성자필쇠(盛者必衰)— 형태 있는 것은 언젠가 무너진다.

약자는 강자의 손에 의해 사라지고, 더없는 영화를 누리더라도 자연의 섭리를 바꿀 수는 없었다.

세대교체— 즉, 존망의 위기를 맞이했을 때가 바로 자신이 나설 차례가 되리라.

'알티우스는 이걸 말했던 걸까…….'

이 세계에 돌아왔을 때, 꿈속에서 만났던 알티우스의 말이 뇌리를 스쳤다.

『그런가……. 그 시대에 「전환기」가 찾아오는 건가.』

그러나 그 후, 그는 히로의 말에 대답하지 않고 멋대로 말하고서 자유롭게 즐기라고 했다. 마지막 말은 끊겨서 알아들을 수 없었지만…….

'너는 대체 내게 뭘 시키고 싶은 거야?'

히로는 자신의 가슴을 두드리며 불안을 억눌렀다. 알티우스에게 받았던 카드는 이미 사라져 버렸다. 페르젠 잔당군과의 싸움에서, 다친 리즈를 보고 이성을 잃어버렸을 때 사라졌을 것이라고 추측하고 있었다.

하지만 기묘하게도 몸에는 아무런 변화가 없었다.

아니— 변화는 찾아와 있었다. 그것은 착실하게 히로의 몸을 좀먹기 시작한 상태였다.

'이건 내게 부과된 벌일지도 몰라.'

히로는 자조적으로 웃다가 곧장 고개를 좌우로 흔들어 머릿속에서 불안을 지웠다.

지금은 괜한 생각 말고 눈앞에 있는 안건을 확실하게 처리해 가야 했다.

자신에 관해 생각하는 것은 그다음이었다.

"우선은 황제를 알현했을 때, 크로네 가문에게서 권력을 뺏을까 해."

히로는 리즈의 등을 밀어 주기로 했다. 타인을 우선하여 위축되지 않도록…… 망설임은 없다고 잘라 말했지만, 그녀는 다정하니 머릿속 한편에는 주저가 남아 있을 터였다. 그것을 제거해 둬야 했다.

"귀족 제후가 허둥대는 사이에 동방 귀족의 힘을 기를 생각이야."

이제부터는 히로에서 리즈로 갈아타라고 로자에게 전할 작정이었다.

그러나 지금 리즈에게 그것을 전하지는 않을 것이다. 서방 귀족에 속한 아우라가 있기 때문은 아니고, 물론 스카아하가 있어서라는 사소한 이유 때문도 아니었다. 그저 강하게 의식시켜서 리즈에게 쓸데없는 혼란을 주지 않기 위해서였다.

"그다음에 중앙 귀족을 의심에 빠뜨려 동방 귀족 편에 붙도록 획책할 거야. 그리고서 슈트벨 제1황자를 황위 계승 싸움에서 탈락시키면 크로네 가문은 몰락이지."

아우라 앞이기도 하여 서방 귀족에 관한 언급은 피했지만…… 지금 그들은 동방 귀족의 상대가 되지 못했다. 왜냐하면 서방 귀족은 페르젠에서의 싸움으로 약체화되었기 때문이다. 미안하지만 브루탈 제3황자도 황위 계승권을 포기하도록 만들 것이다. 그럼 남는 적은 셀레네 제2황자를 지지하는 북방 귀족, 그리고 아무도 지지하지 않은 남방 귀족이었다. 여전히 지켜보고만 있는 그들의 존재는 매우 꺼림칙했다. 어부지리를 노릴 가능성도 있었다. 무엇보다 결탁하기라도 한다면 성가셨다.

하지만 이제부터 로자가 이끄는 동방은 중앙과 서방을 상대하게 된다.

북방과 남방까지 상대하도록 하는 건 가혹했다.

"나는 키오르크 씨에게 기대야 할지가 고민이야."

남방에서 그의 지위는 확실하게 높아지고 있었다. 하지만 그렇다고 남방 귀족을 장악하고 있는 5대 귀족 무주크 가문과 겨룰 만한가 하면 힘들다고 말할 수밖에 없었다.

"확실히 외숙부님은 우수해. 그 역량을 의심하는 건 아니지만…… 혼자서는 분명 무리일 거야."

리즈의 말대로 키오르크만으로는 역부족이었고, 자칫 잘못하면 글린다 변경백령을 잃을 우려도 있었다. 협력자가 더 필요한 상황이지만 지금까지 많은 전쟁에 참가한 탓에 정치 쪽에는 그다지 관여할 수 없었다. 그렇다고 지금부터 협력자를, 신뢰할 수 있는 자를 찾고 있을 시간 따위 남아 있지 않았다.

'이런 데서 꾸물거리고 있으면 등을 찔리게 돼.'

우려되는 것은 타국의 동향— 히로의 힘이 약해졌다고 판단된다면 협력 관계로 있는 자들은 적으로 돌아설 것이다.

'혼자 힘으로는 여기까지가 한계일지도 모르겠어.'

물론 로자와 키오르크가 노력해 주고는 있지만 국내에서 무관 이외의 협력자라고 한다면 그들뿐, 전부를 상대하는 건 불가능했다. 1000년 전이었다면 정치에도 참견할 수 있었으나, 지금 자신에게 당시 쌍흑의 영웅왕으로서 지녔던 권력은 없다. 그때— 아우라가 손을 들었다.

"……든든한 아군이 딱 한 명 있어."

"든든한 아군?"

히로의 말에 아우라가 고개를 끄덕였다.

"동쪽 끝, 소국이면서 지대한 영향력을 지닌 나라가 있어."

그 말만 듣고도 히로는 답을 헤아릴 수 있었다.

중앙(솔레이유) 대륙의 동쪽 끝에는 바움 소국이 있다. 정령왕을 모신 묘(廟)가 있고, 그곳의 제사장인 무녀공주의 영향력은 주변 나라에도 미쳤다. 그란츠 대제국도 무시할 수 없을 만큼 막대한 영향력이었다.

그녀의 힘을 이용한다면 적대하는 귀족 어느 누구보다도 한 발 앞설 수 있을 것이다.

확실히 무녀공주라면— 바움 소국이라면 전면적으로 히로에게 협력해 주리라.

'하지만…… 그건 피하고 싶어. 그 나라는 전쟁을 버티지 못해.'

영향력은 있지만, 오랜 세월 그란츠 대제국의 비호 아래에 있던 탓에 군사력은 없는 것이나 마찬가지였다. 앞으로 사방이 적이 될지도 모르는 상황에서 협력을 바란다면 전쟁에 말려든 바움 소국은 눈 깜짝할 사이에 지도상에서 모습을 감출 것이다.

"그 수단은 나쁘지 않지만…… 신중히 판단해야 할 부분이야."

그래도 보험을 들어 둬서 나쁠 것은 없었다. 일단은 리즈를 원조해 달라는 취지의 서신을 적어야겠다. 그런 결단을 내린 히로에게, 창문을 힐끗 본 아우라가 다시 말을 걸어왔다.

"슬슬 대제도에 도착해."

"예정보다 빨리 왔네. 하지만 알현은 내일이지?"

리즈가 대화에 끼어들었다. 히로는 고개를 끄덕여 긍정했다.

"오늘은 로자의 저택에서 묵자. 아까 전령을 보냈으니까 기다리고 있을 거야."

로자는 이미 대제도에 도착해 있었다. 리즈가 붙잡혔다는 소식을 듣고 언제든 움직일 수 있도록 휘하의 군대를 이끌고서 대제도에 주둔해 있었다고 한다.

"그러고 보니 아우라는 어쩔 거야?"

히로는 문득 신경 쓰인 점을 입에 담았다.

"나도 켈하이트 부인의 저택에서 묵을 거야."

"그건 위험하지 않아?"

아우라의 파벌— 서방 귀족이 뭐라고 할지 알 수 없었다. 그녀의 안전이 위태로워질 가능성이 있었다. 무엇보다 브나다라 가문은 서방 소속이었다. 친족에게도 피해가 가지 않을까. 그러나 아우라는 고개를 가로저으며 부정했다.

"일족의 의향은 리즈 파벌에 속하는 것으로 결정됐어."

"그건…… 또 처음 듣는 얘긴데. 이유를 물어봐도 될까?"

히로의 물음에 아우라는 사랑스럽게 고개를 끄덕였다.

"서방은 갈기갈기 찢어졌어."

페르젠에서의 거듭된 싸움으로 서방 귀족들은 자금의 여유가 없어졌고, 중앙 귀족의 간섭도 있어서 서로가 서로를 의심하여 불안해하는 상태에 빠졌다고 한다. 따라서 이번 아우라의 실수로 서방에까지 책임이 미치는 것을 걱정하고 있다는 모양이었다.

"히로와 행동하고 있는 것도 이유가 있어."

아우라는 슬프게 눈을 내리뜨고서 눈동자에 미안함을 담아 히로를 바라보았다.

"서방 귀족은 나를 내버릴 거야."

그래서 귀환하는 도중의 안전도 고려하여 브나다라 가문의 가주이기도 한 부친이 히로에게 가라고 했다는 것이다. 히로의 비호 아래로 들어가면 섣불리 손댈 수 없으리라고 판단했을지도 모른다.

등을 곧게 편 아우라가 머리를 숙였다.

"말하지 않아서 미안해."

자신의 실수가 부른 결과. 아우라는 어떤 처벌이든 받아들일 생각이었을 터……. 그래서 히로 일행을 끌어들이게 되어 분한 것이다.

"신경 쓰지 않아도 돼."

"맞아. 아우라가 사과할 필요는 없어!"

"으븝?!"

히로의 말에 리즈가 아우라를 확 끌어안고 머리를 쓰다듬으며 위로했다.

약점이 있기 때문인지 아우라는 불만스러운 표정을 지으면서도 가만히 있었다.

히로는 그런 두 사람의 모습을 흐뭇하게 바라보다가 문득 표정에 그늘을 드리우고 툭 중얼거렸다.

"그건 그렇고…… 서방은 그렇게나 여유가 없어진 건가……."

유례를 찾아보기 힘든 지모를 갖춘 아우라를 버린다. 그것은 동시에 그녀를 지켜낼 수 없다는 뜻이기도 했다. 자신들의 일만으로도 벅찰 테지만, 그래도 잘못된 선택이라는 생각밖에 안 들었다.

"한동안은 괜찮을 거야."

하지만…… 하고, 아우라는 얼굴을 숙이고서 말했다.

"머지않아 몇몇 유력 귀족이 브루탈 제3황자 진영에서 이탈할 거야."

"그렇게 되면 서방 귀족은 분열되거나…… 혹은 필두 귀족이 교체되거나, 둘 중 하나겠네."

현재 서방 귀족의 필두는 브루탈 제3황자의 생가인 뮌스터 가문이었다.

"서방 귀족들을 붙들어 두고 있던 윤택한 자금도 바닥났어."

돈이 떨어지면 인연도 끊어진다. 그것은 어느 세계든 똑같았다.

하지만 아우라는 브루탈 제3황자에게 적잖은 은의(恩義)를 느끼고 있을 터였다.

과연 적대했을 때 싸울 결단을 할 수 있을지……. 그 부분이 걱정된다고 히로는 생각했다. 그녀는 의리가 두터웠다. 분명 마음속 어딘가에 망설임이 생겨나 있을 것이다.

오늘의 적은 내일의 친구, 그 반대도 마찬가지. 그것이 전쟁이기는 하지만……마음대로 안 된다고 히로는 탄식했다.

"……이거 점점 앞이 안 보이게 됐네."

중앙 귀족의 필두인 크로네 가문은 황제의 신뢰를 잃었다. 서방 귀족의 필두인 뮌스터 가문 또한 황제에게 버려지려 하고 있었다. 과연 이것은 우연일까, 아니면 누군가의 의도일까. 만약 그렇다고 한다면 그자는 어디까지 손을 써 뒀을까.

추측할 수 있는 것은 남방 귀족과 북방 귀족뿐이었다. 로자가 이끄는 동방 귀족도 생각할 수 있지만 히로에게 알리지 않고 멋대로 행동하지는 않을 터였다.

'못 보고 놓쳤던 부분에서부터 판이 어지러워지기 시작했어.'

그러나 새삼 생각해 보니 자신의 행동이 그자를 돕게 될 수도 있었다.

앞으로는 신중히 행동해야 했다.

그리고 주변 나라들을 포함해 중앙 대륙에 불온한 공기가 흐르기 시작한 상태였다.

게다가 그란츠 대제국 혼자서 그 상대를 하고 있다는 생각도 들었다.

'누구든 자국을 위해 움직이고 있어. 손해 본다는 걸 안다면 버려질 거야.'

히로가 협력 관계를 구축하고 있는 나라들도 언제 손바닥을 뒤집을지 모르는 상황이었다.

그리고 중앙 대륙에는 대국이라고 불리는 나라가 몇 개 더 있었다. 그들은 지금 평온하게 지내면서도 착실하게 군비를 갖춰 가고 있을 것이다. 멀리 떨어진 서방 나라들의 정보가 없다는 점이 아쉽지만, 호시탐탐 그란츠 대제국을 노리고 있다는 것은 확실하게 말할 수 있었다.

이대로 전쟁을 반복한다면 그란츠 대제국은 피폐해져 갈 뿐, 벗들이 남긴 나라가 어리석은 자들에 의해 더럽혀지고 무너져 버릴 것이다. 그것만큼은 결단코 허락할 수 없었다. 그들의 『역사』는 후세에 남겨야만 했다.

'그러나 남긴다고 해도 간단한 일은 아니야.'

이미 그란츠 대제국이 붕괴하는 길이 만들어져 버렸다. 이것이 만약 누군가가 의도한 것이라면 빨리 손을 써야 하지만, 조금 전 생각한 대로 히로 혼자만의 힘으로는 버거웠다. 뒤쫓는 입장이 되고 싶지는 않으나 이미 선수 칠 상황이 아니게 된 상태였다.

'하지만 그렇기에 재밌어. 전부 생각대로 되면 시시하지.'

패는 갖춰져 있었다. 괜찮다고 자신을 타일렀다.

상대가 한 수 앞서간다면 이쪽은 두 수 앞서면 그만이었다.

'내 목적은 반드시 달성하겠어. 누구도 방해하지 못해.'

얇은 살점 하나 정도야 얼마든지 베라지. 이쪽은 뼈를 자르면 된다.

조용히 웃는 히로 앞에서는 아우라가 같은 편에 들어온 것을 리즈가 기뻐하고 있었다.

"앞으로 여러 가지로 가르쳐 줘. 나, 군략 같은 건 전혀 모르니까…… 읽어 둬야 할 전술서가 있으면 가르쳐 줄래?"

"……응."

아우라는 무표정했지만 기분 탓인지 기뻐 보였다.

"참고로 가장 추천하는 건 여기 있어."

아우라가 어디선가 쓱 꺼내 내민 것은 『흑지서(黑之書)』였다.

히로는 뺨을 굳혔다. 리즈도 약간 싫다는 표정을 짓고 있었다.

그런 가운데 스카아하만은 흥미롭다는 시선을 보냈다.

"호오, 『흑지서』인가…… 너무 희소해서 지금은 입수할 수 없다고 들었어."

스카아하가 관심을 보이자 아우라는 눈을 반짝이며 힘차게 고개를 끄덕였다.

"맞아. 『군신』이 옥좌를 손에 넣을 때까지의 생애가 적힌 책. 하지만 그뿐만이 아니야. 그가 교묘하게 적군을 농락한 전술, 패배로 위장했다가 마지막에는 확실하게 승리를 거머쥐는 전략 등, 다른 책에서는 이야기되지 않은 것도 쓰여 있어. 즉, 『군신』의 지식이 이 한 권에 담겨 있는 거야. 하지만 대단한 건 그뿐만이 아니야. 어떻게 제2대 황제가 되었는가, 문헌에 기록되어 있지 않은 「공백 기간」이 메워져 있어. 그것만으로도 한번 읽어볼 가치가 있어. 그의 일생을 살았다는 기분조차 들어. 안 읽으면 태어난 걸 후회할 거야."

"으, 음…… 나도 나중에 읽도록 하지."

갑자기 아우라가 말을 쏟아내기 시작하자 스카아하는 약간 꺼려했다.

"반드시 읽어야 해. 제2대 황제가 좋아지는 책. 1초라도 빨리 읽는 게 좋아. 이 세상에 태어나서 다행이라고 느끼게 돼. 그 정도로 중독성이 있어. 밥을 안 먹어도 괜찮아. 이 책 한 권으로 2주분 식량이 공급돼."

실증이 끝났다는 것처럼 아우라가 가슴을 쭉 폈다.

스카아하가 순간 질렸다는 표정을 지었지만 곧장 숨기고서 감탄한 척했다.

"그, 그 정도인가…… 굉장하군."

"당장 읽었으면 해. 그리고 감상을 들려줬으면 좋겠어."

"무슨, 지금 당장 말인가?! 아, 아니, 그건 좀 봐줬으면 좋겠는데……."

"왜?"

"어, 왜냐고 물어도 곤란하다만……."

냉기조차 깃들기 시작한 아우라의 눈동자를 보고 허둥대는 스카아하의 모습에 히로는 쓰게 웃었다. 리즈는 말려들고 싶지 않은지 남의 일이라는 것처럼 창밖에 시선을 주고 있었다.

'그건 그렇고 「공백 기간」인가……. 내가 지구로 돌아간 뒤

얘기겠지.'

덧붙여 그 부분은 히로도 읽어 봤다. 마치 눈앞에서 본 것처럼 상세한 내용이 적혀 있었다.

거기서는『거짓』을 느낄 수 없었다.

『흑지서』는 명백하게 **당사자**가 적은 것임을 히로는 확신하고 있었다.

그리고 의문이 생겨났다.

어째서 세상에 나왔는가—『흑지서』를 쓴 자는 먼 옛날에 죽었는데.

"그러고 보니 그 책의 저자는 누구지? 겉으로 보기에 제목밖에 안 적혀 있는 것 같은데."

스카아하가『흑지서』의 책등을 보고 이상하다는 얼굴로 고개를 갸웃했다.

"그건 나도 몰라."

아우라가 안타까워하며 힘없이 고개를 가로젓고 스카아하에게 책을 쑥 내밀었다.

"그래도 읽었으면 좋겠어."

"윽……."

도움을 바라는 스카아하의 시선이 히로에게 향했다.

히로는 죄책감 가득한 눈동자를 창밖으로 돌리며 도망쳤다.

'딱 한 사람 짐작이 가. 마지막까지 날『황제』로 만들고 싶어 했던 인물의 작품이야.'

밖은 해가 저물어 가고 있었다. 노을빛으로 물든 지평선에 어둠이 내리려 했다.

그런 시야 끄트머리, 평원에 거대한 그림자를 만든 커다란 도시가 보였다.

1000년 전보다도 크게 성장한 도시— 대제도 클라디우스였다.

"오오, 저게 대제도인가."

아우라의 열변에서 도망치듯 스카아하가 놀란 목소리를 냈다.

"스카아하는 대제도에 온 적이 없어?"

그 반응에 리즈가 물었다.

"내가 태어나기 전부터 페르젠과 그란츠는 충돌하고 있었으니까. 위험하기도 해서 이 땅을 방문한 적은 한 번도 없었어."

"그렇구나…… 그럼 시간이 되면 안내해 줄게."

그렇게 말하며 리즈는 미소를 지었고, 스카아하도 부탁한다며 함께 웃었다. 그런 두 사람 사이에 앉은 아우라를 보니 얼굴에 물음표를 띄우고 몸을 흔들면서 웅얼거리고 있었다.

"아우라, 왜 그래?"

신경 쓰인 히로가 물으니 아우라는 경계하는 얼굴로 마차 안을 두리번거렸다.

"……역시 그녀는 스카아하?"

마차바퀴 소리에 지워질 것 같은 작은 목소리로 중얼거린 말을 듣고 히로는 어리둥절한 얼굴을 했다.

다른 동승자들도 눈이 동그래져서 아우라를 보았다.

이 반응은 뭐냐고 말하고 싶은 것처럼 아우라가 눈썹을 모으고 의아한 표정을 지었다.

"으음, 소개 안 했던가?"

"……못 들었어."

"리즈, 스카아하에 관해 아우라한테 말 안 했어?"

"히로가 설명한 줄 알았는데……."

히로는 리즈가 아우라에게 설명했다고 생각했지만, 저쪽도 똑같이 생각한 모양이었다.

"그래서 아까부터 아우라 공은 나를 신기하게 봤던 건가……."

팔짱을 낀 스카아하는 이해했다는 얼굴로 고개를 끄덕였다.

"왜 좀 더 빨리 안 물어봤어?"

여기 오기까지 며칠이나 지났다. 그러자 아우라는 턱에 검지를 댔다.

"물어보면 안 되는 줄 알았어."

이상한 데서 조심하는 아가씨라고 생각하면서도 히로는 스카아하 쪽으로 손을 보냈다.

"잘 알고 있겠지만 페르젠 잔당군을 이끌었던 사람이야. 사정이 있어서 협력을 받게 됐어. 가능한 한 다른 사람한테는 말하지 말아 줬으면 해."

그 밖에 알고 있는 자는 가더, 무닌, 후긴 세 사람뿐이었다.

"……그래."

"친하게 지내라고는 안 하겠지만 말이야."

전장에서 대치했던 두 사람 사이에 복잡한 마음도 있겠지만 참아 줄 수밖에 없었다.

그러나—.

"내게 여한은 없어."

아우라는 스스럼없이 스카아하에게 손을 내밀고 악수를 청했다.

"음……."

그 모습에는 스카아하도 깜짝 놀란 표정을 지었다.

"확실히 많은 부하들이 싸움으로 목숨을 잃었어. 하지만 그건 당신도 마찬가지야."

그보다도…… 하고, 아우라의 눈동자에 참괴(慚愧)가 어렸다.

"뵈제가 펼쳤던 정책으로 페르젠 왕도를 무참한 모습으로 만들어 버렸어."

힘이 미치지 못했던 자신 탓이라며 아우라는 사죄를 입에 담았다. 아마 그녀는 책임을 느끼고 있을 것이다. 페르젠이 멸망한 직접적인 원인은 아우라가 제1차 페르젠 정복에서 승리를 거머쥐었기 때문이었다.

"아니, 귀공 탓이 아니야."

훗, 하고 부드럽게 웃은 스카아하는 아우라의 손을 세게 맞잡았다.

"앞으로 잘 부탁해. 귀공의 전술은 훌륭했어. 꼭 전수해 줬으면 좋겠군."

"……맡겨 줘."

"아, 맞아. 한 가지 묻고 싶은 것이 있어."

"뭔데?"

"그 싸움에서 매일 밤 성벽을 순찰할 수 있었던 이유를 가르쳐 줬으면 해."

그 이야기라면 히로도 들었다. 아우라는 페르젠 잔당군과의 싸움에서 밤에도 낮에도 경계를 게을리하지 않고 엄중히 성벽을 순찰하여 적의 침입을 허락하지 않았다고 한다.

"책략다운 책략은 쓰지 않았어."

전사한 병사들의 갑옷을 나무 막대기에 씌워 사람처럼 보이게 만들었을 뿐이라고 아우라는 말했다.

요컨대 눈속임으로 스카아하의 야습을 저지한 것이다.

"……그, 그렇군. 보기 좋게 속아 넘어가 버렸어."

그런 것일 줄은 몰랐다는 얼굴로 스카아하는 입에 손을 대고서 놀람을 나타냈다.

책략을 간파하지 못한 것도 무리는 아니었다. 페르젠 잔당군은 초조해하고 있었다.

교만은 빈틈을 낳고, 분노는 시야를 좁히고, 초조는 실패를 재촉한다.

'사람은 초조할 때 대담해지든가 신중해지든가 둘 중 하나야. 다음 싸움을 염두에 두고 있던 스카아하는 손실을 피하고 싶었을 터.'

즉, 후자였다.

하지만 그것보다도 히로는 간단히 책략을 알려 준 아우라의 태도에 깜짝 놀랐다.

시선을 알아차린 아우라가 자랑스럽게 눈을 빛냈다.

"그 이상의 책략을 찾아내면 그만이야."

"맞는 말이야."

히로가 어깨를 으쓱였을 때였다.

"크로네 가문을 용서하지 마라! 그란츠의 긍지를 잊어버린 녀석들이다!"

창문을 뒤흔드는 노성이 마차 안에 울렸다.

"『염희(바르디테)』를 지켜라! 『군신소녀(아프로디테)』를 지켜라!"

그 목소리는 한두 개가 아니었다. 수많은 인간들이 외치는 말은 몇십씩 중첩되어 대기를 울렸고, 마차가 흔들릴 정도의 발구름 소리와 함께 분노가 공간을 지배해 갔다.

"히로 전하!"

"알고 있어."

마부의 부름에 히로는 고개를 끄덕인 뒤, 창문을 열어 바깥 모습을 살폈다.

대화하는 사이에 히로 일행을 태운 마차가 대제도에 도착한 모양이었다.

그리고 히로의 시야 끝— 열린 정문 너머에 노기를 팽창시킨 사람들로 혼잡한 중앙대로가 보였다.

히로가 눈을 가늘게 좁히고 바라보고 있으니 한 위병이 전방에서 말을 달려 다가왔다.

"히로 전하, 무사히 도착하셔서 기쁩니다. 하오나 현재 이쪽으로 들어가는 것은 대단히 위험하니, 가능하다면 서문으로 들어가 주셨으면 합니다."

"알겠어. 그런데 저들은 왜 소란을 피우고 있는 거지?"

"페르젠 속주에서 크로네 가문이 저지른 무도한 행위가 민중들에게 알려진 것이 발단입니다. 그리고 소문이 소문을 부르게 되었고……『염희』와『군신소녀』에게 그 죄를 뒤집어씌웠다는 근거 없는 이야기까지 퍼져서 항의 활동이 활성화되게 되었습니다."

"그렇구나. 잘 알았어. 우리는 서문으로 들어갈게."

"예! 죄송합니다만 잘 부탁드립니다!"

위병은 말 머리를 돌려 혼잡한 공간을 향해 달려갔다.

히로는 그 뒷모습이 사라지는 것을 바라보고서 창문을 닫고 동승자들에게 눈을 돌렸다.

"로자가 일을 잘 처리해 준 모양이야."

"하지만 효과가 너무 크지 않아? 폭도가 되기 직전이잖아……."

안색이 새파래진 리즈의 말을 듣고 히로는 지극히 냉정하게 목소리를 자아냈다.

"확실히 그렇지만, 폭도가 되기 전에 항의 활동은 가라앉을 거야."

리즈와 아우라의 처벌 내용에 달렸으나, 이걸로 그녀들의 처분이 가벼워질 것은 결정된 사항이나 마찬가지— 로자의 수고에 감사해야 했다.

타국 인간의 출입이 잦은 대제도는 나라의 상징과 같았다. 그곳 민중이 폭도로 변하는 일은 주변 나라들에 얕보이지 않기 위해서도 피하고 싶을 것이다.

그렇기에 황제는 리즈와 아우라의 처분을 가볍게 할 수밖에 없다.

"민중을 같은 편으로 만들었으니 이제 논공에서 잘 처신하면 돼."

거기서부터가 승부라고 히로가 말하자 리즈는 신묘한 태도로 고개를 끄덕였다.

"응, 잘 해내 보이겠어."

리즈에게서 부담감은 느껴지지 않았다. 전에 왔을 때는 복통에 시달렸었는데, 지금은 침착한 분위기를 빚어내고 있었다.

각오를 다진 인간일수록 두려운 것이 없다. 새끼 고양이가 사실은 사자였음을 안다면 귀족 제후는 어떤 반응을 보일까. 분명 리즈의 변화에 깜짝 놀랄 것이다.

그때가 기대된다고 히로는 생각했다.

"히로 전하, 켈하이트 가문의 저택에 도착했습니다."

마부의 말이 들림과 동시에 마차가 천천히 정지했다.

히로는 다시금 마차 안에 있는 동승자들을 바라본 뒤에 문을 잡았다.

"자, 우선은 로자와의 재회를 기뻐하자. 그녀도 분명 애타게 기다리고 있을 테니까."

그렇게 말하고서 마차 문을 여니 눈앞에 커다란 가슴이 날아들었다.

"흡?!"

순식간에 눈앞의 공기가 흩어지며 암흑에 지배되었다.

변함없이 열렬한 환영이었다.

"아아, 무사해서 다행이야! 당신과 만나게 되어 기뻐!"

기분 좋은 온화한 음성이 귓가에 닿았다.

히로는 미소 지었다.

"로자, 나도 만나서 기뻐. 당신도 아무 일 없어 보여서 다행이야."

히로는 온몸을 감싸는 따뜻한 포옹— 달콤한 향기에서 벗어나는 것을 아쉽게 여기면서도 천천히 몸을 떼고 그녀를 보았다.

"후후, 별 탈은 없었나? 식사는 제대로 했고?"

미스테 칼리아라 로자 폰 켈하이트.

그란츠 대제국에서 다대한 영향력을 지닌 5대 귀족 켈하이트 가문의 가주 대리였다.

전 제3황녀이기도 한 그녀의 특징인 금발·벽안은 그란츠의 피가 짙음을 보여 주었다. 또한 고혹적으로 곡선미를 그리는 몸매는 여성이라면 질투심조차 잊어버리게 했고, 남성이라면 시선을 빼앗길 만한 것이었다.

"그런데 너무 늦지 않았나? 이제나저제나 기다리고 있었어."

"이것도 예정보다 일찍 도착한 건데 말이지."

"그런 문제가 아니니……."

더 물고 늘어지려던 로자는 히로에 이어 마차에서 내린 인물을 보고 말문이 막혔다. 매혹적인 푸른 눈에 급속히 눈물이 차올랐다.

"오오! 리즈!"

"응? 와웁?!"

갑작스러운 습격을 피하지 못하고 리즈는 포옹의 어둠에 붙잡혀 버렸다.

"드랄 대공국에 사로잡혔다는 말을 듣고 한시도 눈을 붙일 수가 없었어!"

리즈의 무사한 모습을 보고 안심했는지 로자의 눈꼬리에 눈물이 맺혔다.

"언니…… 걱정 끼쳐서 미안해."

"괜찮아. 무사하니 됐다. 키오르크 공도 걱정했어."

그렇게 재회를 기뻐하는 자매의 발밑에 서버러스가 모습을 나타냈다.

"서버러스…… 네 얘기도 들었다. 열심히 했구나."

로자는 서버러스의 몸에 감긴 붕대를 쓰다듬으며 치하했다.

"맞다, 맞다. 언니, 아우라가 우리 편에 들어오게 됐어!"

"호오…… 브나다라 여사(女史)가 이쪽에?"

"……잘 부탁해."

"음. 환영해. 앞으로는 리즈에게 여러모로 가르쳐 줬으면 좋겠군."

로자가 손을 내밀었고, 아우라는 악수에 응하려고 했지만—.

"맡겨— 하으?!"

손목이 잡아당겨져서 아우라의 얼굴은 풍만한 가슴에 묻혀 버렸다.

"읍, 으으읍?!"

나이에 비해 팔다리가 짧은— 이 아니라 몸집이 작은 아우라가 바동거리는 모습은 뭐라 말할 수 없이 흐뭇한 광경이었다. 그리고 안타깝게도 그녀의 힘으로는 로자의 포옹에서 벗어날 수 없었다.

"전부터 귀엽다고 생각했지. 언니는 짓궂은 장난을 치고 싶어지는구나."

지금도 크게 다를 바 없다고 히로는 말하고 싶어졌지만 시야 끄트머리에서 리즈가 다시 움직였기에 입을 다물고 그 움직임을 지켜보았다.

"언니, 그리고 이쪽이…… 그러니까…… 수수께끼의 여성이야."

리즈는 후드를 뒤집어쓴 여성— 스카아하를 소개하려고 했으나, 호위병의 눈도 있어서 점차 말이 흐려졌고 끝내 목소리는 공기 중으로 사라졌다.

"아니, 괜찮아. 그녀의 정체는 알고 있어. 히로가 보낸 편지로 여러 가지 들었으니까."

로자는 아우라를 해방하고 조용히 스카아하에게 걸어갔다.

조금 전과는 딴판으로 침착한 분위기— 아니, 분노가 묻어나는 모습에 모두가 입을 다물었다. 스카아하는 리즈가 다치게 된 원인 중 하나인 여성이었다. 그 이유를 아는 자들이 보기에 로자가 어떤 행동을 할지 헤아리기는 쉬웠다.

"언니, 기다—?!"

리즈가 두 사람 사이에 끼어들려고 했지만 그 걸음은 로자의 날카로운 눈길을 받고 멈췄다.

스카아하는 가만히 꿈쩍도 않고서 그저 로자가 할 행동을 기다리고 있었다.

그러나—.

"느긋하게 쉬다 가도록 해."

로자는 그 말만을 하고 그녀를 끌어안았다.

"무슨……."

스카아하의 표정은 알 수 없었지만 다 숨기지 못한 동요가 보였다.

'당신은 그런 사람이지.'

젊어서 남편을 잃고 5대 귀족이라는 거대한 가문을 이어받아, 여성의 몸으로 남성 사회 속에서 살아왔다. 그렇기에 증오가 어떤 결과를 낳는지 알고 있었다. 슬픔이 어떤 결과를 낳는지 알고 있었다.

즉, 황족으로서 로자 나름의 사죄— 어떤 말을 하더라도 스카아하에게는 의미가 없었다. 그래서 행동으로 나타낼 수밖에 없다고 생각했을 것이다.

잠시 후, 스카아하에게서 몸을 뗀 로자는 온화하게 웃었다.

"자, 날씨가 추워지는군. 식사도 준비되어 있으니 저택으로 들어가지."

알현은 내일 점심 무렵이라고 마지막에 덧붙인 로자는 저택 입구로 손을 뻗으면서 우아한 동작으로 들어가길 재촉했다.

"언니, 오늘 저녁은 뭐야?"

"후후, 비밀이야. 기대하도록 해."

"……단 게 먹고 싶어."

"물론 준비해 뒀지. 여러 가지 준비되어 있으니 안심해도 좋아."

로자는 여전히 놀람을 숨기지 못하는 스카아하에게 몸을 돌렸다.

"그대도 뭔가 먹고 싶은 게 있나?"

"……따뜻한 거라면 뭐든 상관없어."

"그런가…… 그럼 요리가 식기 전에 다 같이 먹지."

그리고 로자는 히로를 곁눈질로 보았다.

"당신은 어쩔 거지?"

"부하랑 조금 얘기하고 싶은 게 있으니까 먼저 들어가도록 해."

"알겠어. 서버러스가 전부 먹기 전에 와야 할 거야."

뒤돈 채 손을 흔들면서 로자가 일행을 데리고 저택으로 들어갔다. 그들을 배웅한 히로는 뒤로 몸을 돌렸다.

그곳에는 가더, 무닌, 후긴 세 사람이 조용히 서서 대기하고 있었다. 참고로 슈피츠를 제외한 아우라의 측근들도 이번 여행에 동행했는데, 그들은 트리스와 함께 브나다라 가문—즉, 아우라의 저택에서 묵을 것이라고 했다.

"독안룡, 나는 무닌과 함께 이 저택의 경비를 맡겠어."

"그래. 그럼 무슨 일이 생겼을 때 곧장 대처할 수 있도록 저택 정원에 야영을 구축해 두기로 할까."

"알겠다."

가더 옆에서 무닌이 싫다는 얼굴을 하고 있었지만 가더가 있어서 불평 한마디 할 수 없는 모양이었다. 그런 그의 반응을 보고 히로는 쓰게 웃으며 후긴에게 눈을 돌렸다.

"후긴은 로자의 저택에서 지내도록 해."

"예? 아뇨아뇨, 저는 대형 일행과 함께 있어도 괜찮습니다."

허세라는 것을 알 수 있었다. 궁술로 남자를 압도하는 실력을 자랑한다고는 해도, 거듭된 전투로 그녀의 피로는 한계에 달해 있었다. 게다가 후긴은 노력가였다. 아무리 지친 상태여도 남자에게 질 수 없다며 매일 단련을 빼먹지 않았고, 여자라는 이유로 특별 취급받으려 하지 않으면서 늘 실력 이상의 힘을 발휘하려고 했다. 그렇기에 이번만큼은 느긋하게 쉬길 바라는 것이 히로와 가더, 그리고 그녀의 친오빠인 무닌의 바람이었다.

그래서 이번에도 거절할 것을 알고 있었기에 그런대로 이유도 준비해 두었다.

"후긴은 로자를 호위해 줬으면 좋겠어."

"호위요?"

"응. 지금 대제도에는 안전한 장소 따위 없으니까. 언제 어디서 자객이 나타나도 이상하지 않아. 그러니 후긴은 로자의 안전을 확보해 줬으면 해. 특히 긴장이 풀리게 되는 저택, 아니면 연회장 같은 데서 말이야."

"……알겠습니다. 히로 님이 그렇게까지 말씀하신다면 호위 임무를 맡겠습니다."

"바깥 경계는 오라버니한테 맡기고 동생님은 저택에서 따뜻한 수프인가…… 격차 사회라는 거군요. 참으로 부럽습니다~?"

못된 장난을 생각해 낸 악동 같은 표정으로 무닌이 히죽히죽 웃으며 후긴을 놀리려고 했다. 그런 오빠의 태도를 알아차렸는지 후긴이 짜증스럽게 눈썹을 찌푸렸다.

"히로 님은 내 기량을 보시고 호위 임무를 내려 주신 거야! 분하면 오빠도 여장하고 거리를 내달리든지!"

"엇…… 그건 단순한 변태 아니야?"

"흥! 오빠는 존재 자체가 변태잖아. 동생을 놀리며 기뻐하는 특수한 성벽의 소유자야."

"그럼 그 변태 오빠가 여동생의 성벽을 하나 공개하지. 숭고한 동생님은 히로 님이 자는 얼굴을 밤마다— 어윽?!"

"그, 그 이상 말하면 패 버린다!"

"이, 이미, 때렸잖아……."

"시끄러워!"

말다툼하는— 아니, 일방적으로 오빠를 때리는 동생에게서 시선을 돌린 히로는 어이없다는 얼굴로 남매를 바라보는 가더에게 다가갔다.

"가더, 앞으로 할 일 말인데."

"음? 뭐지?"

"무닌을 중앙 귀족의 저택에 잠입시켰으면 해. 침입했으면 하는 귀족의 저택이 몇 개 있는데…… 그 후보는 이 종이에 적혀 있어."

히로는 종이를 내밀었으나, 무닌의 실력을 아는 가더도 이 일에는 입을 삐뚜름하게 만들고서 불만을 나타냈다.

“어디든 경비는 엄중해. 너무 위험하지 않나?”

“침입자가 있었다는 흔적만 남기고 오면 돼. 뭐, 그것도 절대 목숨이 위험하지 않다고는 할 수 없지만.”

“무슨 말이지?”

“중앙 귀족 중에도 크로네 가문에 불만을 가진 자들이 많다는 건 알고 있지?”

“그래. 아까 그 민중의 항의 활동을 보면 귀족 중에 있는 것도 당연하겠지.”

“그럼 불만스럽게 여기고 있는 귀족의 저택에만 침입자가 나타나면 어떻게 될까?”

그 설명으로 가더는 모든 것을 이해했는지 즐겁게 웃고서 히로에게 종이를 받았다.

“크로네 가문이 배신을 경계하고 있다는 의식을 심는 건가?”

“맞아. 그 종이에 적혀 있는 자들은 크로네 가문에 불만을 표하고 있는 중앙 귀족이야. 그곳에 잇달아 침입자가 나타난다면?”

“과연 그렇군. 재밌는 생각을 했어. 잘 알았다. 무닌에게는 내가 전해 두지.”

그래서, 가더는 이어 말했다.

“나는 어떻게 하면 되지?”

“향후 전개에 따라 달라지려나. 아마 너는 여러 가지로 움직여 줘야 할 거야. 시기가 되면 자세한 내용을 얘기할게. 아무튼 오늘은 경비에 집중해 줘."

"알겠다."

그 후 히로는 여전히 무닌과 말다툼을 벌이고 있는 후긴에게 얼굴을 돌렸다.

"후긴, 슬슬 저택으로 들어갈까."

"예! 오빠 따위 내버려 두고 저택으로 들어가죠!"

후긴은 히로에게 쾌활히 웃어 보이고서 표정을 홱 바꿔 오빠인 무닌에게는 하얀 이를 드러내며 위협했다. 이에 무닌도 까불거리는 표정으로 대항했다.

그런 두 사람의 모습을 보고 히로는 쓰게 웃었다.

"하하…… 그럼 갈까."

그리고 다시 가더에게 몸을 돌렸다.

"가더, 무닌. 뒷일을 부탁할게."

나중에 식사를 가져오겠다고 전한 뒤, 히로는 후긴을 데리고 저택 안으로 들어갔다.

*****

저택에 들어가자마자 시종의 안내를 받아 식당에 들어섰다.

식당 중앙에는 흰 시트가 덮인 원형 테이블이 자리했는데, 그 식탁에는 식기가 비좁게 놓여 있었다. 테이블 위는 아름다운 꽃들로 장식되어 있었고, 촛대에 꽂힌 양초가 부드럽게 불을 밝혔다.

먼저 도착한 여성들은 세밀하게 장식된 의자에 앉아 있었다.

상석은 없었다. 누구나 대등하게 마주하는 것이 원탁의 좋은 점이었다.

그럼 어디에 앉을까, 히로가 고민하니—.

"당신은 여기 앉도록 해."

로자가 그녀와 리즈 사이에 있는 의자를 가리켰다.

그러나 이번에는 동행자— 후긴이 있었다. 곁눈질로 그녀를 보자 이런 장소가 처음인지 예상대로 두리번두리번 바쁘게 눈을 움직이며 당황을 나타내는 중이었다.

그때—.

"후긴은 이리 와."

리즈가 다정하게 말을 걸었다.

그 하얗고 가느다란 손가락은 아우라와 리즈 사이에 있는 의자에 놓여 있었다.

"……."

후긴이 긴장한 얼굴로 발걸음을 옮겼다. 몸까지 뻣뻣하게 굳어 있었다. 그런 그녀의 모습을 보다 못했는지 리즈가 다시 입을 열었다.

"예의나 규범 같은 건 신경 쓸 필요 없어. 즐겁게 먹으면 돼."

"으으, 리즈 누님…… 감사합니다."

"자, 얼른 앉아. 나 배고파서 이 이상은 못 기다리겠어."

"예!"

리즈의 농담에 후긴이 작은 웃음을 흘리고서 자리에 앉았다.

"그럼 식사하도록 할까."

모두 모인 것을 확인한 로자가 손뼉을 쳤다.

그러자 주방과 연결된 문이 열리며 시종들이 호화로운 식사를 들고 줄줄이 식당으로 들어왔다.

"이날을 위해 각지에서 명산품을 가져오게 했지."

로자가 자랑스럽게 말했다.

"이건 뭔가요……."

후긴은 본 적도 없는 식사를 앞에 두고 눈을 동그랗게 떴다.

"흠, 이거 대단하군. 맛있어 보여."

전 왕녀였을 터인 스카아하도 깜짝 놀라면서 침을 삼키고 눈을 빛냈다.

"서버러스가 좋아하는 양고기도 있어. 나중에 나눠 줄게."

리즈는 발밑에 앉은 서버러스에게 말했다. 그 옆에서는 아우라가 익숙한 동작으로 옷이 더러워지지 않도록 냅킨을 목에 감고 있었다.

'아아…… 이 광경, 어디선가 본 적 있다 싶더니…….'

히로는 지구의 패밀리 레스토랑을 떠올렸다. 아우라를 보고 연상되는 것은 가족과 함께 온 아이가 작은 의자에 앉은 광경이었다. 입 밖으로 꺼내면 아우라가 토라질 것이 틀림없었기에 히로는 아무 말도 하지 않고 점점 식탁을 채우는 요리를 바라보았다.

"그럼 준비도 끝났으니……."

시종들이 요리를 다 차리자 로자가 와인잔을 한 손에 들고 가볍게 팔을 올렸다.

"먼저 모두가 무사히 이 자리에 모인 것을 정령왕께 감사하자. 그리고 드랄 대공국에 승리한 것을 그란츠 열두 대신에게 보고하기로 할까."

그 말에 이어 각자 준비된 물이나 술을 들고 「건배」라고 말했다.

건배한 뒤에는 좋아하는 요리로 손을 뻗어 그 지고한 맛을 만끽했고, 여성들은 담소를 시작했다. 그런 떠들썩함 속에 섞여 로자가 히로의 귓가로 얼굴을 가까이 가져다댔다.

"크로네 가문이 불온한 움직임을 보이고 있다는 보고가 올라왔어."

불길한 말에 히로는 수프를 뜬 은수저를 도중에 멈췄다.

그리고 조용히 식기를 내려놓고서 로자를 힐끔 보았다.

"호오…… 뭘 하려는 거지?"

"마을과 도시에서 젊은이를 필사적으로 모으고 있어. 뭔가 꿍꿍이가 있는 모양이야."

"생각할 수 있는 건 하나밖에 없네."

"그리고 최근 몇 주 동안 도시의 대장간에 장비 제작 주문이 급격히 늘어났다고 하는군."

"누굴 상대하려는 건지 알아냈어?"

"누구도 상대할 생각은 없을 거야. 아마 황제를 향한 위협이겠지."

페르젠에서 벌인 짓의 책임을 추궁받았을 때를 대비한 보험

일지도 모른다. 그러나 준비를 시작한 것이 너무 빨랐다. 예측하고 있었다면 또 모르지만, 책임 추궁을 면하기 위해서라면 군비를 갖추어 황제를 위협하는 강경책을 쓸 일은 없었다.

'그럼 그거려나.'

부르스트 자작이 죽으면서 직할령이 된 즈이크라는 영토가 있다. 그것이 무소속인 중앙 귀족 마르크 가문에게 양도된 것이, 히로가 드랄 대공국으로 출발하기 전에 있었던 일이었다. 크로네 가문은 재고를 요구했으나 황제는 상대하지 않았고, 양자의 골이 깊어져 버렸다.

"즈이크 때문인 것 같은데…… 맞아?"

"그래, 정답이야. 그곳은 교역의 요충지이기도 하니까. 크로네 가문 입장에서는 되찾고 싶은 영토겠지."

로자는 이어서 입을 열었다.

"내일 논공에서 말을 꺼낼 테지만, 황제 폐하는 수긍하지 않고 크로네 가문의 약체화를 꾀할 거야."

"그건 더 바랄 나위가 없는 얘긴데…… 그렇게는 안 되려나?"

"크로네 가문의 약체화는 이쪽이 노리는 바지만, 그 뒤는 알 수 없어."

깊이 탄식한 로자는 팔짱을 끼고 복잡한 얼굴을 만들었다.

"황제 폐하는 크로네 가문을 몰락시키고 새롭게 마르크 가문을 중앙 귀족의 필두로 삼으려 하고 있지만, 만약 그들이 5대 귀족의 한 축을 차지하게 되더라도 당신이나 리즈를 지지하지는 않을 거야. 내 앞에 무릎 꿇게 되는 거니까."

이미 히로 뒤에는 동방 귀족이 있었다. 게다가 드랄 대공국과의 전쟁으로 리즈 뒤에 히로가 있다는 것을 누구나 알게 되었다.

"하지만 당분간은 마르크 가문이 적대하지 않을 거라고 단언할 수 있어. 한동안은 움직이지 못하고 지켜볼 수밖에 없을 테니 말이지."

브루탈 제3황자는 서방 귀족, 셀레네 제2황자는 북방 귀족이 지지하고 있고 거기에 파고들 틈은 없었다. 그렇다면 다른 황위 계승자를 찾아야 하지만, 리즈와 히로보다도 순위가 극단적으로 내려간다. 가까워 봐야 선대 황제의 조카 정도인데, 언제 천수를 다할지 모르는 상황이었다. 그때 문득 히로는 의문을 입에 담았다.

"그러고 보니…… 현 황제의 형제는 없어?"

만약 있다면 그들의 존재는 걸림돌이 된다.

"없어."

로자는 단언했다. 현 황제에게는 형이 다섯 있었지만 모두 불의의 사고, 혹은 병으로 세상을 떠났다고 한다.

"물론 현 황제가 의심을 받았으나 증거가 없어."

어느 사건이든 황궁에서 일어난 일이었고, 현 황제가 멀리 떨어진 곳에 있을 때 일이 벌어졌다. 그래서 암살자를 고용한 것은 아닌가 싶었지만 곧 의심은 풀렸다.

현 황제를 지지하는 파벌이 없었기에, 힘없는 그에게 그런 엄청난 일은 불가능하다고 판단되었기 때문이다.

'흥미로운 얘기네.'

형 다섯 명이 모두 사망. 잘 숨긴 모양이지만, 현 황제가 관여되어 있는 것은 틀림없으리라. 하지만 어떻게 그럴 수 있었는가. 매우 흥미로우나 이제 와서 범인이라고 특정해 봤자 의미는 없었다.

'그래도 약점이 필요해. 알현 때 허점을 드러내 준다면 좋겠는데.'

내일이 되면, 본인을 앞에 둔다면— 싫어도 황제의 의도가 보일 것이다.

그리고 새롭게 대두할 마르크 가문에 관해서도 상세히 알 수 있을 터였다.

"내일 논공에 참가하는 귀족은 파악됐어?"

"마르크 가문, 크로네 가문, 최근 소문에 등장하는 곳은 확실하게 나오겠지. 그리고 남방 귀족을 통솔하는 5대 귀족 무주크 가문의 가주가 일단은 참가를 표명했어."

"표명했다?"

딱히 표명하지 않아도 논공에는 참가할 수 있었다. 오히려 5대 귀족 무주크 가문의 가주라면 거절될 일은 만에 하나라도 없었다.

로자는 기막히다는 얼굴로 어깨를 으쓱이고서 와인을 한 모금 마신 후 무거운 숨을 토해 냈다.

"……의미심장한 발언으로 상대를 혼란에 빠뜨려서 휘젓고 싶을 뿐이겠지. 무주크 가문의 가주는 교활한 남자야. 나는 참가하지 않을 거라고 보지만, 빈틈을 보인다면 단숨에 물어뜯으려 들 테니 경계해서 나쁠 건 없어."

그보다도— 하고 로자가 이어 말했다.

"가장 경계해야 할 건 셀레네 제2황자야. 측근을 줄줄이 데리고서 대제도로 왔어."

지금까지 침묵을 유지하던 북방의 늑대가 움직이기 시작했다. 그것을 들으니 히로의 마음속도 어수선해졌지만, 상대의 목적이 확실하지 않은 현재로써는 가만히 지켜볼 수밖에 없었다.

그래도 가슴 깊은 곳에서 솟아오르는 감정은— 초조가 아니라 기쁨이었다.

"흐응…… 재밌어졌네."

셀레네 제2황자에게 대체 어떤 심경의 변화가 있었던 걸까. 그는 황위 계승 다툼에 관심이 없다고 했는데…….

"분위기가 뒤숭숭해졌어."

로자가 말했다.

"셀레네 제2황자는 2만의 군세를 이끌고 대제도로 왔으니까."

남방 귀족은 1만의 사단 규모, 로자가 이끄는 동방 귀족은 8천의 여단 규모라고 한다. 서방 귀족은 이번에 대제도에 오지 않았다고 한다.

"……서방에 여유가 없기 때문."

고기 기름에 번들거리는 입술을 흰 천으로 닦으며 아우라가 대화에 끼어들었다.

“서방은 지금 중요한 시기겠지. 파벌을 다잡고자 고생 중인 듯해.”

그렇게 말하며 로자가 아우라에게 동정의 시선을 보냈다.

“……응. 뮌스터 가문의 구심력은 없는 것이나 마찬가지.”

브루탈 제3황자가 황위 계승 순위 3위이기도 해서 어떻게든 붙들고 있으나, 그가 황위 계승 싸움에서 밀려나게 된다면 서방 귀족은 단숨에 와해되어 버릴 것이다. 내일 논공에서 서방 귀족이 책망받을 일은 없겠지만, 앞으로는 더욱 신중하게 일을 진행해야 했다. 히로의 계획상 지금 서방 귀족이 무너지면 곤란했다.

“뭐, 우선해야 할 건 크로네 가문이야.”

우선은 부패한 귀족이 가장 많은 중앙 귀족을 처리해야 했다. 그들도 그것을 알기에 불온한 움직임을 보이는 것이리라. 논공에서 책임을 추궁받았을 때, 위협할 목적으로 모은 군대를 정말로 움직일 가능성이 있었다.

“그래서 황제 폐하는 귀족들을 불러들이면서 병사 수를 제한하지 않았어. 크로네 가문이 최악의 선택지를 골랐을 때에 대비한 거겠지.”

중앙 귀족이 반란을 일으켰을 때를 위해…… 과연 그런 수단을 써야 할 정도로 몰아넣을 필요가 있을까. 국민의 지지를 얻을 수 있는 지금이라면 조기에 진압할 수 있을 거라 예상하고 그런 것이겠지만, 히로 입장에서는 규모가 크든 작든 내란은 피하고 싶었다.

하지만 황제의 의사는 확고한 것 같았다.

로자를 보니 그녀의 눈동자에는 포기가 다분히 포함되어 있었다.

"그때 중앙 귀족이 동원할 수 있는 병력은 약 5만이라고 추측돼. 당신이 황가의 일원이 되기 전의 크로네 가문이었다면 최대 10만을 넘었을 텐데 말이야."

"최대한 적게 잡아서 5만이라면 다른 사람과 손을 잡아야 맞설 수 있겠네."

대제도에 집결한 자들의 병력을 합쳐야 겨우 전력이 비등해졌다.

"실제로 중앙 귀족이 반기를 들더라도 손을 잡는 일은 없을 테지만."

로자가 말했다. 히로도 같은 의견이었다.

어디든 황제에게 좋은 인상을 심어 두길 원한다. 공적도 자신들이 독점하고 싶을 것이 틀림없다. 그렇게 되면 연계 따위 바랄 수 없고, 자칫 잘못하면 각개 격파될 뿐이다.

그래도 황제는 확실하게 크로네 가문을 약체화할 한 수를 놓을 것이다.

그렇지 않다면 귀족들의 병사 수를 제한했을 테니까.

"어쨌든 내일 황제 폐하의 말씀에 달렸지."

로자가 와인을 즐기면서 웃었다.

"어떤 사태가 되든 간에, 크로네 가문을 제외하고 모두 만전의 태세를 갖추고 있어. 이 정도로 그란츠 대제국의 토대는 흔들리지 않아."

그렇게 로자는 잘라 말했다. 그러나 히로는 과연 그럴까 하고 의문을 품고 있었다.

다양한 의도가 뒤얽힌 가운데 그 판단은 위험했다.

정쟁만큼 추한 것은 없다. 언제나 나라를 멸망시키는 것은 내부 인간이었다.

크로네 가문이 약해진다면 다음 표적은 자연스럽게 켈하이트 가문이 된다.

왜냐하면 히로와 리즈라는 두 황위 계승자를 데리고 있기 때문이다.

'그보다 외부에서 간섭할 가능성도 있어.'

경계해서 나쁠 것은 없지만, 어둠 속에서 뻗어 나온 탐욕의 손길을 어떻게 막아야 할까.

그런 궁리를 하면서 히로는 요리를 음미했고, 밤은 자연스럽게 깊어 갔다.

*****

식사를 마친 히로는 배정받은 방에 왔다.

여성들은 사이좋게 목욕하러 갔기에 현재는 히로 혼자였다.

히로는 창가로 다가가 달빛을 의지해 책 한 권을 꺼냈다.

이것은 『백지서(白之書)』라고 불리는 물건.

초대 황제 알티우스의 생애가 적힌 책이었다.

여기에는 그의 만년(晩年)이— 고독하고 슬프게 지냈다는 것이 기록되어 있었다.

"……내가 남아 있었다면 네가 괴로워할 일은 없었을까."

히로가 지구에 돌아가지 않고 알티우스를 섬겼다면 그가 고독에 시달릴 일은 없지 않았을까. 슬퍼할 일은 없지 않았을까. 그런 생각이 들어서 후회만이 밀려들었다.

"……."

창문도 열려 있지 않은데 쌀쌀한 바람이 방 안을 맴돌았다.

페이지를 넘길 때마다 가슴속에는 슬픔만이 소용돌이쳤다.

—여기에 해피엔드는 없다.

마족(조로스터)에게서 세계를 구한 알티우스— 그가 초대 황제로서 산 인생이 순탄했다고 하기는 어려웠다. 그의 목표 너머에 있던 것은 인족(휴먼)끼리의 분쟁, 시기, 그리고 싸움이었다.

목적을 달성한 후 그를 기다리고 있던 것은 죽기 직전까지 전쟁에 몸을 던지는 일이었다.

"……너무하잖아."

전쟁을 없애려고 노력했는데, 이래서는 알티우스에게 돌아오는 보답이 아무것도 없었다.

"우리는 이런 미래를 원해서 마족을 쓰러뜨린 게 아니야."

책을 덮은 히로는 분함에 주먹을 움켜쥐었다.

그러자 다쳐서 목욕하러 갈 수 없었던 서버러스가 슬픈 소리를 내며 발밑에서 재롱을 부렸다.

"괜찮아."

히로는 그렇게 중얼거리며 서버러스의 머리를 쓰다듬어 주었다.

그때—.

"언니의 가슴은 왜 그렇게 큰 거야?"

"오히려 내가 묻고 싶군. 자매인데 리즈의 가슴은 왜 그렇게 작지?"

"그걸 알면 고생 안 하지!"

리즈와 로자의 목소리가 복도에서 들려와 히로는 『백지서』를 『흑춘희(흑동백 공주)』 안에 넣었다.

그녀들의 발소리는 방 앞에서 멈췄고, 노크도 없이 문이 열렸다.

"음? 아직 깨어 있었나……?"

창가에 선 히로를 알아챈 로자가 깜짝 놀란 목소리로 말했다.

"이렇게 늦은 밤에 무슨 일이야?"

"아니, 그, 당연히 잠들어 있을 줄 알고."

하하, 하고 메마르게 웃으면서 로자는 근처 의자에 등을 기댔다.

시원찮은 대답을 의아하게 여기면서도 히로는 또 한 명의 방문자에게 눈을 돌렸다.

"……리즈까지 왜 여기에?"

"음…… 그게 말이지……."

애매하게 웃으며 리즈가 침대에 몸을 날렸다.

두 사람의 이상한 반응에 히로는 팔짱을 끼고 고개를 기울였다.

그러자—.

“마님, 와인을 가져왔습니다.”

“그래. 여기 놓아라.”

“그럼 실례하겠습니다.”

시종이 세련된 동작으로 머리를 숙이고 퇴실했다.

“그래, 수고했다.”

그 등을 배웅한 로자가 와인을 딴 뒤, 붉은 액체를 잔에 따르기 시작했다.

로자는 와인향을 즐기며 온화하게 웃었다.

“리즈, 언제까지 그러고 있을 거지?”

로자가 상냥하게 말하자 침대에 엎드려 있던 리즈의 어깨가 움찔 반응했다.

“하고 싶은 말이 있다면 방해받지 않는 지금 하는 편이 좋아.”

“……응. 언니, 고마워.”

로자의 목소리에 리즈가 결단을 내린 모습으로 침대 위에서 몸을 일으켰다.

“저기, 히로한테 할 얘기가…… 있는데…….”

히로에게 시선을 돌렸나 싶더니 이내 어색하게 피하면서 입을 열었다.

“아바마마한테 책임을 추궁하고 싶어. 그래서 페르젠 지원

확약을 얻어내고 싶어."

리즈는 붉은 눈동자에 강한 의지를 담아 히로를 응시했다.

"히로가 날 위해 노력해 주고 있는 건 알아. 아바마마의 분노를 사게 되면 지금까지 했던 일이 물거품이 될지도 몰라. 히로나 언니의 입장이 위태로워질 것도 알고 있어. 하지만, 그래도! 이대로 두는 건 옳지 않아!"

"리즈…… 너는……."

"아, 안 될까?"

히로의 기분을 상하게 했다고 생각했는지 리즈가 사랑스럽게 고개를 기울이며 불안한 얼굴로 확인해 왔다.

히로는 잠시 놀란 얼굴로 리즈를 보고 있다가 문득 로자가 신경 쓰여서 그녀 쪽으로 눈을 돌렸다. 로자는 기뻐하며 와인을 입에 가져가고 있었다.

리즈가 스스로 생각하고 걷기 시작하여 기쁜 것이리라.

물론 히로도 똑같은 기분이었다.

그래서—.

"……안 될 리가."

"엇— 정말?"

"하지만 아직 얘기가 덜 끝났지? 마저 말해 주지 않을래?"

그런 결론을 내렸다면 그 밖에도 여러 가지 생각했을 것이 틀림없었다.

"으, 응."

긴장한 표정으로 여러 번 호흡을 되풀이한 리즈는 주먹을 굳게 움켜쥐고서 가슴에 손을 얹고 이야기를 시작했다.

"있지…… 크로네 가문을……."

먼저 크로네 가문에게 페르젠에서의 책임을 추궁하고 부흥 자금 등을 걷는다. 또한 전쟁고아나 다쳐서 일자리를 잃은 자들에 대한 보상을 청구한다. 분명 알현실은 여러 목소리가 나오며 어지러워질 것이다. 그 혼란을 틈타 페르젠에 사죄할 것을 황제에게 요구한다.

"그란츠 대제국의 죄는 사라지지 않지만, 조금이라도 페르젠 백성에게 용서받아야 한다고 생각해."

"그렇구나. 하지만 황제는 분명 수긍하지 않을 거야."

"응. 그래도 상관없어. 그 자리에서는 결단을 요구하지 않을 거야. 그러니 논공이 어지러워진 틈에, 페르젠 왕가를 처단한 슈트벨의 황위 계승권 박탈도 진언하려고."

"황제를 규탄하는 건 어쩔 생각이야? 그대로 흐지부지될 텐데."

"그건 괜찮을 거야. 분명 국민들한테 소문이 날 테니까…… 우선은 내가 황제에게 사죄를 요구했다는 사실이 필요할 뿐이야."

요컨대 여론을 이용하겠다는 말이었다.

히로가 크로네 가문을 단죄하기 위해 국민의 목소리를 이용한 것처럼, 리즈 또한 국민을 뒷배 삼아 황제가 사죄하도록 만들 생각이리라.

아직 조잡한 부분이 있긴 해도 나쁘지는 않은 수단이었다.

상대가 동요하는 사이에 다음 질문을 던져서 더욱 큰 혼란에 빠뜨리고 정상적인 판단을 내릴 수 없게 한다. 꽤 잘 고안된 생각이었다. 그리고 리즈의 제안은 히로의 생각과 거의 일치했다.

"나쁘지 않은 방법이야. 협력할게."

"후후, 동생이 성장한 것 같아서 언니는 기쁘구나."

로자도 리즈를 마구 칭찬했다. 그녀는 취했는지 뺨이 발갛게 물들어 있었다.

"정말로 괜찮아?"

"응. 네가 하고 싶은 대로 해."

옥좌를 목표하는 자는 그래야 했다.

유연하게 생각하고, 확고한 의지를 가지고서 나라를 이끌어야 했다.

'……정말로 놀라운 성장이야.'

이 모습을 보니 이제 그녀를 혼자 둬도 괜찮을 것 같았다.

아니— 혼자가 아니었다.

로자와 아우라, 그리고 트리스와 서버러스. 그 밖에도 많은 아군이 있었다.

히로와 만나기 전의 그녀와는 달랐다.

'이 모습이면…… 이제 괜찮겠지.'

히로는 자신의 계획을 앞당겨야겠다고 생각했다.

"리즈가 황제에게 사죄를 요구하면 내가 그 생각에 찬동할게."

동방 귀족이 아군으로 붙어 있는 지금이라면, 대다한 공적을 올린 지금이라면 문제는 없었다.

"알겠어."

자신의 계획이 찬성을 얻어서 기쁜지 리즈는 활짝 웃었다.

눈부시다는 듯이 리즈를 바라보던 히로는 『흑춘희』 안쪽에 넣은 『백지서』 위에 손을 올렸다.

'그녀라면…….'

분명 리즈라면 알티우스의 역사를 지킬 수 있을 것이다.

—그렇게 확신한 밤이었다.

제2장 염희의 영광스러운 무대

기분 좋은 아침 햇살이 창문으로 들어오고, 새의 지저귐이 부드럽게 고막을 어루만졌다.

그런 가운데, 온화한 공기를 가르는 불길한 소리가 대기를 뒤흔들었다.

기백과 기백이 겹쳐 선명한 불꽃을 튀겼다가 구호 소리와 함께 공기 중으로 사라졌다.

그것을 자명종 삼아 히로는 어둠 속에서 각성했다.

"아침인가……."

히로는 바닥으로 발을 내리고 침대에서 일어났다.

아직 졸음이 남은 눈가를 비비자 눈물방울이 손가락에 묻었다.

"……."

그것을 보여 히로는 쓰게 웃었다. 아무래도 으레 그 꿈을 꾼 모양이었다.

악몽을 떨쳐 내듯 머리를 좌우로 몇 번 흔들고서 안뜰이 보이는 창문으로 다가갔다.

"아직이야아아!"

"무모해, 만용과 용기를 착각하고 있어."

유리창을 사이에 둔 건너편, 안뜰에서는 상처가 다 낫지 않은 리즈가 스카아하와 단련 중이었다.

사방이 저택에 둘러싸인 안뜰 중심에는 분수가 놓여 있었다. 그 주변을 에워싼 화단에 산뜻한 색채의 화초가 심겨 있고, 그 바깥 둘레에는 키 작은 나무들이 심겨 있었다.

인공적으로 만들어진 자연 속에서 단련에 힘쓰는 두 사람— 스카아하는 재빠르게 창을 놀려 리즈를 농락했고, 그에 반해 리즈는 뽑힌 손톱이 아픈지 맨손으로 스카아하의 품에 뛰어들어 공격을 가하고 있었다. 맨손이라고는 해도 리즈에게는 『염제(레바테인)』의 『천혜(그랄)』인 『괴력』이 있기에 맞는다면 단순히 아픈 수준으로는 끝나지 않았다.

“윽, 주먹이 만들어 낸 압력만으로도 의식이 아득해질 것 같군!”

그렇기에 스카아하는 진지하게 모의전에 임하고 있는 듯했다.

그런 두 사람 근처에서는 아우라가 나무 그늘에 앉아 책을 읽고 있었다.

“아침부터 혼자 뭐 그리 생각에 잠겨 있지?”

그 풍경을 바라보는 히로의 등 뒤로 로자가 요염하게 기대 왔다.

“리즈가 성장하여 쓸쓸한가?”

“좋은 징조야.”

“그런가…… 나는 조금 쓸쓸해. 새끼 새가 둥지를 떠나는 느낌이라고 해야 하려나…….”

로자는 히로의 어깨 너머로 보이는 리즈를 향해 기쁨과 쓸쓸함이 뒤섞인 시선을 보냈다.

그런 그녀에게—.

"계획을 앞당길까 해. 슬슬 나에서 리즈로 지지를 바꿔 줬으면 좋겠어."

"정말 그걸로 좋은 건가?"

"그게 가장 좋은 선택이야."

히로가 그렇게 말하자 등 뒤에서 무게가 사라졌다. 동시에 부드러운 감촉도 없어졌다.

"그래도 국민 전체의 뜻이 다르다면 나는 다시 흑황자로 갈아타겠어."

뜻밖의 말에 히로가 무심코 뒤를 돌아봤지만—.

"그리고 아이를 원하는 것도 변함없어."

로자는 양팔로 벽을 짚어 히로가 도망칠 길을 막았다. 반듯한 얼굴이 다가왔다. 그러나 물기를 머금은 고혹적인 입술은 히로의 뺨을 스쳐 귓가로 이동했다.

"절대 놓치지 않을 테니까."

요염함이 섞인 음성, 관능을 머금은 한숨이 귀에 닿았다.

히로는 쓰게 웃으며 어깨를 으쓱였다.

"평정(評定) 후에는 크로네 가문의 약체화를 염두에 두면서 동시에 슈트벨의 황위 계승권을 박탈할 거야."

"좋아. 하지만 다른 5대 귀족은 어쩔 거지?"

"북방 귀족인 샤름 가문— 셀레네 제2황자의 파벌은 단결이 잘 되어 있어서 만만치 않아. 이곳은 일단 방치해 둬야 할 거야. 동방 귀족이 힘을 길렀을 때 정면으로 쳐부수면 돼."

"흠, 서방 귀족은 걱정할 필요 없겠지. 녀석들은 자연스럽게 사라질 운명이야. 권력 다툼에서 제일 먼저 없어질 테니까."

"아니, 빠르게 퇴장하는 것도 곤란하니 살짝 손봐 두는 편이 좋겠어. 로자와 마찬가지로 나도 서방 귀족은 걱정하지 않지만 말이야."

남은 남방 귀족 무주크 가문은 가능하면 이쪽 진영에 끌어들이고 싶었다.

남방에는 글린다 변경백령이 있다. 그곳으로 병사를 보낸다면 도저히 버티지 못한다. 무엇보다 리즈와 히로의 거점은 베르크 요새였다.

그렇게 로자에게 설명하자 그녀는 히로의 목 부근에 머리를 문질렀다.

"베르크 요새를 잃으면 동방으로 오도록 해. 나는 언제든 환영이야."

로자는 선뜻 말했으나, 세 방향에서 동방 귀족을 공격한다면 리즈의 옥좌가 멀어질 것이다. 그렇기에 피하고 싶었고, 동방에 모든 시선을 집중시키는 것은 너무 위험했다.

"여섯 나라의 존재가 무서우니까. 혼란을 틈타 무슨 짓을 할 것은 확실해."

그 방벽 역할이 서방 귀족이지만 현재 전력으로는 여섯 나라의 공격을 버틸 수 없었다. 서방 귀족이 무너진다면 중앙은 단숨에 유린당할 우려가 있었다. 그 밖에도 그란츠 대제국에 탐욕스러운 손길을 뻗으려 하는 나라들은 수없이 존재했다.

1000년이라는 긴 세월 동안 많은 원한을 겹겹이 쌓았고, 이제나저제나 해방되길 기다리고 있는 상황이었다. 그중에서도 그란츠 대제국의 남방에 있는 리히타인 공국, 그 이웃 나라인 슈타이센 공화국이 여섯 나라와 손을 잡고 서쪽과 남쪽을 침공하기라도 한다면 옥좌니 뭐니 논하고 있을 수도 없게 된다.

그란츠 대제국은 대번에 존망의 위기에 몰리게 될 것이다.

"역시 여섯 나라와의 전쟁은 피할 수 없는 건가?"

우울한 표정의 로자를 향해 히로는 담담히 고개를 끄덕였다.

그렇기에 남방을 다스리는 무주크 가문을 가능하면 이쪽 진영에 끌어들이고 싶었다.

그 후에 리즈의 발언력을 높이며 국력 증강에 힘쓰고, 여섯 나라와 개전하도록 황제를 움직여서 승리를 거머쥔다. 그리고 그 책임을 황제에게 전가하여 옥좌에서 끌어내린 뒤, 리즈를 황제로 앉히는 것이 최종 목적이었다.

찬탈자가 되는 것은 피하고 싶으니 표면적으로는 국민 전체의 뜻에 의한 일이 될 것이다.

"그러니 당분간 로자가 할 일은 황제의 신용을 실추시키는 거려나. 때가 되면 단숨에 승부를 걸 테니까 여론을 조작해 뒀으면 좋겠어."

"후후, 그런 건 특기야."

로자는 맡겨 두라면서 자신만만하게 고개를 끄덕였다.

그때—.

"히~로~!"

창문을 보고 히로가 일어난 것을 봤는지 리즈가 외쳤다.

"좋은 아침~! 히로도 얼른 밑으로 내려와! 단련하자!"

"오, 흑황자. 우리 공주님이 부르시는군."

"기분 상하기 전에 빨리 가야겠네."

히로는 아침 인사를 보내는 리즈에게 손을 흔들면서 문으로 향했다.

"로자도 같이 안 갈래?"

"나는 좀 더 잔 뒤에 가도록 하지."

하품을 눌러 죽인 로자가 침대에 앉았다.

"알겠어. 그럼 이따 봐."

히로는 뒤로 돈 채 손을 흔들고서 리즈가 있는 안뜰로 가고자 발걸음을 옮겼다.

"히로 님! 안녕히 주무셨습니까!"

복도로 나오니 후긴이 기다리고 있었다. 평소처럼 쾌활하게 웃는 얼굴은 태양처럼 눈부신 분위기를 자아냈다. 로자의 호위로 복도에서 대기 중이었을 것이다.

"방 안에서 호위 임무를 다하도록 해. 로자도 그 정도로 불평하지는 않을 거야."

"아, 아뇨. 수상한 기척은 바로 알 수 있어서……."

후긴이 묘하게 서먹서먹하다……기보다 눈동자가 이상하리만큼 방황하고 있었다.

뭔가 이유라도 있는 걸까…… 그런 생각이 들어 히로는 입을 열었다.

"로자랑 무슨 일 있었어?"

"예?! 아, 아무 일도 없었습니다!"

어떻게 봐도 무슨 일이 있었다. 히로는 양손을 허리에 얹고 탄식했다.

"임무에 지장이 생기면 곤란하니까, 되도록 말해 줬으면 좋겠는데."

로자의 신변에 무슨 일이 벌어진 뒤에는 늦는다. 대처할 수 있을 때 처리해 두지 않으면 후회하게 된다.

후긴은 한동안 망설이는 기색을 보였지만 포기했는지 어깨를 떨구었다.

"저 사람, 불편해서요."

"불편하다고?"

임무에 사적인 정을 끌어들이지 않는 후긴치고는 희한한 변명이었다.

"예, 어제…… 같이 목욕을 했는데, 그때 가슴을 주물럭거려서."

히로는 깊은 한숨을 쉰 뒤, 이마에 손을 얹고 천장을 올려다보았다.

전부 듣지 않아도 알 수 있었다. 그 성희롱 마녀라면 싫은 기색을 내비치는 후긴의 가슴을 계속 만졌을 것이 틀림없다. 상대가 싫어하면 싫어할수록 가학심이 싹틀 것이다. 무엇보다 그녀는 예쁜 것이나 귀여운 것을 아주 좋아했다. 그 대상이 인간이더라도 마찬가지였다.

“아, 응, 가끔 어린애 같은 구석이 있는 사람이니까…….”

이 이상의 두둔은 할 수 없었다. 할 말이 떠오르지 않았다.

“그리고 숙련된 암살자는 기척을 지우기도 해. 그 점을 생각하면 역시 가까이서 지켜보는 편이 좋아.”

“으으…….”

후긴은 끙끙거리기 시작했다. 임무와 자기희생을 저울질하고 있을지도 모른다.

“히, 히로 님을 위해서예요. 임무를 수행하겠습니다…….”

고개를 푹 숙인 후긴은 터덜터덜 걸어가 싫다는 표정으로 문고리를 잡았다.

“실례합니다!”

그리고 씩씩하게 말하고서 힘차게 실내로 돌입했다.

“오, 마침 껴안고 잘 게 필요했는데. 히로 대신이 되도록.”

“엥? 싫어어어어?!”

히로는 마음속으로 후긴에게 사죄하면서 못 들은 것으로 치고 등을 돌렸다.

*****

안뜰에 도착해 보니 리즈는 잔디 위에 뻗어 거칠게 숨을 토하고 있었다.

스카아하는 그 근처의 화단 벽돌에 앉아 있었다.

그녀는 수건으로 상쾌하게 땀을 닦으면서 히로에게 아침 인사를 건넸다.

“히로 공, 잘 잤나. 오늘도 좋은 날씨야.”

“아아, 응. 안녕. 그래서 승패는……?”

“묻지 않아도 알 수 있어.”

그 목소리에 반응하여 뒤돌아보니 아우라가 서 있었다.

“……안녕.”

“아우라, 안녕.”

히로는 인사를 돌려주고서, 쓰러져 있는 리즈에게로 다시 시선을 보냈다.

지난번 싸움으로 생긴 상처는 눈에 띄지 않을 정도로 사라졌다.

등에 있었던 열상은 희미하게 남아 있는 정도일 것이다. 일반인과는 비교도 안 될 만큼 빠른 치유 속도였다. 『염제』의 가호 덕분이겠지만, 그래도 손톱만큼은 자라는 것이 늦는 모양이라 리즈는 일어나려다가 통증에 얼굴을 찌푸리면서도 히로에게 명랑하게 웃어 보였다.

“히로! 드디어 왔구나! 내 상대를 해!”

“아니, 좀 더 쉬어 둬.”

활력 넘치는 리즈를 보며 히로는 곤혹스러운 표정을 지었다.

그보다도—.

“아까 위에서 본 정도이긴 하지만, 전보다 움직임이 몰라보게 달라졌더라.”

"이제 막 상처가 회복된 참인데?"

아냐, 아냐, 하고 손을 휘휘 저으면서 리즈가 쓰게 웃었다.

"페르젠에서 싸웠을 때보다도 빈틈이 없었어. 마치 다른 사람 같더군."

스카아하가 히로에게 동의를 나타냈다.

'그럼 내 착각이 아니라는 거네.'

리즈의 몸에 어떤 변화가 있었던 걸까. 어젯밤 일도 그렇고, 페르젠에서 어떤 계기가 있었던 것은 확실했다.

"뭔가 결심했다는 느낌이야. 공격 하나하나가 묵직해. 깜짝 놀랄 정도의 각오가 실려 있었어. 만약 손을 다치지 않은 상태였다면, 또 검을 들고 있었다면 내가 졌을지도 몰라."

스카아하가 그렇게 평했지만 리즈는 볼을 빨갛게 물들일 뿐이었다.

"기분 탓이야, 기분 탓."

리즈는 쑥스러움을 감추고자 팔을 휘저으며 아우라에게 동의를 구하는 시선을 보냈다.

"그치? 아우라도 그렇게 생각하지?"

"응…… 잘 모르겠— 읏?!"

작게 고개를 갸웃한 아우라의 가느다란 팔이 리즈에게 붙잡혔다.

"그, 그렇게 생각하지? 기분 탓이지?"

리즈가 어색하게 아우라의 머리를 마구 쓰다듬자 아우라는 짜증스럽게 그녀를 올려다보았다.

"……아파. 해방을 요구하겠어."

아우라가 불만을 호소했으나 리즈는 자신의 괴력을 잊고 아우라의 머리를 마구마구 쓰다듬었다.

"그럴 리가! 상냥하게 쓰다듬고 있는걸!"

"히윽?!"

이대로 두면 아우라의 목이 꺾여 버릴 것이다.

"마, 맞다. 아침 먹을까? 다들 배고프지?"

히로가 순간적으로 제안하니 스카아하가 일어섰다.

"그렇군. 요란하게 움직인 탓에 배고파진 참이야."

"그럼 단련은 여기까지 하고 식사하도록 할까!"

리즈도 찬성하며 아우라를 해방했다.

"……납득할 수 없어."

아우라는 뚱한 표정으로 욱신거리는 목을 누르며 일어났다.

네 사람은 나란히 식당으로 발걸음을 옮겼다.

*****

식당에 도착하니 이미 로자가 자리에 앉아 있었다.

그 옆에서는 후긴이 울상인 채 입술을 꾹 깨물고서 얼굴을 새빨갛게 물들이고 있었다.

"으으…… 또 주물렀어…… 히로 님도 주무른 적 없는데……."

이유는 묻지 않는 편이 좋을 것이다.

그녀는 훌륭히 호위 역할을 다했다는 뜻이었다.

"……응?"

조금 떨어진 곳에 어제는 없었던 원탁이 놓여 있었다.

그곳에는 남성들이 앉아 있었다. 트리스, 가더, 무닌 세 사람이었다.

그래서 안뜰에 그들의 모습이 없었구나 하고 히로는 생각했다.

그나저나 불과 하루 지났을 뿐인데 어쩐지 남자들을 보니 반가웠다.

"다들 잘 잤어?"

그렇기에 인사와 함께 자연스럽게 발이 그쪽으로 나아가려고 했다.

그러나—.

"히로는 이쪽이야."

뒤에서 리즈가 팔을 붙잡았고, 무시무시한 괴력에 의해 히로는 여성들 속에 들어가게 되었다.

"자, 식사를 시작하지."

어젯밤과 마찬가지로 로자가 손뼉 치자 시종들이 식사를 나르기 시작했다.

"오늘 평정은 어지러워지겠군."

로자가 즐겁게 목을 쿡쿡 울리고 리즈에게 시선을 옮겼다.

"으응? 왜 그애?"

리즈는 어지간히 배고팠는지 닭날개를 입안 가득 넣고서 고개를 기울였다.

그녀가 긴장하고 있을 거라고 생각했는지 로자는 예상 밖의 반응에 눈이 동그래졌다.

"……우리 공주님은 긴장하지 않은 것 같군. 정말로 늠름하게 성장했어."

로자는 입에 손등을 대며 웃음을 참고서 사랑스럽다는 눈빛으로 동생을 바라보았다.

"그런데 평정이 끝날 때까지 나는 어쩌면 좋지?"

고기가 꿰인 꼬챙이로 스카아하가 히로를 가리켰다.

"가더와 함께 저택에서 기다려 줄래?"

"그거라면 간단하군. 당연히 적대 파벌의 목을 한두 개쯤 가져오라고 할 줄 알았는데 말이야."

확실히 그녀의 힘이라면 웬만한 인간은 맞서지 못할 테고 『빙제(게볼그)』의 먹이가 될 것이다. 그러나 그런 짓을 저지르면 틀림없이 전쟁이 벌어진다.

"머지않아 싸움은 일어날 거야. 그때까지는 얌전히 기다려 줘."

"좋아. 내 창이 필요해지면 언제든 말해. 어떤 적이든 꿰뚫어 보이겠어."

스카아하는 꼬챙이에 꿰인 고기를 덥석 물며 행복한 얼굴로 말했다.

"그러고 보니…… 로자, 다른 귀족들은 어쩌고 있어?"

"이미 황궁에 들어간 모양이야. 우리가 마지막이 되겠지."

그중에는 셀레네 제2황자와, 모습을 감췄던 슈트벨 제1황자도 있다고 했다.

"그럼 아침 식사가 끝나는 대로 황궁으로 갈까."

"그러는 편이 좋을 거야. 지각해서 괜히 적을 늘릴 필요는 없으니까."

그렇게 말한 로자가 문득 어떤 생각이 떠올랐는지 식사하던 손을 멈췄다.

"그리고 남방 귀족은 참가하지 않는 것 같더군. 부하의 보고에 의하면 아무도 모습을 나타내지 않았다고 해."

"상관없어. 이번 상대는 그들이 아니라 중앙 귀족이니까."

그렇다. 기다리고 기다리던 때가 왔다.

마침내 크로네 가문을 실각시킬 때가 온 것이다.

'그란츠 대제국을 부패시킨 녀석들이야. 봐줄 필요는 없어.'

*****

알현실. 천장을 받치는 기둥 뒤에 많은 귀족이 가득 서 있었다.

그중에는 로자는 물론이고 슈트벨 제1황자, 셀레네 제2황자도 있었다. 무엇보다 5대 귀족이라고 불리는 다섯 가문 중 세 가문이 이 자리에 모여 있었다.

그 추종자들과 그들에게 빌붙으려는 중소 귀족을 포함하면 인원이 200명을 넘었다.

중앙 귀족의 필두인 크로네 가문.

북방 귀족의 필두인 샤름 가문.

동방 귀족의 필두인 켈하이트 가문.

그리고 무소속 최대 귀족인 마르크 가문.

그란츠 대제국을 대표하는 대귀족이 한 장소에 모여 있었다.

그렇기에 알현실을 가득 채운 위압은 이루 헤아릴 수가 없었다. 평소처럼은 끝나지 않을 것이라는 분위기를 누구나 느끼고 있었다.

그런 묵직한 공기가 팽팽하게 자리한 가운데, 음악대가 연주하는 우아한 선율이 조용히 흘렀다. 마음을 진정시키는 훌륭한 음색이지만 이와 같은 상황에서는 효과를 내지 못하여 분위기는 점점 무거워질 뿐이었다.

모두가 마른침을 삼키며 지금부터 일어날 역사의 한 페이지를 두 눈으로 확인하기 위해 지켜보고 있었다.

알현실에 깔린 붉은 융단 위를 걷는 세 남녀에게 시선이 쏟아졌다.

"브나다라 가문도 이제 끝난 거 아닐까. 서방 귀족이 이 자리에 없는 걸 보면 그녀에게 모든 책임을 떠넘기려는 것 같군."

"서방 귀족은 쓸데없는 지출을 강요받았으니까. 짐짝은 버려야지. 뭐, 그녀만을 비난하는 것도 가혹한 얘기지만."

귀족들의 노골적인 시선이 아우라에게 집중되었다.

그래도 아우라는 고개 숙이지 않고 당당히 붉은 융단 위를 걸었다.

"브나다라 준장뿐만이 아니야. 세리아 에스트레야 제6황녀도 입장이 위태로워."

"여자— 하물며 어린애한테 일을 맡기니까 이런 결과가 된 거지."

또한 포로가 되는 실수를 보인 리즈를 가리키며 작은 목소리로 속닥거렸다.

"그란츠의 공주가 적에게 붙잡히다니 전대미문이야."

"하! 무슨 병을 옮겨 왔을지 알 수가 있나. 더러워진 황녀라고."

리즈를 비웃는 목소리가 새어 나왔을 때— 히로는 걸음을 멈췄다.

"……."

다만, 그저 리즈를 모욕한 귀족을 노려볼 뿐이었다.

오직 그것뿐인 행위— 그러나 뿜어져 나온 살기는 심상치 않았다.

"힉?!"

각오도 없는 인간이 그녀를 비웃는 것은 용서할 수 없었다. 아무것도 한 일이 없는 식충이가, 이 나라를 계속해서 좀먹는 해충이 같은 공간에 있는 것만으로도 정말이지 역겨웠다.

'얼마나 썩어 빠진 건지…… 조금이라도 좋으니 그란츠인의 기개를 보여 줬으면 좋겠는데 말이야.'

히로는 자신의 목을 몇 번 두드리는 모습을 보이고서 작게 웃는 형태를 만들고 다시 걷기 시작했다. 리즈를 모욕한 귀족은 겁에 질려서 그 자리에 엉덩방아를 찧고 덜덜 떨었다.

마음에 들지 않는 분위기였다. 리즈와 아우라의 무사를 기뻐하는 자는 없었다.

어떻게 책임지게 할까, 적대하는 귀족들은 그것만을 기대하고 있었다.

솔직히 말해서 속이 뒤틀렸다.

'……그러니 어쩔 수 없는 일이잖아?'

히로는 숨기지 않고 살기를 내뿜었다. 거기에 섞인 패기가 공간을 삐걱거리게 했다. 그것을 눈치챈 귀족들은 차례차례 입을 다물었고, 진땀을 흘리면서 발밑으로 시선을 떨어뜨렸다. 포식자에게 노려지지 않기 위해 사냥감은 모두 침묵했다.

기묘한 공기가 알현실을 지배했다.

그렇게 여유롭게 발걸음을 옮겨 옥좌 앞에 도착했다. 변함없이 젊디젊은 패기로 가득한 황제가 앉아 있었다. 리즈와 아우라가 신하의 예를 취하며 무릎을 꿇었고, 히로는 한 박자 간격을 두고서 그란츠식 경례— 오른쪽 가슴을 두드리고 한쪽 무릎을 꿇었다.

"먼 길 오느라 수고했다."

황제의 입에서 치하의 말이 나왔다.

"세리아 에스트레야. 네가 무사함을 기쁘게 생각한다."

엄숙한 음성이 알현실에 울려 퍼졌다. 결코 큰 목소리는 아닌데도 귓가에 맴도는 낮은 음성은 누구든 귀를 기울이게 했다.

"히로 슈바르츠. 그대의 공적은 이루 헤아릴 수 없다. 포상은 기대해도 좋아."

황제가 오른손을 들었다.

그러자 근처에서 숨죽여 지켜보던 기리시 재상이 앞으로 나왔다.

“그럼 지금부터 논공행상을 시작한다.”

비잔 기리시 폰 샤름.

갸름한 얼굴에 잔걱정이 끊이지 않을 것처럼 생겼지만 겉모습에 속으면 호된 꼴을 당하게 된다.

그는 그란츠 대제국의 재상이자 5대 귀족 샤름 가문의 전 가주였다.

재상 지위를 택하면서 괜한 분쟁을 피하고자 가주 자리를 버린 모양이지만, 지금도 그가 실권을 쥐고 있다는 소문이 그럴듯하게 돌았다.

히로도 그것은 사실이라고 생각하고 있었다. 직접 키운 밀정을 이용해 이쪽의 모습을 이것저것 살피고 있는 점을 봐도 무언가를 꾸미고 있는 것은 틀림없으리라.

‘그러고 보니 도리쿠스가 안 나타나네.’

원래부터 그를 의심하고 있었기에 중요한 일은 맡기지 않았다. 전부 잡일만 시켰었다. 그렇기에 사라져도 지장은 없지만, 히로 앞에서 사라졌다는 것은 뭔가 다른 임무를 받았을 가능성이 있었다. 경계해서 나쁠 것은 없겠으나 도리쿠스 정도라면 방치해 둬도 문제는 없으리라.

“먼저 트레아 르단디 아우라 폰 브나다라.”

“……예.”

“현 시각부로 그란츠 대제국 제3황군 참모장에서 해임한다. 또한 『황흑기사단』의 지휘권을 박탈하고 3개월 근신 처분을 내린다."

"……삼가 받들겠습니다."

즉, 모든 직책을 잃고 무소속이 되어 버렸다는 뜻이기도 했다.

항의해 봤자 의미는 없었다. 이 자리에 그녀를 편들 자는 아무도 없으니, 울부짖어 봤자 가문에 폐를 끼칠 뿐 득이 될 일은 없었다.

하지만 나쁘기만 한 것은 아니었다. 이걸로 아무런 여한 없이 리즈 진영에 소속될 수 있었다.

목숨이 붙어 있는 것만으로도 다행인 처벌이었다. 처음에는 목이 날아갈 뻔했으니까.

귀족들도 불만의 목소리는 내지 않았다. 대제도에서 『군신소녀』의 인기는 무시무시했다. 아우라가 무소속이 되면 그들도 자신의 파벌로 권유할 수 있으니 좋은 일이기도 했다.

"이어서 세리아 에스트레야 엘리자베스 폰 그란츠."

"예."

"그대에게는 **반년** 간의 근신 처분을 내린다."

"읏?!"

리즈가 깜짝 놀라 얼굴을 들었다. 동방 귀족들도 비명 같은 소리를 냈다.

이 결과에는 히로의 마음도 어수선해졌다.

'……당했어.'

여론은 리즈의 엄벌을 바라지 않았다.

그들의 감정을 폭발시키지 않기 위해서도 리즈의 벌을 가볍게 할 수밖에 없는 상황이었다.

'설마…… 이렇게 나올 줄이야.'

국민들은 「근신 처분」이라는 말만 듣고 불만이 사라질 것이다.

제4황군 사령관에서 해임되지도 않았고, 『장미기사단』 지휘권도 박탈당하지 않았다. 계급 강등도 없으니 불만 따위 생길 턱이 없었다.

'하지만…… 정치적인 의미에서는 크게 뒤처지게 돼.'

앞으로는 황위 계승권 싸움이 활발해진다— 그런 가운데 반년 근신 처분은 계승권을 박탈당한 것이나 마찬가지였다.

'잘 생각해 냈네. 국민들은 가벼운 처분에 기뻐할 테고, 적대 파벌도 불평할 수 없게 됐어.'

그러나 비관할 필요는 없었다. 정세는 이쪽 편이었다.

우선은 근신 처분을 받아들여야 했다.

'이걸로 끝이 아니야…… 아직 방법은 있으니까 성급하게 굴지 말아 줘.'

자포자기하면 안 된다고, 반론만큼은 하지 말아 달라고, 히로는 기도를 담아 리즈에게 시선을 보냈다. 그것이 통했는지는 모르겠지만 리즈가 다시 머리를 숙였다.

"삼가 받들겠습니다."

히로는 다행이라며 가슴을 쓸어내렸고, 리즈가 분함에 입술을 꾹 다물고 있다는 것을 깨달았다.

'리즈…… 그 분함을 토해 낼 수 있는 상황을 만들어 내겠어. 아직 끝난 게 아니야.'

히로는 조용히 숨을 뱉은 뒤, 어둠을 내포한 눈으로 기리시 재상을 응시했다.

"그럼 이어서 히로 슈바르츠 폰 그란츠."

"……예."

"드랄 대공국에 승리했을 뿐만 아니라 페르젠 속주에서 일어난 반란을 진압하고, 무엇보다 세리아 에스트레야 제6황녀를 구출한 수완은 훌륭하다. 지난번과 마찬가지로 영지를 줘야 한다는 목소리도 있으나, 바움 소국과의 서약 때문에 그것은 불가능하다. 그러므로 그대에게는 그란츠 금화 1000개를 하사하고, 1급 무관에서 중장으로 승급을 선고한다."

2계급 특진— 히로에게 새롭게 부여된 직함인 중장은 흔히 장군이라고도 불렸다.

유사시에는 병사 3만— 군단을 할당받기도 했다.

당연한 결과이기에 누구도 놀라지 않았다. 히로는 그 정도 공적을 남겼기 때문이다.

그렇다고는 해도 군단을 지휘할 수 있을지는 황제에게 달린 일이었다. 영지가 없는 히로가 모을 수 있는 병사는 한계가 있기에 당분간은 지금까지와 똑같았다.

"삼가 받들겠습니다."

"그럼 이것으로 논공을—."

기리시 재상이 끝맺으려 한 찰나, 히로는 날카롭게 눈을 빛냈다.

'이대로 끝내지는 않아…….'

히로는 바닥에 주먹을 쿵 내리쳤다.

원래부터 조용한 공간이었다. 그렇기에 요란한 소리가 알현실에 메아리쳤다.

모두가 눈을 동그랗게 뜨고 노골적인 시선을 히로에게 집중시켰다.

'자, 반격의 봉화를 올리자.'

자신에게 집중된 시선을 바라본 히로는 만족스럽게 웃었다.

그중에는 리즈의 모습도 있었는데, 히로는 눈이 휘둥그레진 그녀에게 눈짓을 보냈다.

'모든 생각을 털어놓도록 해. 너라는 존재를 귀족 제후의 뇌리에 새기는 거야.'

그러자 순식간에 이해한 듯한 눈빛을 내비친 리즈가 그 자리에서 힘차게 일어났다.

"브리우스 펠쿠스 폰 크로네!"

그녀의 입에서 크로네 가문의 가주 이름이 튀어나왔다.

"당신도 이 자리에서 벌을 받아야 해!"

과장된 손짓을 섞으며 선언된 말은 열기를 띠었다.

"페르젠에서 저지른 수많은 악행, 이번 반란을 일으킨 원인은 당신에게도 있어!"

게다가 새끼 고양이라고 생각했던 제6황녀가 갑자기 이빨을 드러냈다.

그녀를 얕보던 귀족 제후는 동요하여 끼어들 여유도 없었다.

"브리우스 펠쿠스 폰 크로네! 당신이 그란츠 대제국에 가져온 손실은 이루 헤아릴 수 없어!"

모두가 어안이 벙벙해져 갑자기 돌변한 리즈를 깜짝 놀란 눈으로 바라봤다.

"황제 폐하! 그에게 속죄할 기회를 내려 주십시오. 국민들도 그것을 바라고 있습니다!"

의연하게 단언한 말은 모든 자에게 전해졌을 터였다.

'반응은 어떨까.'

중앙 귀족들이 모인 장소로 시선을 돌리자 말뜻을 이해한 자들이 못마땅한 얼굴로 한결같이 리즈를 노려보고 있었다. 크로네 가문의 실각을 바라는 귀족들은 눈빛을 바꾸고 리즈에게 기대 어린 시선을 쏟았다.

"……꼬맹이가 괜한 말을 지껄이기는."

"젠장, 설마…… 제6황녀가 비난할 줄이야."

중앙 귀족들에게서 동요한 목소리가 들렸다. 우려하던 일이 일어났기 때문일 것이다.

안 좋은 흐름을 끊자고 생각했는지 중앙 귀족 중 한 명이 앞으로 나왔다.

"외람된 말씀입니다만 황제 폐하, 그녀의 말에 귀를 기울이실 필요는 없습니다. 페르젠 속주에서 반란이 일어난 것은 서방 귀족의 통치가 실패했기 때문인데 왜 크로네 가문이 벌을 받아야 합니까. 그녀의 말은 이해하기 어렵습니다."

그의 이야기를 시작으로 중앙 귀족 무리가 잇달아 크로네 가문을 옹호했다.

"애초에 세리아 에스트레야 제6황녀 전하는 근신 처분을 받았으니 이 자리에서 발언할 수 없지 않습니까. 분수를 지키셔야지요."

"분명 포로로서 받았던 고통이 아직 치유되지 않은 것이겠지요. 조금 전 발언은 흘려보내고 그녀에게 휴양할 시간을 주는 것이 좋겠습니다. ……아아, 아니지, 죄송합니다. 이미 근신 처분을 받았지요?"

중앙 귀족들의 비웃는 말이 차례차례 리즈에게 날아왔다.

"가만히 듣고 있자니 네놈들! 세리아 에스트레야 제6황녀 전하의 상냥한 마음을 모르겠다는 건가! 얼마나 썩어 빠진 거야!"

"머릿속에 사리사욕을 채우는 일밖에 없는 중앙 귀족들에게는 무슨 말을 해도 소용없어."

참을 수 없었는지 동방 귀족도 불이 붙어서 중앙 귀족을 매도했다.

"흥! 동방 귀족 놈들, 착각하는 것 같은데, 페르젠 속주에서 가장 멀리 떨어져 있는 네놈들이 우리한테 뭐라고 할 수 있는 처지인 줄 아나?"

"너희 중앙 귀족은 항상 그렇지. 말만 번드르르하고 행동하지 않아. 그저 크로네 가문 뒤에 숨어 있을 뿐이면서 어떻게 그리도 잘난 듯이 굴 수 있지?"

홀이 소란으로 가득 찬 가운데, 히로는 크로네 가문의 가주에게 눈을 돌렸다.

그는 조용히 눈을 감고 있을 뿐, 상황을 정리할 생각은 없는 모양이었다.

무엇보다 5대 귀족으로서, 그란츠 대제국의 정점으로 오랫동안 군림해 왔다는 오기로라도 겉보기에는 태연한 얼굴이었다. 역시 능구렁이답게 연기를 잘했다. 마음속은 분노로 펄펄 끓고 있을 텐데…….

그때 히로는 문득 슈트벨이 신경 쓰였다.

히로가 슈트벨을 찾아내자 그는 시선을 눈치채고 짙게 웃어 보였다.

무언가를 꾸미고 있었다. 하지만 여유롭게 선 그의 표정에서는 아무것도 읽을 수 없었다.

슈트벨은 자신의 목을 두드리며 기분 나쁜 주장을 하고 있지만…….

'이 상황에서 뭔가 할 생각인가……?'

아니, 그보다도—.

"내무부에는 중앙 귀족에 대한 불평만 들어온다더군. 거처를 잃고 동방으로 이주하는 자도 많아. 네놈들 중앙 귀족은 백성을 뭐라고 생각하는 거지? 밖에서 일어나고 있는 항의 활동도 그 결과가 초래한 거겠지!"

"아무것도 모르는군. 대제도가 중앙에 있으니 중앙 귀족에 대한 불평이 많게 느껴지는 것일 뿐, 만약 수도가 동방에 있었다면 동방 귀족에 대한 불평으로 넘쳐 났을 거다!"

서로가 양보할 수 없는 입장이기에 흥분과 혐오가 복잡한

판을 만들어 갔다.

몸싸움으로 발전할 것 같을 만큼 주변은 더더욱 소란스러워지며 들끓었다.

이 이상 내버려 둔다면 수습할 수 없는 사태가 될 것이다.

'우리 입장에선 바람직한 전개인데…… 당신은 어떻지?'

황제에게 시선을 돌리자 그는 성가시다는 듯이 눈썹을 찌푸리고 있었다.

그리고—.

"조용히 하라."

그저 한마디, 그것만으로도 언쟁을 벌이던 귀족들은 중압을 견디지 못하고 입을 다물었다.

고요해진 알현실에 차가운 바람이 지나갔다. 다들 목에 칼날이 들이대져 있는 감각을 느끼고 있을 터였다. 거기에 살기가 포함되어 있다는 것도, 짜증 때문에 억누르지 못한 감정이 꿈틀거리고 있다는 것도 깨닫고 있으리라.

예전부터 수상하다고 생각했는데, 감정이 폭발한 탓에 황제의 손 근처가 일렁였다.

보이지 않는 무언가가 그의 손에 들려 있음을 알 수 있었다.

'정령검 5제—『풍제(간디바)』인가…… 반갑네.'

나이에 비해 황제가 젊은 외모를 유지하고 있는 이유— 그것이 『풍제』의 『천혜』 때문임을 히로는 확신했다. 황제가 마음을 먹는다면 한순간에 알현실을 피바다로 바꿀 수 있을 것이다.

'뭐…… 결국 그 정도 힘— 일반인을 상대로 자랑할 만한 힘

밖에 없지만.'

역시 노화는 힘을 약화시킨다. 아무리 위대한 힘을 가지고 있어도 시간의 흐름을 막을 수는 없었다. 전성기 때 황제의 모습은 상상할 수밖에 없으나 지금 이상의 힘을 보유하고 있었을 터였다.

"브리우스 펠쿠스 폰 크로네, 앞으로 나오라."

황제는 엄숙하게 크로네 가문 가주의 이름을 불렀다.

"예."

지명받은 크로네 가주는 측근들에게서 떨어져 나와 히로 일행 근처에서 한쪽 무릎을 꿇고 머리를 숙였다. 역시 5대 귀족의 한 축을 다스리는 가주였다. 침착하기 그지없는 태도에서는 어딘가 여유가 느껴졌다.

"뵈제 폰 크로네라는 이름을 아는가?"

새로운 귀족을 대두시키려는 황제 입장에서 크로네 가문은 걸림돌이었다.

태연함을 가장하고는 있지만 크로네 가문을 처벌할 수 있는 상황이 되어 내심 기뻐하고 있을 것이다. 그것은 황제가 몸에 두른 분위기를 통해 헤아릴 수 있었다.

"잘 알고 있습니다. 저희 크로네 가문의 말석으로 들어온 자의 이름입니다."

그에 반해 크로네 가주는 지금까지 그란츠 대제국에서 암약한 남자답게 표정만 보자면 천연덕스러운 얼굴이었다. 그러나 그 눈동자는 황제를 향한 증오로 물들어 있었다.

"분명 페르젠 속주 장관이었던 것 같습니다만. 그자가 무슨 문제라도?"

"뵈제의 소행에 관해 여러 가지로 보고가 올라왔다. 그중에서도 가장 악질인 죄는 특정 귀족에게 약탈권— 비인도적인 허가증을 준 것이다. 그로 인해 페르젠 왕가가 남긴 왕도는 무참한 모습이 되었고, 그란츠를 향한 백성의 원한 또한 커지고 있어."

"그렇군요…… 그것은 같은 인간으로서 죄책감이 드는 이야기입니다."

"변명은 그것뿐인가?"

"변명할 것도 없이, 본인이 이 자리에 없는데 판단을 내릴 수는 없습니다."

그리고, 하고 크로네 가문의 가주는 말을 이었다.

"황제 폐하께서도 알고 계시겠지만, 그는 페르젠 잔당군과의 싸움에서 행방불명되어 사실 확인이 불가능한 상황입니다. 속죄시키려고 해도 본인이 없으니—."

황제의 손이 공기를 쓰다듬듯 좌우 일직선으로 움직여 크로네 가주의 말을 차단했다. 그 동작만으로도 그는 입을 다물고 말았다.

어떤 특별한 일을 한 것은 아니었다. 정령검 5제의 힘이 작용한 것도 아니었다.

그저 황제가 내뿜은 위압을 버티기 위해— 의식을 잃지 않도록, 그는 온 신경을 집중시켰을 뿐이었다.

"브리우스 펠쿠스 폰 크로네."

호우가 쏟아지는 것처럼 황제의 목소리에서 뿜어져 나온 살기가 크로네 가문의 가주에게 꽂혔다.

"읏, 예!"

"페르젠 부흥 자금은 크로네 가문이 전액 부담하라."

황제의 말에 중앙 귀족의 불만은 단숨에 누그러질 기미를 보였다. 자기 가문에 피해가 미치지 않는다면 어떻게 되든 상관없었다. 그렇기에 누구도 반론하지 않았다.

크로네 가주도 쓸데없는 말은 하지 않았다.

여기서 괜히 반론을 시도하면 구심력 저하를 막을 수 없게 된다.

참아야 할 때라고 생각하고 있을 것이다. 그리고 작게 웃는 형태를 만든 그의 표정에서는 축적한 자산으로 지불할 수 있기에 가능한 여유가 엿보였다.

"그 밖에도 크로네 가문에 하사한 하이룽, 미트라이트, 그롤, 이 세 땅을 몰수하고 앞으로는 짐의 직할령으로 운영하겠다."

"그게 무슨—?!"

닳고 닳은 크로네 가주도 얼굴이 새파래졌다. 전부 크로네 가문의 번영을 지탱해 온 토지의 이름이었다. 소중한 수익원—요컨대 심장부를 도려낸 것이다.

"기, 기다려 주십시오. 그 땅들은 선조 대대로—."

수단이 어떻든 간에, 오늘에 이르기까지 크로네 가문은 그란츠 대제국에 다대한 이익을 가져다주었다. 그 공적은 이루 헤아릴 수 없었다. 게다가 협박용으로 병력을 긁어모으고 있으니 황제가 이 이상 강하게 나오지 않으리라고 생각했을지도 모른다.

"또한 앞으로 1년간, 세수입의 6할을 그란츠 황가에 바칠 것을 엄명한다."

크로네 가주의 말을 무시하고 황제는 추격타를 더했다.

누구든 돈은 필요하다.

크로네 가문은 대귀족, 더구나 5대 귀족의 한 축— 많은 병사를 거느리고 있었고 다양한 사업에 손을 대고 있었다. 세수입을 6할이나 뺏어 가는 것은 죽으라는 말이나 마찬가지였다.

'하하! 좋네. 꽤 강하게 공격하잖아.'

히로는 필사적으로 웃음을 참고 있었으나 너무나도 과격한 처우에 귀족들은 멍해졌고 크로네 가주도 아연한 모습이었다. 그러나 점점 이해가 됐는지 크로네 가주의 얼굴이 순식간에 새빨갛게 물들었다.

"우, 웃기는 소리……."

크로네 가주가 얼굴을 숙이고 분노를 입에 담았다.

황제에게 전해질 만한 음량은 아니었지만 히로의 귀에는 분명하게 들렸다.

'슬슬 나서볼까…… 폭주라도 하면 모처럼 찾아온 좋은 기회가 날아가게 돼.'

히로는 이쯤에서 개입해야 한다고 판단했다.

'다음은 황제 차례야.'

히로는 거칠게 입가를 비틀고서 상황을 더욱 어지럽히기 위해 황제의 죄를 말하려고 했다.

하지만—.

"제 이야기를 들어 주셨으면 합니다."

히로의 목소리가 아니었다. 자신의 것이 아닌 목소리에 히로는 시선을 돌렸다.

이윽고 한곳에 눈을 멈췄다.

그곳에는 목소리의 주인— 슈트벨 제1황자가 서 있었다.

"허락한다. 말하라."

황제가 짙게 웃었다.

마치 사전에 알고 있었던 것처럼 조금도 주저하지 않고 발언을 허락했다.

"이번에 페르젠에서 일어난 반란의 원인 중에는 제가 페르젠 왕가를 근절시킨 것도 포함될 겁니다. 그것도 크로네 가문을 한층 더 발전시키길 원했던 조부의 소원을 버리지 못한, 친척에 대한 제 무른 태도가 초래한 결과입니다. 그래서 조부가 뵈제를 식구로 맞아들였고, 페르젠에서 악행을 거듭해도 못 본 척했습니다."

"슈트벨, 넌 무슨 소리를 하는 거냐……?"

크로네 가주가 경악한 얼굴로 슈트벨을 보았다.

'뭐지…… 뭘 하려는 거야?'

히로도 슈트벨의 언동을 이해할 수 없어서 애를 먹고 있었다.

"저도 브리우스 펠쿠스 폰 크로네와 동죄(同罪)입니다."

참견할 틈이 없었다.

아니— 상황도 파악하지 못했는데 끼어든다면 비난받는 것은 히로였다.

"저는 페르젠에서 일어난 일련의 사건을 책임지고 황위 계승권을 사퇴할 것을 여기에 선언합니다."

고요한 수면에 돌을 던지면 요란한 물보라와 함께 파문이 생긴다.

그것과 똑같았다.

슈트벨이 던진 돌 때문에 귀족들의 깜짝 놀란 목소리가 알현실에 울렸다.

그러나 그것도 잠시, 슈트벨은 담담히 이야기를 이었다.

"지금까지 제가 저질러 온 죄를 돌이켜보면 역대 황제와 함께 이름을 올리는 것은 수치입니다. 그란츠 대제국의 약진을 저해하지 않기 위해서도 저는 깨끗이 물러나도록 하겠습니다."

황위 계승권 제1위가 가장 먼저 이탈했다. 차기 황제는 주변 나라들뿐만 아니라 전 세계가 주목하는 사항이기도 했다. 당분간 세계는 이 화제만으로 떠들썩할 것이다.

'황위 계승권을 버리는 의미…… 슈트벨에게 득이 되는 게 있나?'

전개가 빨랐다. 어지럽게 변해 가는 상황을 머리가 쫓아가지 못했다.

그러나 확신한 것이 딱 하나 있었다.

황제와 슈트벨이 미리 협의한 것은 틀림없었다.

'……바라던 상황이지만, 바라던 전개에서 벗어나고 있어.'

그래도 크로네 가문은 슈트벨이라는 간판을 잃게 되었다. 이걸로 구심력 저하를 막을 수 없게 된다.

무엇보다 이번 처우로 크로네 가문은 명실공히 몰락 일로를 걷게 되었다. 실제로 너무나 큰 충격에 크로네 가문의 가주는 멍하니 서 있었다.

지금부터 그가 반격하는 것은 어려웠다.

왜냐하면 귀족 제후의 관심은 슈트벨의 황위 계승권 포기라는 화제로 쏠려 버린 상태였다.

크로네 가주는 벼랑에서 떨어져 버린 것이다.

어딘가를 붙잡을 틈도 없이 그 몸은 나락 밑바닥으로 떨어져 버렸다.

'덕분에 내 계획도 막혀 버렸지만 말이지. 이래서는 황제에게 죄를 추궁할 수 없어. 어쩌면 그게 목적이었을지도 모르겠네.'

이런 상황에서 괜한 말을 한다면 비난의 화살이 전부 이쪽으로 향할 수도 있었다.

'뭐, 그래도 다 나쁜 건 아니야…… 문제는 없어.'

히로는 마음을 진정시키고 계획을 살짝 재검토할 필요성을 느꼈다.

나중에 리즈와 로자와 함께 이야기를 나눠야 할 것이다.

황제에게 책임을 추궁하는 것은 후일로 미뤄야겠다고 판단했다.

그건 그렇고, 설마 슈트벨 스스로 황위 계승권을 포기할 줄은 몰랐다.

'언젠가는 슈트벨이 사퇴하도록 만들 생각이었지만…… 스스로 무대에서 내려올 의미가 있나? 아니면 단순히 이쪽을 혼란에 빠뜨리고 싶을 뿐인가?'

그런 생각을 이어가는 히로를 내버려 두고 황제는 알현실에 조용히 말을 던졌다.

"좋다. 그대의 소망은 확실히 받아들였다. 앞으로도 좋은 충신으로서 짐을 섬기도록."

"예."

이것으로 크로네 가문의 파벌에서 이탈자가 대거 나올 것이다.

오랫동안 중앙 귀족을 아울렀던 크로네 가문 대신 무파벌에서 힘을 기른 대귀족 마르크 가문이 대두할 것이 틀림없다.

"그럼 이것으로 평정을 끝낸다."

귀족 제후 중에는 납득하지 못하는 자도 있을 테지만, 슈트벨이 스스로 발언한 것이라면 의론의 여지가 없었다.

그렇기에 무대는 폐막을 맞이했다.

강제적으로 문제가 해결되었어도, 커다란 응어리를 남겼어도…….

"슈트벨, 그리고 황제…… 네놈들만큼은 용서하지 않겠어."

히로는 크로네 가주가 중얼거린 불온한 말을 놓치지 않았다.

'나쁘지는 않아. 계획을 수정할 필요는 있지만…… 이쪽이 바라는 전개가 되고 있어.'

앞으로 일어날 문제를 상상하고 히로는 입가에 깊숙이 웃음을 새겼다.

*****

평정이 끝나자 조촐한 축하연이 열렸다.

얼마나 평정이 험악했든지 간에 페르젠 잔당군을 물리치고 드랄 대공국에 승리한 사실은 변함없었다. 기념할 날인 것은 분명했다. 그란츠 대제국의 체면 문제이기도 했기에 무슨 일이 있어도 축하연은 열렸다.

"언제 한번 제 저택으로 초대할 수 있을까요. 제 아내도 히로 슈바르츠 전하를 뵙길 기대하고 있습니다."

"예, 기회가 있으면 찾아가도록 하죠."

"그럼 이만 실례하겠습니다."

"예. 또 뵙죠."

히로는 많은 귀족들의 인사를 받으면서 한숨 돌리고 리즈를 보았다.

그녀는 벽 쪽 소파에 침울한 모습으로 주저앉아 있었다.

"리즈, 무슨 일 있었어?"

걱정이 된 히로가 말을 걸자 리즈는 분한 얼굴로 말했다.

"아바마마가 페르젠에 속죄하도록 하는 확약을 얻지 못했어."

"그렇게 낙심할 것 없어. 기회는 또 찾아올 테니."

등 뒤에서 격려하는 말이 날아왔다. 히로가 돌아보니 로자가 서 있었다.

그 손에는 유리잔이 두 개— 마실 것을 가지러 갔던 모양이다.

"나도 그렇게 생각해. 그리고 크로네 가문의 책임을 추궁할 수 있었던 것만으로도 훌륭한 성과야."

"응…… 그럴지도 모르지만."

"이거라도 마시고 마음을 가라앉혀."

그렇게 말한 로자는 가져온 물을 리즈에게 내밀었다.

감사를 표한 리즈는 단숨에 들이킨 후 후우, 하고 한숨 돌리더니 고개를 숙여 버렸다.

"나중에 스카아하에게 사과해야겠네."

"그녀도 리즈를 책망하진 않을 거라고 생각한다만. 너무 부담스럽게 느낄 필요 없어."

로자의 말에 히로는 수긍했으나, 리즈의 마음을 모르는 바도 아니었다.

그렇게나 기합을 잔뜩 넣고 알현에 임했었다. 책임을 느끼고 풀이 죽는 것도 어쩔 수 없었다.

그것도 시간이 지나면 해결될 것이다. 우선은 너무 깊이 생각하지 않도록 해야 했다. 히로는 화제를 바꾸려다가 문득 아우라가 없음을 깨달았다.

"그러고 보니 아우라는 어디 갔어?"

"아까까지 있었는데……?"

"브나다라 여사라면 식사를 가지러 갔어."

그런 것치고는 너무 늦었다. 설마 싶어서 히로가 주변을 둘러보니 예상대로라고 해야 할까, 많은 귀족들에게 둘러싸인 아우라의 모습을 확인할 수 있었다.

귀찮다는 얼굴로 눈썹을 찌푸리고 있는 것을 보면 파벌에 들어오라는 권유라도 받고 있는 모양이었다. 어디든 그녀의 우수한 두뇌가 몹시 탐날 것이다.

그러나 아우라는 귀족들을 대충 상대하고서 사랑스러운 발소리를 내며 히로 일행 곁으로 왔다.

"수고했어."

"……고마워."

히로가 물을 건네자 아우라도 단숨에 들이켰다.

"그 대단한 브나다라 여사도 귀족의 파도에서는 간단히 빠져나올 수 없었던 모양이야."

로자가 아우라를 향해 쓰게 웃었다.

"악의가 없으니까 말을 걸면 무시할 수 없지……."

지난번에는 자신이 그런 상황이었기 때문인지 리즈는 동정의 시선을 보냈다.

"……돌아가고 싶어."

아우라는 어린아이 같은 말을 하기 시작했다.

"아직 귀족들의 인사가 더 기다리고 있는 것 같은데?"

리즈는 힐끔힐끔 모습을 살피는 귀족 집단을 가리켰다.

"……이제 됐어. 저건 리즈에게 맡길게."

아우라가 지긋지긋하다는 얼굴을 했다. 무표정 속에는 피로감조차 감돌았다.

히로는 쓴웃음을 지었다.

그때—.

"읏?!"

히로의 등골을 타고 한기가 올라왔다.

대놓고 적의를 드러낸 시선, 숨기지 않은 살기가 느껴졌다.

그 근원지로 눈을 돌리자 슈트벨 제1황자가 서 있었다.

'……무슨 생각이지?'

그는 의미심장하게 미소 짓고서 문밖으로 나갔다.

"물을 너무 많이 마셨나 봐. 볼일 좀 보고 올게."

히로는 리즈 일행에게 등을 돌리고 대답도 기다리지 않고서 슈트벨의 뒤를 쫓았다.

인파 속을 누비며 복도로 나오자 어디 있는지 알리기 위해서인지 살기가 날아왔다.

히로는 즐겁게 웃으며 어둠 속을 거침없이 나아갔다.

분수 정원이 있는 곳— 그곳에 밤하늘을 올려다보는 슈트벨이 서 있었다.

히로가 일부러 발소리를 내며 분수 정원으로 들어서자 슈트벨이 천천히 시선을 보내왔다.

"애송이, 무슨 용건이지?"

"내가 할 말이야. 왜 그렇게 알기 쉬운 살기를 날렸는지 가르쳐 줘야겠어."

"흥! 아주 자의식 과잉이군. 멋대로 쫓아온 건 너잖아."

그리고서 슈트벨은 양팔을 벌리고 히로를 향해 다시 입을 열었다.

“뭐, 좋아. 조금 시간이 생겼어. 잠시 어울려 줘.”

“흐응…… 시간이 말이지.”

히로는 그 의도가 무엇인지 살피려 했지만—.

“경계할 것 없어. 아직 아무 짓도 안 할 거니까.”

슈트벨은 즐겁게 큭큭 목을 울리고 중얼거렸다.

“나는 철이 들었을 때부터 이 나라가 존재하고 있다는 게 기분 나빴어.”

“…….”

“그 마음을 품고 있는 것은 나 혼자뿐인가, 아니면 나와 아주 닮은 너도 똑같은 심정인가, 그걸 알고 싶은 거다.”

“너무 뜬금없어서 질문의 의미를 모르겠네.”

“정말로? 사실은 이해하고 있을 테지?”

달빛을 받은 슈트벨의 입가에 웃음이 번졌다.

“부정하지 않는 건 긍정하는 거나 마찬가지야.”

히로는 지그시 슈트벨을 응시하며 입을 열었다.

“그렇다면 어쩔 건데. 가령 목적이 똑같더라도 난 당신과는 손잡지 않아.”

“나도 손잡을 생각은 없어.”

슈트벨은 그렇게 말하고 웃어넘겼다.

“하지만 한 가지, 네놈에게 전해 둬야 할 게 있지.”

차가운 바람이 두 사람 사이에 불었다. 『흑춘희』 자락과 히로의 앞머리가 휘날렸다.

“네놈이 어떤 길을 택하든, 이 나라의 부패는 막을 수 없어.”
“그럴지도 모르겠네.”
그렇기에 리즈라는 존재가 이 나라에 필요했다.
슈트벨은 히로의 마음속을 읽은 것처럼 희열 어린 표정을 지었다.
“열심히 발버둥 치도록 해. 그사이에 나는 그 앞으로 나아가겠다.”
“가고 싶은 곳으로 가 줘. 나하고는 상관없는 일이야.”
“크크크, 정체하는 이상 부패는 계속돼. 새로운 씨앗을 뿌려도 변하지 않고 모든 것을 썩히지.”
“그 대표 격한테 듣고 싶지는 않아.”
어깨를 으쓱인 히로가 비아냥거렸다.
“네놈도 비슷한 존재잖아? 나와 마찬가지로 이쪽 인간이면서.”
슈트벨은 코웃음을 치더니 갑자기 주변을 둘러보았다.
“바람이 강해졌나…….”
히로는 두 사람 사이에서 뜨거워진 살기가 급속히 식는 것을 피부로 느꼈다.
“하! 늙은이가 끈질긴 탓에 즐거운 대화도 끝이로군.”
슈트벨은 히로에게 등을 돌리고 달빛이 닿지 않는 어둠으로 발걸음을 옮겼다.
“뒷이야기는 『바람』이 없어졌을 때 하자고.”
그 말을 남긴 슈트벨은 어둠 속에 녹아드는 것처럼 사라졌다.
벌레의 울음소리, 윙윙거리는 바람 소리— 정체 모를 압박

감만이 주위에 남았다.

히로는 작게 탄식하고 리즈가 기다리는 홀로 돌아가기로 했다.

축하 회장인 홀에 돌아오니 경쾌한 음악과 함께 즐거운 분위기가 흐르고 있었다.

주위를 둘러본 히로는 리즈의 모습을 발견하고 다가갔지만, 도중에 앞을 막는 자가 나타났다.

"안녕, 히로. 오랜만이네."

셀레네 제2황자였다.

그는 기쁘게 미소 지으며 히로의 어깨에 손을 올렸다.

"그러네요. 오랜만입니다."

히로가 쌀쌀맞게 대답하자 셀레네는 불만스럽게 한숨을 쉬고 양손을 허리에 얹었다.

"정말이지, 무뚝뚝한 반응이구나."

"인사만 하러 오신 거면 이만 실례하겠습니다."

히로는 그렇게 말하고 리즈 곁으로 가려고 했다.

하지만—.

"너무 그러지 말고. 잠시 내 얘기를 들어 줘도 되지 않아?"

한 걸음 내딛은 히로 앞으로 셀레네가 돌아들었다.

그리고 재차 히로의 어깨를 붙잡더니 귓가로 입을 가까이 가져다댔다.

"조심하는 편이 좋아. 오랜만에 황궁에 왔는데, 이렇게 위험한 상황이 되어 있을 줄은 몰랐어."

중성적인 목소리에서 묻어나는 것은 강한 경고였다. 히로는 의아함에 눈썹을 모았다.

"……무슨 뜻입니까?"

"틀림없이 **녀석들**이 파고들어 와 있어. 정말로 조심하는 편이 좋아."

셀레네는 그렇게 말하고 히로와 거리를 뒀다.

"그럼 전하고 싶은 건 전했으니 난 여기서 실례할게. 이런 곳에는 오래 있고 싶지 않거든."

그는 말과는 반대로 상쾌한 웃음을 남기고서 히로 옆을 지나갔다.

"또 보자."

히로가 황급히 돌아보니 그는 뒤돈 채 손을 흔들며 측근들을 데리고 홀에서 나갔다.

'경고? 녀석들? 조심하라니 뭘……?'

히로는 생각에 잠겨 셀레네의 말뜻을 파악하고자 했지만—.

"히로! 왜 이렇게 늦게 와!"

대답을 찾아내기 전에 리즈가 히로를 발견하고 다가왔다.

"언니가 고주망태가 되어 버렸어. 그래서 저택으로 돌아갈까 해."

그녀의 옆을 보니 리즈의 어깨를 빌린 로자가 뺨을 발갛게 붉히고 있었다.

"으으으…… 당신의 목을 깨물고 싶어졌어."

"무슨 말인지 모르겠고, 다른 사람들 눈이 있으니 그만두자."

이상야릇한 눈길을 보내오는 로자를 보며 히로는 뺨을 실룩였다.

술을 좋아하면서 술에 약한 건 어떻게 된 걸까.

"꼴사나워."

아우라가 쓴소리를 했지만 주정뱅이가 들을 리 없었다.

"하하…… 저택으로 돌아갈까."

히로는 발길을 돌리기 직전에 다시금 홀을 둘러보았다.

많은 귀족들이 남아 있었으나 유력 귀족의 모습은 보이지 않았다.

거의 무소속 귀족들뿐이었는데, 개중에는 크로네 가문을 내버린 중앙 귀족의 모습도 보였다.

히로는 사람이 많이 모인 곳으로 눈길을 주었다.

열심히 담소 중인 한 남자가 있었다. 무소속 최대 귀족인 마르크 가주였다.

이번 축하연에서는 인사할 기회가 없었지만 앞으로는 싫어도 이야기하게 될 것이다. 그런 예감을 느끼며 히로는 그들에게서 시선을 돌렸다.

"자, 언니. 똑바로 걸어!"

"우으으…… 당신 어깨를 빌려줘."

"……예이예이."

안겨든 로자를 향해 쓰게 웃은 히로는 그녀를 데리고 저택으로 돌아가기로 했다.

*****

"오오, 돌아왔나. 어서 와."

저택으로 돌아온 히로 일행을 스카아하가 맞이했다.

"축하연은 잘 즐겼나? —로자 공을 보니 물어볼 필요도 없겠군."

술에 취한 로자를 보고 스카아하가 웃었다. 그 이마에는 이슬 같은 땀이 맺혀 있었다.

"단련하고 있었어?"

히로의 물음에 스카아하는 쑥스러움을 감추려는지 얼굴을 돌리고 수긍했다.

"조금이라도 게을리하면 실력이 떨어지니까. 그리고 몸을 움직이면 쓸데없는 생각을 안 할 수 있거든."

저택에 혼자— 가더와 무닌이 있긴 하지만 그들과는 인사만 나눌 정도의 사이라서 아직 친하다고는 할 수 없었다. 리즈 일행이 없어지고 혼자가 되니 여러 가지로 생각할 시간이 생겼을 것이다. 그런 가운데 원수가 있는 황궁 안에 있으니 마음이 뒤숭숭해졌을지도 모른다.

그래서 몸을 움직여 괜한 생각을 밖으로 내쫓은 것이 아닐까. 히로는 그런 생각을 지울 수 없었다. —아니, 또 한 명 그렇게 생각한 사람이 있었던 모양이다.

"스카아하!"

"오오?!"

스카아하는 품으로 뛰어든 리즈를 허둥지둥 받아 냈다.

"무, 무슨 일인가, 리즈 공. 갑자기 왜 그러지?"

"……미안해."

가늘고 작은 목소리였다. 하지만 그 떨리는 음성은 귀에 깊숙이 침투했다.

"……약속을 지키지 못했어."

그 한마디를 듣고 헤아렸는지, 눈을 동그랗게 떴던 스카아하는 부드럽게 웃었다.

"그 때도 말했지만…… 나는 그 마음만으로 충분해."

그 때라는 것은 리즈가 페르젠에서 포로로 붙잡혔을 때를 말하는 것이리라.

히로는 두 사람 사이에 무슨 일이 있었는지 단편적으로 듣긴 했지만 자세한 내용까지는 몰랐다.

하지만 그 일이 있었기에 두 사람의 유대가 깊어졌다는 것을, 곁에서 보기에도 잘 알 수 있었다.

"아니야, 안 돼. 약속은 반드시 지킬 거야."

리즈는 승복할 수 없다며 고개를 가로저었다.

"귀공은 귀공인 채로 있어 달라고 내가 말했을 텐데 말이지."

리즈의 등을 상냥하게 쓸어내리는 스카아하의 모습은 자애로 가득 차 있었다.

"귀공은 자신의 목적을 우선하면 돼. 나 같은 자를 위해 고민할 것 없어. 신경 쓰지 않아도 괜찮아."

"그래도 나는 완수해 보일 거야!"

"후후, 그런가. 그럼 기대하고 있겠어."

결코 자신의 신념을 굽히지 않는 리즈의 끈기에 진 스카아하가 살짝 쓰게 웃었다.

두 사람을 연결하는 확실한 유대— 그것은 눈부시게 반짝이고 있었다.

서로를 생각해 주는 두 사람을 보고 있기만 해도 마음이 행복한 기분으로 가득 차올랐다.

"아아…… 리즈를 다른 여자에게 뺏겨 버렸어……."

아름다운 장면인데 이상한 말이 고막을 진동시켰다.

그 목소리의 주인은 히로 옆에 있는 사람— 술 취한 로자였다.

"넌 무슨 소릴 하는 거야?"

"아니, 뭐랄까. 귀여운 동생이 자립해 가는 모습을 보고 있자니 쓸쓸해져서 말이지. 이제 내게는 당신밖에 없다고 생각하니 슬퍼졌어."

"그렇다고 이상한 단어를 쓰지 말아 줬으면 좋겠는데……."

"주정뱅이의 농담이야. 신경 쓰지 마. 그보다 우리도 유대를 돈독히 다지지 않겠어?"

로자가 주정을 부리며 히로에게 몸을 기대 왔다.

"잠깐, 무거— 아……."

히로는 무심코 말했다가 숨을 삼켰다.

"지금 무겁다고 했나?"

로자의 몸에서 패기가 일었다.

"아니, 그건, 그냥 한번 해 본 말이라고 할까…… 뭐랄까……."

결코 무겁지는 않았다. 정령검 5제의 가호도 있는 지금이라면 가볍다고 해도 좋았다. 그런 말이 나와야 할 상황이라 자연스럽게 입에서 튀어나왔을 뿐이었다.

"하하! 내 가슴에 질식사해 보겠어?"

그러나 금구를 꺼낸 이상 무사할 수는 없을 것 같았다.

"꼴사나워."

히로와 로자의 대화를 듣던 아우라가 어이없어하며 말했다.

"방까지 도와줄까?"

로자와 악전고투하는 히로를 보다 못했는지 스카아하가 말을 걸어왔다.

"쓸데없는 참견이다!"

로자가 강하게 거절했다. 동생을 빼앗긴 원한은 상당했다.

히로는 깊이 탄식하고서 스카아하에게 시선을 보냈다.

"이 주정뱅이는 내가 데려갈게. 스카아하는 목욕하러 가던 길 아니었어?"

스카아하가 현관 부근에 있던 이유는 단련을 끝내고 욕실에 가는 중이었기 때문이리라.

마침 그때 축하연에서 돌아온 히로 일행과 우연히 맞닥뜨리게 되었다.

그렇게 예상해 보았는데, 빗나가지 않았는지 스카아하는 고개를 끄덕였다.

"잘 알고 있군. 맞아."

"그럼 갔다 오도록 해. 리즈랑 아우라도."

히로는 스카아하에게 의미심장한 눈짓을 보내며 제안했다.

한순간에 지나간 동작이었지만 스카아하는 헤아려 주었는지 깊이 수긍했다.

"알겠어. 리즈 공, 아우라 공, 같이 목욕할까."

스카아하는 리즈와 아우라의 어깨에 팔을 두르고 두 사람을 끌어당겼다.

"엇, 잠깐?! 스카아하, 갑자기 왜 그래?"

"음……?!"

강제로 걷게 된 두 사람은 깜짝 놀라 눈을 동그랗게 떴다.

"아니, 목욕물을 준비해달라고 한 뒤로 꽤 시간이 지나서 말이지. 어서 가지 않으면 모처럼 따뜻하게 데워진 물이 식어버려. 그리고 셋이서 목욕하는 편이 물도 낭비하지 않으니까."

분주하게 복도를 나아가는 세 사람의 등을 배웅한 후, 히로는 로자에게 어깨를 빌려주며 걷기 시작했다.

히로에게 배정된 방은 2층 중앙 부근에 있었다.

실내에는 침대와 책상 그리고 의자 등등이 있고, 벽에는 켈하이트 가문의 문장이 그려진 깃발과 히로가 내거는 흑룡 문장기가 걸려 있었다.

배정된 방이라기보다 미리 준비되어 있던 방이라고 하는 편이 옳았다.

그런 방으로 돌아온 히로는 옆에서 주정뱅이를 연기하던 여성— 로자에게 말했다.

"이제 됐어."

"후우…… 취한 척하는 것도 적잖이 피곤하군."

로자는 지친 모습으로 탄식했다.

그리고 조금도 비틀거리지 않으며 히로의 눈앞에 똑바로 섰다.

"연기할 필요가 있었어?"

"리즈 앞에서는 강한 언니로 있고 싶으니까."

로자는 그렇게 말하고 근처 의자에 앉아 등을 기대더니 천장을 올려다보았다.

"황제에게 선수를 뺏겨 버렸어……."

그녀도 승부처를 놓쳐 낙담한 상태인 것은 확연했다. 리즈 앞에서는 꿋꿋하게 행동했지만 그녀 자신이 가장 책임을 느끼고 있을지도 모른다.

그렇기에 히로는 도중에 그것을 알아차리고 스카아하에게 눈짓하여 리즈와 아우라를 로자에게서 떼어 낸 것이다.

"좀 더 빨리 황제의 의도를 눈치챘다면 흐름은 전부 이쪽으로 넘어왔을 텐데."

분한 얼굴로 중얼거린 로자는 팔걸이 위에서 강하게 주먹을 움켜쥐었다.

이렇게 정서가 불안정할 때 위로의 말을 건네도 의미는 없었다.

왜냐하면 반드시 부정하는 말이 돌아오기 때문이다. 하지만 공감하고 동조하면 상대와 마찬가지로 부정적인 감정을 짊어지게 된다. 그래서는 진창에 빠지게 되어 오히려 더 나빠질 뿐이었다.

그렇다면 어떻게 할 것인가. 인간은 불만을 입에 담으면 기분이 누그러지는 존재다. 말을 꺼냄으로써 정신적으로 편해진다. 그렇기에 여기선 일부러 위로의 말을 건네는 것이 득책이었다.

"그건 누구 탓도 아니야. 슈트벨의 움직임은 읽을 수 있는 종류가 아니었으니까."

"그래도 리즈를 위해 뭔가 더 할 수 있었을 거야."

"하지만 이기기만 해선 재미없어. 가끔은 긴장감이 있어야지. 자기 생각대로 일이 진행되는 건 언젠가 질리게 돼."

"확실히 그렇긴 하지만……."

"그리고 아직 진 것도 아니야. 아직 초반전, 판은 복잡해져 가고 있지만 흐름은 나쁘지 않아."

히로는 짙게 웃고서 안대를 쓸어내리고 입을 열었다.

"실패도 성공도 모두 즐기자. 안 그러면 마지막까지 몸이 못 버텨."

"……그게 생사와 관련된 일이어도 당신은 즐길 수 있나?"

로자가 물었다.

히로는 **기뻐하며** 고개를 끄덕이고서—.

"그렇— 읏?!"

—아연실색했다.

자신이 하려던 말을 되짚어 보고 떨리는 손으로 입술을 쓰다듬었다.

'나는 무슨 말을…….'

목구멍에 걸려 있는 말의 의미, 투쟁심을 부추기는 격정을 느끼고 한기가 들었다.

'나는 무슨 말을 하려고 한 거야……?'

자신의 마음 깊숙한 곳에서 솟아오르는 희열을— 가슴 부근을 움켜쥐고 필사적으로 억눌렀다.

"……왜 그러지?"

그런 히로의 갈등을 알아차렸는지 로자가 걱정스러운 표정을 지었다.

아무것도 아니다— 도저히 그렇게 생각할 수 없을 만큼 창백한 얼굴로 히로는 고개를 가로저었다.

로자는 납득할 수 없다는 듯이 반듯한 한쪽 눈썹을 치켜세우면서도, 그녀 나름의 배려인지 추궁하지 않고 화제를 바꾸었다.

"뭐, 침울해하고 있으면 앞으로 나아갈 수 없는 것도 분명해. 일단은 중앙 귀족에 관해 생각하도록 할까."

떨쳐 낼 수 있는 일이 아닐 텐데— 이 이상의 푸념은 켈하이트 가문의 가주 대리로서 지닌 긍지가 허락하지 않는지, 무른 부분을 버리는 것처럼 그 눈빛을 싹 바꾸었다.

"이번에 가장 손해를 본 건 중앙 귀족이야. 슈트벨이 황위 계승권을 포기한 탓에 그들은 지지자를 잃었고, 그뿐만 아니라 그들이 주인으로 받들던 크로네 가문은 영토까지 빼앗겨 버렸어."

로자는 목이 말랐는지 근처 탁자로 손을 뻗어 물이 든 유리병을 집고 다른 손으로는 잔을 들어 물을 따르기 시작했다.

"크로네 가문이 이대로 아무런 대처도 못 한다면 중앙 귀족은 와해되겠지. 그리고 대신 마르크 가문이 대두할 것은 틀림없어."

물을 부어 넣듯 단숨에 들이켠 로자는 관능적으로 혀를 움직여 입술을 적시더니 더욱 말을 쏟아 냈다.

"이대로 크로네 가문이 가만히 있는다면 말이야. 녀석들이라면 과격한 수단으로 나올 것 같지만, 안타깝게도 황제는 그 의도를 간파하고 있어."

로자를 포함해 귀족 제후가 군대를 이끌고 대제도에 집결해 있었다. 반기를 들어 봤자 호된 꼴을 당하는 것은 크로네 가문이었다. 그러나 가만히 있으면 귀족들에게 무시당하고 민중에게 비웃음당하며 살아가야 했다.

"어떤 길을 택하든 크로네 가문한테 편한 길은 아닐 거야."

히로는 침대에 앉아 태연함을 가장하며 로자에게 답했다.

마음속에서는 여전히 폭풍처럼 『본능』이 휘몰아치고 있었다. 하지만 「전망을 불안하게 여기는 자신의 마음이 이상한 감정을 불러일으키는 거겠지」 하고 억지로 자신을 타일렀다.

"무엇보다 슈트벨이 황위 계승권을 포기할 줄은 몰랐어."

로자의 말대로, 그 자리에서 슈트벨이 제일 먼저 탈락하리라고 누가 상상이나 했을까. 누구도 생각하지 않았을 것이 틀림없다. 그 자리에 있던 자들 중에— 황제를 제외한다면…….

"나도 깜짝 놀랐지만, 그는 앞으로 움직이기 힘들어질 거야. 자신의 가치를 스스로 버리는 짓을 했어."

지위를 잃으면 권력을 잃는다.

권력 없이는 악귀와 나찰이 판치는 귀족 사회에서 살아갈 수 없었다.

"슈트벨 제1황자가 뭘 꾸미고 있을 것 같아?"

히로가 로자에게 묻자 그녀는 탄식하고서 어깨를 으쓱였다.

"글쎄…… 이렇게나 움직임을 읽을 수 없는 녀석도 드물어. 밀정을 통해 살펴도 꼬리조차 붙잡을 수 없으니 대단하지. 우리가 지금 할 수 있는 건 녀석에게 등을 보이지 않는 것 정도일 거야."

그렇게 말한 로자가 문득 무언가를 떠올렸는지 생각에 잠겼다.

"그러고 보니 딱 하나 신경 쓰이는 정보가 있었어."

"응?"

"슈트벨과 언제나 함께 행동하던 로잉 **전** 대장군의 모습이 안 보인다는 것 같아."

"……로잉 전 대장군? 이제 대장군이 아니게 된 거야?"

"그래."

로자가 고개를 끄덕이고 설명을 시작했다.

실은 리즈가 포로로 붙잡혔다는 대사건 뒤에 숨어 그란츠 대제국에서는 중대한 일이 일어났었다. 리즈가 페르젠에서 붙잡혔다— 그 정보가 대제도에 들어옴과 동시에, 대장군 지위를 반납하겠다는 로잉의 편지가 황제에게 도착했다고 한다.

"황제 폐하는 그 요청을 수리했지만, 그 방자한 행동에 분노하여 로잉 전 대장군을 일개 병사로 강등시켜 버렸어."

그로 인해 로잉의 생가는 몹시 당황했고, 책임을 추궁받지 않기 위해 그의 아들은 로잉을 일족에서 추방했다고 한다.

"당시 대제도는 리즈 일 때문에 정보가 뒤섞여서 여러 억측이 난무했어. 무엇이 진실이고 무엇이 거짓인지 알 수 없는 상태였지."

무엇보다 크로네 가문 일도 있어서 로잉에 관한 것은 자연스럽게 우선도가 낮아졌다.

"이제야 알리게 되어 면목 없어."

로자가 머리를 숙였다. 히로는 사과할 필요 없다며 고개를 흔들어 대답했다.

"그건 어쩔 수 없는 일이야. 신경 쓰지 않아도 돼."

당시 리즈 일로 머릿속이 가득했던 히로에게 로잉까지 생각할 여유가 있었을까……. 무엇보다 진실인지 아닌지도 모르는 정보를 전달해 봤자 혼란만 줄 뿐이었다.

"로자의 판단은 틀리지 않았어."

로잉에 관해서는 어리석다고 말할 수밖에 없었다.

돌아갈 집을 잃으면서까지 대장군 지위를 반납할 필요가 있었을지 의문이었다.

'개인 취향에 이러쿵저러쿵해도 소용없나…….'

그보다도 슈트벨과 로잉의 행동을 읽을 수 없어서 불안했다.

"그렇게 말해 주니 고맙군."

로자가 안도한 표정을 지었다. 히로는 미소로 응하고 고개를 갸우뚱했다.

"……그래서, 언제부터 없어졌어?"

"슈트벨이 대제도에서 모습을 감춘 뒤에 로잉 전 대장군도 똑같이 사라졌다는 건 알고 있지?"

"드랄 대공국으로 출발하기 전, 로자의 부하에게 받은 편지에 적혀 있었지."

"슈트벨이 대제도로 돌아온 건 불과 며칠 전이야. 그의 곁에 로잉 전 대장군의 모습은 없었어. 지금은 두 사람 사이가 틀어졌다는 소문도 돌고 있는 상황이야. 대략 한 달 넘게 종적이 묘연해."

"그 정도 기간이라면 여러 가지로 준비할 수 있을 것 같네."

"그렇겠지. 뭔가를 꾸미고 있는 건 틀림없어. 지금도 밀정을 통해 살피고 있지만, 미안하게도 꼬리를 잡지 못했어."

"……그렇구나."

무닌이나 후긴에게 살펴보라고 지시해도 좋겠지만, 로자의 밀정도 우수할 텐데 아무런 정보를 얻지 못했다. 그 점을 고려한다면 두 사람에게 위험한 임무를 시킬 수는 없었다.

실패하여 그들이 목숨을 잃게 된다면 아무리 후회해도 부족했다.

"아무튼 향후 방침을 정리하자. 나는 이대로 크로네 가문을 우선해야 한다고 생각해."

"나도 같은 의견이야. 여기서 형세가 뒤집힌다면 전부 물거품이 되어 버려."

그리고 황제— 그가 페르젠에 사죄하는 건에 관해서는 도시에 소문을 흘려서 페르젠의 현 상태를 민중에게 알리는 수밖에 없었다. 여론을 부추겨 동정론으로 이끌어 간다면 황제도 움직일 수밖에 없다. 그 밖에 슈트벨에 관한 문제 등이 있지만, 움직임을 읽을 수 없는 현 상황에 멋대로 판단하면 이쪽이 호된 꼴을 당할 가능성이 있기에 내버려 둘 수밖에 없었다.

히로는 음울한 한숨을 내뱉고 창가에 몸을 기댔다.

"그래도 쓸 수 있는 수단은 써 둬야 해. 슈트벨의 꼬리를 잡을 수 없다면 그의 측근이나 친한 귀족, 편애하는 자에게 밀정을 잠입시켜야지. 겸사겸사 셀레네 제2황자 주변도 정탐해 줄 수 있을까?"

"알겠어. 사소한 일 하나도 놓치지 말라고 엄명해 두지."

로자가 고개를 끄덕였을 때— 히로는 복도에서 인기척을 느꼈다.

방문으로 시선을 보냄과 동시에 손잡이가 금속음을 내며 돌아갔다.

"히로, 목욕물 좋더라."

문을 열고 들어온 사람은 리즈였다. 그 발밑에는 서버러스도 있었다.

"너도 목욕—."

말하려던 그녀는 방 안의 무거운 분위기를 깨닫고 입을 다물었을 뿐만 아니라 발도 멈췄다.

기묘한 공기가 방을 가득 채워 갔다. 가만히 선 리즈는 두 사람을 바라보았다.

"음…… 불도 안 켜고 뭐 해? 그리고 언니, 일어나 있었어?"

"그, 그래! 사랑스러운 동생이 없어지니 취기 따위 날아가 버리더군. 언니는 쓸쓸해서 죽기 직전이었어!"

짐짓 목소리를 높인 로자는 의자에서 일어나 리즈에게 안겨 들었다.

이상한 행동을 하는 로자를 보고 히로는 눈이 동그래졌다.

조금 전 대화는 리즈에게 알려져도 딱히 상관없는 종류지만…… 책망받을 것이 무서웠는지, 아니면 죄책감 때문에 순간적으로 숨기려고 한 것인지…….

아무튼— 로자의 보기 드문 모습을 한동안 감상하고 싶기도 해서 히로는 나중에 리즈에게 자세한 내용을 말하기로 했다.

"……언니, 아직 취했어."

"아니, 왜 이런 행동을 했을까. 사랑하는 동생아, 나도 잘 모르겠어. 어쩌면 난 정말로 취한 걸까?"

"언니, 그건 틀림없이 취한 거야."

히로는 웃음을 참으면서 사이좋은 두 사람의 모습을 바라보았다.

언제까지나 이대로 있어 줬으면 좋겠다는 생각을 하지 않을 수 없었다.

이 앞에 있는 것이 어두운 미래이더라도, 자매가 사이좋게 손잡고 거센 파도를 극복하여, 언제까지나 웃을 수 있는 나라를 만들어 줬으면 했다.

'그 미래에 나는 너희와 같은 나날을 보내며 함께 웃고 있을까.'

히로는 자조적으로 웃고서 밤하늘로 시선을 던졌다.

하늘의 반짝이는 별들은 구름에 뒤덮여 있었다.

악의를 감추는 것처럼 구름이 달빛을 삼켜서 그 포근한 빛은 지상에 닿지 않았다.

'아니, 그 무렵에— 나는 없겠지.'

어느새 비가 내리기 시작했다.

제3장 전쟁의 비

제국력 1023년 12월 16일.

10일부터 본격적으로 내리기 시작한 비는 약해지는 일 없이 대지를 뒤덮고 있었다.

아침을 맞이했음에도 불구하고 하늘은 여전히 회색이었고, 마치 세계에서 빛을 근절하려는 것처럼 거무칙칙하게 물들어 있었다.

그란츠 대제국의 수도인 클라디우스도 예외는 아니었다. 장대하고 우아한 대제도는 비를 맞아 예전의 반짝임을 잃은 상태였다.

그런 거대한 성벽에 둘러싸인 도시— 언제나 북적거리는 중앙대로에는 사람이 별로 없었다. 안 그래도 겨울이 되어 추운데 비까지 내려서야 민중도 집에 틀어박힐 수밖에 없었다. 그러나— 민중이 집에 틀어박혀 있든 말든, 기온이 급격히 내려가 추위가 살을 에든 말든, 귀족들과는 관계없는 이야기였다.

그란츠 대제국의 중추— 황궁 베네자인.

네 구획으로 나뉜 부지의 서쪽에는 유력 귀족의 저택이 마련되어 있다.

이곳은 거리와 딴판으로 열기에 휩싸여 있었다.

싸늘한 바람이 세차게 부는 가운데, 많은 귀족들이 모인 곳이 있었다.

그곳은 5대 귀족의 한 축— 켈하이트 가문의 저택 앞이었다.

귀족들이 모여 있는 이유는 간단했다. 오늘, 남방의 베르크 요새로 귀환한다는 제4황자와 제6황녀를 배웅하러 온 것이다. 그런 그들의 시선은 당연히 현관에 모습을 나타낸 황족들에게 가 있었다. 비를 몰아낼 듯한 환성이 저택 일대를 뒤덮으며 악의 없는 순수한 호의가 주위를 가득 메웠다.

히로와 함께 나타난 붉은 머리 황녀— 『염희』라고 불리며 사랑받는 리즈는 깜짝 놀라서 눈을 동그랗게 떴다. 그러나 점차 이해했는지 그녀의 얼굴에 웃음꽃이 활짝 폈다.

"배웅해 줘서 고마워!"

리즈는 붕붕 소리가 날 정도로 힘차게 팔을 흔들며 마차에 올라탔다.

발밑에는 동제도에 서식하는 보기 드문 생물— 백랑(白狼) 서버러스도 함께 했다.

"……."

히로는 말없이 오른손을 들어 응하고서 리즈의 뒤를 따랐다.

그 뒤에는 풍만한 몸을 군복에 갑갑하게 밀어 넣은 로자, 그 양옆에 아우라와 스카아하도 있었다. 귀족들은 잇따라 마차에 올라타는 그녀들을 향해서도 환성을 질렀다. 그런 많은 환성을 등 뒤로 받으며 황족 일행은 대제도를 출발했다.

"역시 아무리 넓다고는 해도 이 정도 인원수가 올라타니 좁군."

마차가 움직이기 시작했을 무렵, 로자는 답답하다는 얼굴로 군복의 목깃을 느슨하게 풀면서 입을 열었다.

"일단 동방 귀족은 온 힘을 다해 크로네 가문의 진영을 무너뜨려 가겠어."

축하연으로부터 일주일간— 크로네 가문은 기분 나쁠 정도로 전혀 움직임을 보이지 않았다. 그들이 폭주하기를 기대하고 있었는데 터무니없는 착각이었던 모양이다.

크로네 가문에 관한 향후 일 처리는 로자에게 일임했다. 그녀의 부하들이 대제도에 남아 여론을 조작하며 중앙 귀족을 무너뜨려 가기로 했다.

"너희는 남방으로 돌아가서 낭보를 기다리고 있도록 해. 크로네 가문이 움직이든 움직이지 않든 전력 증강은 필수잖아?"

확실히 드랄 대공국과 페르젠 잔당군을 잇달아 상대한 탓에 『아군』의 전력은 대폭 감소해 버렸다. 사망자야 적지만 부상자가 많았다. 지금은 800 전후까지 수가 줄어든 상태였다. 신병을 맞아들여서 다시 가더가 훈련에 힘써 줘야 할 것이다.

무엇보다, 하고 로자는 눈동자에 수상한 빛을 담고서 목소리를 낮췄다.

"남방 귀족에 관해서도 수를 써 둬야겠지."

남방 귀족을 아우르는 것은 5대 귀족 무주크 가문이었다. 일단은 그들도 대제도를 방문했던 것 같지만 논공에도 축하연에도 모습을 나타내지 않았다.

히로는 그 이유를 어렴풋하게나마 알아차리고 있었다.

'누가 위험하고 누가 다루기 쉬울지 정보를 수집한 거겠지.'

즉, 파벌을 다잡는 데 이번 논공을 이용한 것이다. 대제도에는 많은 귀족들이 모여 있었다. 그것을 보면 축하연에 참가하고 싶다는 생각을 하는 자도 당연히 나온다. 그 밖에도 내통하고 있는 적대 파벌과 만나는 자도 있을 것이다. 요컨대 누가 배신할지, 등을 맡길 만한 자가 누구인지를 가리기 위해 왔던 것이다.

그 목적을 달성했는지 무주크 가문을 필두로 남방 귀족은 이틀 전에 각자의 영지로 돌아갔다.

'남방으로 돌아가면 무주크 가주와는 직접 만나는 편이 좋겠어.'

살려 두고 이용할 것인가, 죽여서 머리를 갈아 치울 것인가는 그때 생각하면 된다.

히로는 창가에 한쪽 팔꿈치를 걸쳐 턱을 괴고서 바깥 모습을 살폈다.

세차게 쏟아지는 빗방울이 유리에 부딪혀 튕기면서도 지지 않겠다며 창문을 내리치고 있었다.

바퀴 소리를 지워 버릴 정도의 강우량— 이래서야 마부뿐만 아니라 말의 시야가 차단되어 속도가 떨어진다. 게다가 맑을 때와는 비교도 안 될 만큼 정신적으로도 육체적으로도 피로가 쌓이게 된다. 말의 다리가 둔해지면 진흙이 장벽이 되어 진로를 방해할 것이다. 그렇게 되면 남방으로 돌아가는 것은 틀림없이 대폭 느려지리라.

"로자, 미안. 네가 가장 늦게 본거지로 돌아가게 될지도 모르겠어."

히로는 로자에게 사죄했다.

그녀가 히로 일행의 마차에 동승하고 있는 것은 남방을 경유해 동방으로 돌아갈 예정이기 때문이었다. 히로로서는 되도록 함께 있으면서 그녀의 안전을 확보하고 싶었다. 히로가 미안하게 여기고 있으니 로자가 고개를 가로저으며 웃었다.

"신경 쓸 것 없어. 이렇게 모두와 함께 긴 여행을 이어가는 것도 즐거우니까."

켈하이트 가문의 가주 대리. 5대 귀족의 한 축이기도 하여 그 다망함은 누구나 아는 바였다. 무엇보다 그녀의 부재로 인해 정체되는 문제도 많았다.

그렇기에 그라우잠 산맥의 쌍둥이 고개(베르시아)— 그 골짜기에 자리한 본거지 철취성(鐵鷲城)(바르딕 가든)으로 돌아가면 그녀는 잠들 수 없는 나날을 보내게 될 것이다.

"늦게 가든 빨리 가든, 돌아가면 바빠서 게으름 피울 시간도 없게 돼. 성에 남기고 온 부하들에게는 미안하지만 조금만 더 동생과의 시간을 소중히 여기고 싶군."

"언니의 측근은 우수한 사람이 많으니까 조금쯤이라면 늦게 돌아가도 괜찮을 거야."

"꿍꿍이를 품고 있는 자도 있어서 방심할 수는 없지만 말이지."

리즈의 말에 덧붙이면서 로자는 기뻐하는 음성으로 이어 말했다.

"뭐, 그래도 동방을 풍족하게 만들고자 하는 괜찮은 녀석들뿐이야."

"그렇게 말할 수 있는 부하가 있다니 뭔가 좋다."

리즈가 눈을 빛내며 언니를 보았다. 새삼 로자를 존경하게 됐다고 말하고 싶은 것 같았다.

"인덕 있는 자에게 명군의 소질이 있는 건 분명해."

마치 자신에게 들려주는 것처럼 스카아하가 감개 깊게 중얼거렸다.

"왕이 되는 건 딱히 어렵지 않아. 힘이나 권력이 있다면 누구든 될 수 있어. 부모가 왕이라면 자연스럽게 이어받게 되니까 특별히 대단한 일도 아니야. 왕이 왕으로 존재할 수 있는 것은 대관이 끝난 뒤부터. 그때부터가 어려워. 백성을 사랑하고, 병사를 생각하고, 나라를 돌아보는 자는 명군이라고 칭송받아. 아무것도 만족시키지 못한 자는 어리석은 왕으로서 이름을 남기거나 나라를 멸망시키는 요인이 돼."

"우와…… 아우라는 작은데도 어려운 말을 아는구나."

리즈가 감탄한 얼굴로 「착하다, 착해」 하고 중얼거리면서 아우라의 머리를 쓰다듬었다.

그다지 어려운 말 같지는 않지만…… 그보다 애초에 아우라는 리즈보다 연상이다.

필시 아우라는 불만스러운 얼굴을 하고 있을 거라고 히로는 생각했으나, 의외로 아우라는 자랑스럽게 가슴을 쭉 펴고서 무표정 속에 희색을 드러내고 있었다.

"전부 이것 덕분. 리즈도 읽도록 해."

아우라가 어디선가 『흑지서』를 소환했다.

히로는 아우라가 묘하게 들떠서 말이 많았던 이유를 알게 되었다.

"힉—!"

독서 권유 세례를 받았던 스카아하가 작은 비명을 지르며 재빨리 얼굴을 돌렸다.

"엇— 거짓말……."

리즈는 쓰다듬던 손을 멈추고 『흑지서』를 보더니 얼굴이 창백해졌다.

도망치는 데 실패한 형태였다.

"그란츠 대제국에서 태어났다면, 황족이라면 한 번은 읽어 둬야 해. 아니, 오히려 백 번은 읽어 둬야 해. 이 책에는 가공할 만한 중독성이 있으니까 분명 읽게 될 테지만, 분명 쓸데없는 걱정일 테지만, 이백 번째 정도부터 깨달음을 얻게 되니까 괜찮아."

뭐가 괜찮은 거냐고 아무도 묻지 않았다. 말려들고 싶지 않았기 때문이다.

리즈는 울상이 되어 마차 안을 둘러보며 구원을 바랐지만, 아무도 손을 내밀지 않았다.

그런 리즈의 동작을 보고 아우라가 작게 고개를 갸웃했다.

"걱정하지 않아도 지금은 리즈가 읽게 해 줄 거야. 그리고 나중에 감상문을 써 줘."

"에엑?!"

"울 정도로 읽고 싶었다니 기뻐."

"그런 게 아냐."

리즈는 고개를 좌우로 휘휘 저었으나 마차 안에 있어서야 도망치는 것은 불가능했다. 분명 방대한 감상문을 쓰게 될 것이 틀림없었다. 절찬하지 않으면 몇 번을 다시 써야 했는지—그 지옥을 이미 체험한 스카아하는 기척을 죽이고 벽과 일체화를 시도하는 중이었다. 눈꼬리에는 눈물이 맺혀 있었다.

"후후, 예전과 비교하면 리즈의 표정이 풍부해졌어. 좌천되기 전에는 웃고는 있어도 딱딱했는데 말이야. 이것도 전부 당신 덕분이군."

로자는 흐뭇하다는 듯이 눈을 가늘게 좁히고서 히로의 어깨에 몸을 기댔다.

즐겁게 지내는 동생의 모습을 볼 수 있어서 기쁜 것일지도 모른다.

"흡사 손자를 보는 눈이네."

무심코 히로가 실언했다.

"호오? 아직 아이도 없는데 말이지?"

로자는 단정한 입가를 실룩이며 히로의 목에 팔을 둘렀다.

"역시 내 가슴에 질식사해 보겠어? 남자로서 바라는 바 아닌가?"

흉기도 될 수 있는 두 언덕을 진동시키면서 로자는 분노가 묻어나는 말을 던졌다.

"미, 미안."

히로는 얼굴을 굳히며 사죄를 입에 담았다. 그래도 로자의 노여움은 사라질 것 같지 않았기에 화제를 바꾸기로 했다.

"아아…… 맞아. 로자한테 줄 게 있었어."

그리고 문득 떠올랐다는 모습을 가장하며 품에서 봉투 한 장을 꺼냈다.

"응? 편지인가?"

"동방으로 돌아가는 도중에 전령을 보내서 이걸 무녀공주에게 전해 줬으면 해."

"……알겠다."

로자는 편지를 받은 뒤, 히로의 귓가에 속삭였다.

"중앙 귀족에 속한 자에게 협력을 청하여 3천 정도 숨겨 뒀어."

로자는 그렇게 말하며 히로의 손을 움켜쥐었다. 부스럭거리는 종이 감촉이 손바닥에 전해졌다. 히로가 시선을 밑으로 내리자 그 손에는 협력자의 이름이 적힌 종잇조각 한 장이 있었다.

"만약 필요해지게 되면 그자와 연락하도록 해."

로자는 로자대로 이미 와해 공작에 나선 모양이었다.

"고마워. 정말로 네게는 아무리 감사해도 부족해."

"상관없어. 장래의 남편을 돕는 건 당연한 일이잖아?"

감사를 표한 히로에게 로자는 장난기 어린 눈길을 보내왔다.

'우리가 대제도를 떠났다는 건 곧장 크로네 가문에 전해질 거야.'

히로는 중앙 귀족이 언제 움직이기 시작할지 생각했다. 예상으로는 빨리 손을 쓸 터였다. 전력을 유지할 수 있는 동안에, 영향력이 아직 남아 있는 지금이야말로 그들은 황제에게 이빨을 드러낼 것이라고 히로는 추측하고 있었다.

'그래도 어리석은 수단— 악수(惡手)라는 생각밖에 안 들지만.'

하지만 궁지에 몰린 그들에게 남은 수단은 그것뿐이었다.

아니, 그렇게 되도록 황제가 상황을 만들었다.

'정말로 인간의 욕망은 끝이 없구나. 권력을 얻으면 얻을수록 현재 상황에 만족할 수 없게 돼.'

그럼에도 현 황제의 방침에는 의문을 지울 수 없었다.

중앙 대륙 통일(솔레이유)— 적을 잔뜩 만들면서까지 이룩할 만큼 매력적인가.

히로는 부정했다.

분명 알티우스였다면 같잖다면서 코웃음 쳤을 것이 틀림없다.

1000년 전 자신들은 중앙 대륙 통일 따위를 꿈꾸지 않았다.

무엇보다 그란츠 대제국이 이렇게나 커지는 것도 바라지 않았다.

히로는 울적한 기분을 달래고자 창문으로 시선을 던졌다.

비는 아직 그칠 것 같지 않았다.

하늘에선 천둥이 쳤고 지상에는 눈물이 쏟아지고 있었다.

*****

그란츠 대제국이 광대한 영토를 소지하고 있다는 것은 누구나 아는 사실이다.

현재 모습이 된 뒤로는 변경까지 황제의 눈이 미치지 않는 일도 자주 있었다.

현 황제로부터 거슬러 올라가 43대 황제는 변경에서부터 빈틈이 생겨 가는 것을 걱정하여 광대한 영토를 다섯 영역—북방, 서방, 동방, 남방, 중앙으로 구분했다.

흔히 5대 영역이라고도 불리며, 다스리는 것은 황제지만 실질적인 운영은 5대 귀족이라고 일컬어지는 대공들이 했다.

그중에서도 오랜 세월 동안 5대 귀족의 한 축을 차지해 온 것이 크로네 가문이었다. 이 가문은 그란츠 대제국이 탄생한 초기부터 존재했다. 그 안정된 역사, 고귀한 혈통을 인정받아 그들은 수도 클라디우스가 있는 중앙을 맡고 있었다.

그런 크로네 가문의 본거지는 수도에서 30셀(90킬로미터) 떨어진 곳에 존재했다. 트라이던트 하류 지역에 펼쳐진 비옥한 대지에서 행해지는 농업이 크로네 가문의 부를 지탱했고, 여럿 가지고 있는 타국과의 교역로가 중앙에서의 지위를 견고히 다져 주고 있었다.

그것을 상징하는 것처럼 크로네 가문의 본거지인 『쌍조성(그라이프)(雙爪城)』은 수도로 오인할 만큼 매우 영화로웠다. 성벽에 갖춰진 철제 성문을 지나면 시가지가 나온다. 시가지에서는 북적이는 시장, 담소하는 사람들의 모습을 엿볼 수 있었다. 그곳을 가로질러 나아가면 높은 벽이 다시 방문자를 맞이한다. 감시탑도 구비된 성은 도시 속 요새와 같은 풍모를 지녔다.

그런 성의 내부— 크로네 가주의 방에 슈트벨이 있었다.

“황제에게 보기 좋게 당했군. 할아버지.”

"그 늙어 빠진 황제가…… 지금까지의 은혜를 잊고서 내치다니……!"

즐겁게 웃는 슈트벨과는 대조적으로 크로네 가주는 온갖 욕설을 바닥으로 내던지고 있었다.

"크로네 가문의 역사는 곧 그란츠 황가의 역사. 이 둘은 끊으려야 끊을 수 없어. 황제는 아무것도 몰라. 지금까지 누가 녀석의 치세를 지탱해 왔는데!"

크로네 가주는 뜨겁게 끓어오른 살기를 온몸으로 뿜어냈다.

슈트벨은 그런 그를 향해 싸늘한 시선을 보내고 있었다.

"할아버지, 조금은 진정하는 게 어때?"

"슈트벨…… 넌 이게 진정할 수 있는 상황이라고 생각하나?"

크로네 가주는 화가 머리끝까지 난 모습으로 얼굴을 새빨갛게 붉히고서 슈트벨에게 따졌다.

"애초에 너는 무슨 생각으로 황위 계승권을 포기한 것이냐! 이대로 가면 크로네 가문은 끝장나 버려!"

"훗, 그렇겠지."

슈트벨은 침착했다. 오히려 허둥대는 조부를 코웃음 치며 깔보고 있었다.

"너라는 존재가 있었기에 지금까지 귀족들의 마음을 붙들 수 있었는데…… 이 일을 어쩔 거냐!"

크로네 가주의 딸이 황제에게 시집가서 낳은 아들이 슈트벨이었다. 즉, 슈트벨은 크로네 가주의 손자였다. 그러나 황후였던 슈트벨의 모친은 슈트벨이 성인이 된 날 비명횡사했고, 이를 노린 것처럼 크로네 가문과 그란츠 황가의 친척 관계는 끊어졌다.

"할아버지, 이제 나이도 있으니 너무 화내면 머리 혈관이 터질지도 몰라."

"너란 녀석은…… 남의 신경을 한없이 건드리는구나!"

기막혀하며 한숨을 쉰 크로네 가주는 탁한 눈으로 슈트벨을 노려보았다.

"각지에서 불러 모은 병사는 어쩔 거냐? 네 지시를 받고 위협할 생각으로 모은 건 좋지만, 아무런 효과도 못 냈잖아."

"그 죄를 책망받지도 않았으니 신경 쓸 필요 없겠지."

"덕분에 더더욱 망신이야. 갈 곳을 잃은 병사 4만의 식량을 확보하는 것만으로도 큰일인데, 황제에게 바칠 영지 수입에다가 페르젠 부흥 자금까지 지불해야 해."

"4만이나 모은 건가…… 그건 대단하군."

슈트벨은 태연한 얼굴로 병사 수를 듣고서 날카롭게 눈을 좁혔다.

"그것도 상정했던 것보다 적은 수야. 날 의심하는 자들의 저택에 어떤 바보가 침입했다는 것 같더군. 그 탓에 협력자를 생각만큼 얻지 못했어."

크로네 가주는 두통이 이는지 관자놀이를 짚으며 말했다.

"그래도 고민할 필요는 없어. 그만한 병력이 있으면 대제도를 공격할 수 있겠지. 황제를 옥좌에서 끌어내릴 수 있을지도 몰라. 할아버지의 꿈이 이뤄질 때가 온 거 아닌가?"

슈트벨이 입에 담은 불온한 말을 듣고 크로네 가주는 의심스러운 눈길을 보냈다.

"그런 짓을 하면 크로네 가문은 정말로 끝난다. 꿈을 이루기는커녕 파멸이라고. 슈트벨…… 넌 무슨 생각을 하고 있는 거냐?"

"하! 이제 와서 무슨 소릴 하나 했더니…… 이미 끝났잖아."

갑자기 슈트벨의 목소리가 낮아졌다.

그에 크로네 가주의 눈이 불쾌하게 찌푸려졌다.

"……뭐라고?"

"할아버지도 알고 있을 텐데? 300년 전— 당시 황제가 암살당한 진실을 말이야."

이상한 기척을 내뿜는 눈앞의 손자에게 겁을 먹은 것처럼 크로네 가주는 침을 꼴깍 삼켰다.

"케케묵은 건 도태시켜야 해. 새로운 씨앗을 꽃피우려면 썩을 대로 썩은 열매 따위 산산이 으스러뜨려야지. 예전에 썩어빠진 세계가 다시 태어났을 때처럼 말이야."

그것은 그란츠 대제국도 예외가 아니라면서 슈트벨은 섬뜩하게 웃었다.

"가만히 듣자 하니까…… 웃기는 말을 늘어놓는구나. 나라를 잃고서 무슨 귀족이냐!"

노기를 팽창시킨 크로네 가주의 팔이 질책하는 목소리와 함께 슈트벨에게 향했다.

그러나 기선을 제압한 것은 슈트벨이었다.

그는 늙은 조부의 팔을 강한 완력으로 움켜잡았다.

"으악!"

뼈가 부서지는 듯한 소리가 방 안에 메아리침과 동시에 아픔을 견디지 못한 크로네 가주가 바닥에 무릎 꿇었다.

"슈트벨, 네놈……!"

크로네 가주는 격통과 분노가 뒤섞인 표정으로 슈트벨을 노려보았다.

그러나 효과는 없었고, 슈트벨은 여유롭게 의자에서 일어났다.

"이상한 말씀을 하시는군. 먼저 폭력을 쓴 건 할아버지잖아?"

"내, 내게 이런 짓을 하고서…… 무사할 줄 아느냐?!"

"권력을 잃은 늙은이가 누구한테 입을 놀리는 거지?"

파직— 분노에 호응하여 슈트벨의 몸에서 전류가 솟구쳤다.

이어서 거칠게 날뛰는 폭풍이 방 안을 종횡무진 휩쓸었다.

벽이 파이고 바닥이 부서졌다. 천장이 타 버리고, 압도적인 광량이 방 안을 지배했다.

"할아버지…… 아니, 패배자라고 하는 편이 옳은가."

한 손을 든 슈트벨의 얼굴이 유쾌하게 일그러졌다. 마치 살찌기를 기다리던 가축을 도축하는 것처럼, 그 눈동자는 희열을 띠고 형형히 빛났다.

"이미 네놈은 필요 없어졌어. 하지만 걱정하지 않아도 돼. 네 꿈을 이어받아 주지. 황제를 향한 원한을 풀어서 네놈에 대한 조의로 삼아 주겠어."

"자, 잠깐…… 슈트벨! 너는 외할아버지를 죽일 셈이냐?!"

"한 번도 네놈을 육친이라고 생각한 적은 없다만?"

인간이라고는 생각할 수 없을 만큼 냉혈한 감정을 마주한 크로네 가주는 마치 과거의 죄를 상기하듯 슈트벨을 멍하니 바라보았다.

"네놈은 세계를 좀먹는 단순한 쓰레기야."

슈트벨은 감정 없는 눈으로 크로네 가주를 보았다.

그 순간— 전격이 크로네 가주의 몸을 꿰뚫었다.

비명은 없었다. 창처럼 꽂힌 전격은 한순간에 노인의 목숨을 거두었다.

그을은 고기 냄새가 방 안을 가득 채웠다.

한없이 코에 맴돌며 몸을 휘감는 듯한 메스꺼운 이취였다.

"흥! 죽어서도 날 불쾌하게 하다니. 정말로 쓰레기군."

슈트벨은 언짢아하며 콧방귀를 뀌고서 의자에 다시 앉았다.

그리고—.

"실례합니다."

방문을 노크하는 소리가 들렸다.

"끝난 모양이군요."

대답도 기다리지 않고 들어온 것은 슈트벨의 오른팔이라고 해야 할 인물이었다.

우람한 노병. 탄탄한 근골로 구성된 그 체구에서는 일반인은 가질 수 없는 위엄이 배어났다. 그도 그럴 것이 그란츠 대제국에서 그의 이름을 모르는 자는 없었다.

검을 한 번 휘두르면 강이 갈라지고, 창을 한 번 휘두르면 성벽이 무너진다.

젊었을 적, 각국의 국경을 떠돌 때는 『악귀』라고도 불리며 두려움의 대상이었던 인물— 트라이 흘린 폰 로잉 전 대장군이었다.

그는 바닥에 나뒹구는 시체를 아무런 감개도 없이 내려다보았다.

"야망은 컸으나 중요한 순간에는 소심해지는 치졸한 남자였지요."

"그래도 많은 걸 남겨 줬어. 그것만큼은 감사해야지."

슈트벨은 책상에 놓여 있던 와인을 마시고서 크게 웃었다.

"로잉, 내 조부는 누군가에게 암살당했다. 분명 황제 짓일 거야."

로잉은 기묘한 말을 하는 슈트벨에게 의아한 시선을 보냈지만, 이내 의도를 헤아린 모양이었다.

"……그렇다면 원수를 갚아야겠군요."

희색을 띤 로잉의 목소리가 크로네 가주의 시체 위로 쏟아졌다.

"늙은이가 필사적으로 긁어모은 4만의 군세에게 전령을 날려."

"내용은 어떻게 할까요?"

"그란츠 대제국의 발전에 다대하게 공헌한 인물을 황제가 무참하게 암살했다는 식으로 써 둬. 그럼 분노에 사로잡힌 자들이 대제도로 밀어닥치겠지."

그 끝은 그란츠 대제국의 붕괴— 1000년간 번영했던 대제도가 불타 무너지는 모습을 상상한 슈트벨은 목을 큭큭 울리며 바닥에 유리잔을 내던졌다.

“마침내 이 순간이 왔군. 여기 오기까지 순탄한 길은 아니었지만, 이제 광대 연기를 계속할 필요도 없어졌어.”

“하오나 황제 폐하는 이쪽의 계획을 눈치채고 계십니다. 실제로 귀족 제후가 병사를 이끌고서 대제도에 모여 있지 않았습니까.”

“그것도 보람 없이 끝났지만 말이지. 일주일간의 침묵. 그것이 긴장감을 없애고 귀족 제후의 방심을 유발했어. 지금은 본거지로 돌아가는 자들뿐이야.”

흐름은 이쪽에 있었다.

슈트벨은 그렇게 말하고 싶은 것 같았으나 로잉의 표정은 밝아지지 않았다.

“그건 저희 쪽도 마찬가지입니다. 4만이라는 수가 모여 있긴 합니다만, 구심력을 잃은 지금은 그 절반밖에 못 움직일 겁니다.”

하지만 슈트벨은 로잉의 불안을 일축했다.

“그건 걱정하지 않아도 돼. 그렇기에 분노를 이용하는 거야. 크로네 가주는 사리사욕밖에 모르는 노인이었지만 그래도 은혜를 느끼고 있는 자는 많아. 무엇보다 급격히 바뀌는 정세의 흐름에서 탈출하지 못한 귀족도 있겠지. 예상컨대 3만 정도는 모일 거다. 그 지휘는 네게 맡기지.”

슈트벨이 그렇게 말했을 때―.

“그렇다면 제가 책사로서 로잉 씨의 부관이 되겠습니다.”

기척은 없었다.

그런데도 두 사람의 것이 아닌 목소리가 방 안에 울렸다.

"—?!"

로잉은 딱딱하게 얼굴을 굳히고서 다리를 벌려 전투 자세를 취했다.

슈트벨은 튕기듯 의자에서 일어나 온몸에서 전류를 뿜어냈다.

두 사람의 살기 섞인 시선이 갑작스러운 침입자에게 향했다.

"어이쿠, 깜짝 놀라게 한 모양이군요. 접니다. 『무명』이요."

후드를 뒤집어쓴 인물이 마치 소풍이라도 나온 것처럼 태평한 어조로 말하며 손을 들었다.

"네놈…… 대체 언제부터……."

경계심과 짜증이 슈트벨의 입가를 일그러뜨렸다.

로잉도 허리에 찬 칼자루를 잡고서 『무명』을 노려보았다.

"그런 누구나 할 수 있는 대사를 듣고 싶어서 온 건 아닌데 말이죠."

어떻습니까— 하고 상인이 교섭을 제의하는 듯한 태도로 『무명』은 말을 자아냈다.

"다른 사람과 교제하는 것이 서툰 슈트벨 씨에게 협력자가 많지는 않을 겁니다. 거기 있는 노병만으로는 불안하실 테지요. 그런 고로 미력하나마 저도 협력해 드리자고 생각한 겁니다만…… 뭐, 강요는 안 합니다."

표표히 어깨를 으쓱이는 『무명』을 보고 로잉의 이마에 혈관이 불거져 나왔다.

“호오…… 『무명』, 지금 날 모욕한 건가?”

“아뇨아뇨, 사실을 말했을 뿐입니다.”

험악한 공기가 양자 간에 흘렀다. 그 사이를 가르듯 전격이 날아갔다.

두 사람의 시선이 슈트벨에게 향했다.

그는 성가시다는 얼굴로 콧방귀를 뀌고서 의자에 털썩 앉았다.

“로잉, 싸우고 있을 때가 아닐 텐데.”

“……예. 죄송합니다.”

머리 숙인 로잉을 힐끗 본 슈트벨은 『무명』에게 날카로운 안광을 날렸다.

“『무명』, 네놈이 뭘 꾸미든 간에 내 계획 앞에서는 소용없는 일— 하지만 이상한 움직임을 보인다면 그 목을 들판에 내버려서 까마귀 먹이로 만들어 주겠다.”

“그거 무섭군요. 조심하겠습니다.”

그 말과는 반대로 『무명』의 목소리는 즐거운 기색이었다.

로잉은 수상쩍은 눈빛으로 『무명』을 쏘아보았다.

“그래서, 슈트벨 전하는 어쩌실 겁니까?”

“뻔하지.”

슈트벨은 희열 섞인 눈동자를 빛내며 자신의 목을 두드렸다.

“혼돈의 재편— 늙은 사자의 목을 딸 거다.”

*****

대지에 오랫동안 쏟아지던 비가 그쳤다.

하늘은 구름 한 점 없이 엊그제까지 내리던 비가 거짓말이었던 것처럼 활짝 갰다.

한기를 나르는 온화한 바람이 지상을 내달렸고, 싹을 틔운 화초도 느릿하게 춤추었다.

제국력 1023년 12월 23일— 남쪽 지역 북부 페어라트 근교.

로자와 헤어진 히로 일행은 베르크 요새까지 25셀(75킬로미터) 남은 곳에서 진을 치고 휴식 중이었다. 진 중앙에는 사령관용 천막이 만들어져 있었다. 그곳을 중심으로 사방을 에워싸듯 히로, 스카아하, 아우라 등의 막사가 지어진 형태였다.

거기서 조금 떨어진 트인 장소에서 리즈와 스카아하가 단련하고 있었다.

"하아아아!"

리즈가 목도를 상단에서 내리치자 스카아하가 그것을 목도로 막았다.

힘차게 맞부딪힌 두 목도는 기분 나쁜 소리를 연주했다.

그러나 두 사람의 의식은 눈앞의 적에게 있는 모양이라 신경 쓰는 기색은 보이지 않았다.

"여기다!"

리즈는 주먹을 내질러 스카아하의 정신을 그쪽으로 돌린 뒤, 상반신을 굽혀 땅에 손을 짚고서 그녀의 발목에 강렬한 발차기를 가했다.

"윽?!"

스카아하의 자세가 무너졌다. 하지만 그녀는 순간적으로 목도를 지면에 찌르고 몸을 띄워 날아차기로 반격을 시도했다.

"하아아앗!"

그리로 주저 없이 뛰어든 리즈는 스카아하의 발차기에 주먹을 때려 박아 상쇄했다.

차원이 다른 완력에 스카아하가 밀렸다. 그러나 스카아하는 일부러 힘을 거스르지 않고 충격을 이용하여 공중에서 한 번 회전한 뒤, 그대로 땅에 착지했다.

"와앗?!"

기세가 흘러진 리즈는 헛발을 디뎠고, 스카아하는 힘차게 지면을 박차고서 육박했다.

"끝이다!"

스카아하가 목도를 번쩍 들었으나 리즈는 자세가 무너진 채로 몸을 틀어 튕겨 냈다. 그것을 내다보고 있던 스카아하는 즉각 리즈의 머리 우측면으로 주먹을 휘두르려 했지만 리즈가 간단히 뿌리쳤다.

"큿, 단순한 힘 싸움으로는 져 버리는군!"

그렇다면 기량으로 우위를 점령하겠다는 것처럼 스카아하의 공격은 참격 중심이 되어 갔다.

리즈는 냉정하게 공격에 대처하면서 틈을 발견하면 주먹을 내질렀다. 한 방이라도 맞는다면 『염제』의 가호인 『괴력』에 의해 의식은 어둠 속으로 떨어질 것이다. 무기를 잃어도 맨손으로 상대의 목숨을 뺏을 수 있기에 무서웠다.

미녀들이 펼치는 그 무용 같은 모의 전투를 히로는 조용히 바라보고 있었다.

비의 영향으로 지면이 진흙투성이였기에 간이식 의자에 앉아서 견학 중이었다.

"아우라, 어느 쪽이 이길 것 같아?"

히로는 옆에서 똑같이 견학하고 있는 소녀에게 말을 걸었다. 그녀는 무릎 위에 둔 『흑지서』에서 시선을 떼고 감정의 기미가 느껴지지 않는 납빛 눈동자로 히로를 바라보았다.

"응…… 모르겠어."

관심 없다고 하지 않은 게 다행일지도 모른다. 애초에 그녀의 의식은 『흑지서』에 가 있어서 리즈와 스카아하 쪽을 일절 보고 있지 않았다. 지금도 『흑지서』가 신경 쓰이는지 힐끔힐끔 계속 시선을 보내고 있었고, 점점 달아오르는 싸움에는 눈길을 주지 않았다.

그러니 알 턱이 없다고 히로는 쓰게 웃었다.

"하지만 아우라. 만약 그녀들에게 부대를 맡기는 판단을 **네가** 내릴 때가 왔을 때, 각각의 역량을 모른다면 큰일이잖아."

직업 적성이 있는 것처럼 전장에도 적재적소라는 것이 있다.

알맞게 배치한다면 소수로도 다수를 격파할 수 있고, 그렇지 못하면 아무리 많은 군세를 이끌고 있어도 지고 마는 것이었다.

"……일리 있어."

아우라는 고개를 끄덕였으나 히로의 얼굴을 빤히 바라볼 뿐이었다.

무언가를 살피려 하고 있음을 알 수 있었다. 히로의 마음속을 건드리려 하고 있었다.

"왜, 왜 그래?"

아담한 소녀가 뿜어내는 기백에 히로는 살짝 압도되어 버렸다.

아우라는 작게 고개를 기울이고 할 말을 찾다가 어깨를 들썩이며 입을 열었다.

"……당신의 장소는 어디 있어?"

단 한마디, 아우라가 무슨 생각을 하고 있는지 깨달은 히로는 호흡을 잊었다.

말문이 막힌 히로의 가슴 부근에 아우라의 손이 닿았다.

그녀는 시선만 올려서 근심을 담은 눈길을 보내왔다.

"……그 마음은 어디 있어?"

히로는 대답하지 못했다.

그녀의 깊은 사려는 정말이지 대단했다. 감탄조차 하게 되었다.

입 다물고 있어도 별수 없었다. 히로가 입을 열려고 한 순간—.

"급보! 급보입니다! 히로 전하는 어디 계십니까?!"

오른쪽에서 다급한 목소리가 울렸다.

히로는 어수선한 방향으로 눈을 돌렸다.

한 남자가 허둥지둥 주변을 둘러보며 달리고 있었다.

“히로 전하! 어디 계십니까?!”

그 큰 목소리에 리즈와 스카아하도 싸울 마음이 사라졌는지 손을 멈추었다.

“저건…… 켈하이트 가문의 전령이네.”

히로는 누구에게랄 것도 없이 툭 중얼거리고 그에게 자신의 장소를 알리기 위해 손을 흔들었다.

그것을 알아차린 남자가 곧장 히로 곁으로 달려왔다.

“무, 무례를 용서해 주십시오! 긴급한 용건인지라!”

그는 그렇게 말하자마자 편지 한 장을 꺼내더니 다시 입을 열었다.

“크로네 가주가 암살당했습니다!”

“뭐…….”

히로는 깜짝 놀라서 일어섰다. 아우라도 경악을 숨기지 못하고 눈을 크게 떴다.

“그 주모자가 황제 폐하라는 근거 없는 소문이 돌아서 복수심에 사로잡힌 귀족들이 거병하여 대제도로 진군을 개시했습니다!”

전령은 목소리를 떨면서도 계속 말했다.

“지휘관은 로잉 전 대장군입니다. 그는 각지의 귀족에게 호응할 것을 요구하고, 찬동한 귀족들과 합류하면서 대제도로 오고 있는 것 같습니다. 그 수는 약 3만 정도로 급증할 듯합니다!”

"……잘 알았어."

히로는 고개를 끄덕이고 호위병에게 물을 가져오라고 했다가 달려가려던 그를 다시 불러 세웠다.

"아아, 잠깐만. 그리고 가더를 불러와 주지 않을래?"

"예! 알겠습니다!"

멈췄던 병사는 경례하고서 다시 달려갔다.

그 등에서 시선을 뗀 히로는 전령에게 쉬라고 말했다.

그런 뒤에 건네받은 편지를 보았다. 발신인은 로자와 협력 관계인 중앙 귀족이었다.

히로는 편지 내용과 조금 전 전령이 말한 것을 대조해 보았다.

"히로!"

리즈의 목소리에 반응한 히로는 시선을 올리고 그녀에게 고개를 돌렸다. 리즈 옆에는 스카아하가 긴장한 얼굴로 서 있었다. 표정을 보건대 그녀들에게도 조금 전 대화가 들렸으리라. 하지만 혹시 몰라서 히로는 확인해 두기로 했다.

"리즈, 조금 전 얘기 들었어?"

"……응, 들었어. 설마 크로네 가주가 암살당할 줄이야."

뭐가 뭔지 모르겠다며 리즈는 어깨를 으쓱이고 탄식했다.

무리도 아니었다. 움직임을 보일 것은 크로네 가문일 거라고만 생각했었다.

그런데 황제가 크로네 가주를 암살하다니— 왜 그런 수단을 썼을까.

물론 크로네 가문의 힘을 빠르고 간단하게 없애기에 효과적인 방법이기는 했다. 하지만 너무나도 강제적인 수단이었다. 이래서야 타국에 빈틈을 보일 뿐, 득이 되지 않았다.

"……진실을 오인하지 말 것."

조용히 중얼거린 것은 아우라였다. 스카아하가 같은 의견이라며 가만히 고개를 끄덕였다.

"아우라 공의 말대로야. 협소한 시야로 일을 인식하면 돌이킬 수 없게 돼."

혼란에 빠뜨려서 사건의 진실을 파악하지 못하게 한다. 동서고금 누구나 사용해 온 수법이었다.

타인의 의도 따위 읽을 수 없다. 그렇기에 진의라는 것은 어둠 속에 가려져 볼 수 없었다.

그래서 인간은 말에 현혹된다. 자신이 믿고 싶은 것만을 보고 만다.

'그게 목적이라면? 만약 누군가가 의도한 일이라면…….'

위험했다. 히로는 당장 대제도로 돌아가야 한다고 판단했다.

"리즈, 당장 대제도로 돌아가자."

"응, 알겠어."

이 이상 뒤처지게 되면 되돌릴 수 없는 사태가 초래할 것이다.

타인의 말만을 믿어서는 안 된다.

자신의 눈으로 현실을 마주 보고, 자신의 귀로 진실을 가려들어야 했다.

그렇다면 즉시 행동에 나서야 했다.

"리즈, 넌—."

히로는 리즈에게 지시를 내리려고 했지만—.

"당장 출발할 준비해! 진지는 그대로 두고 식량은 버리고 갈 거야! 신속하게 행동해!"

리즈가 망설이는 기색도 없이 병사들에게 당당히 명령을 날렸다.

"……식량 없이 전쟁은 불가능해."

어느새 아우라가 펜과 종이를 들고서 리즈 곁을 따르는 형태로 걷고 있었다.

"괜찮아. 적국에서 문제가 일어났다면 버릴 수 없지만, 문제는 그란츠 대제국 영내에서 일어났어. 도중에 유력자에게 협력을 바라면 되고, 거부당한다면 도시에서 사 모으면 돼."

"……응. 합격점."

시험했던 것이리라. 리즈의 대답을 듣고 아우라는 만족스럽게 고개를 끄덕였다.

"그리고 근처 귀족에게 진지 정리와 식량 회수를 부탁할 수 없을까?"

부서지지도 않은 진을 버리고 간다면 도적의 잠자리가 될 테고, 버려진 식량은 괴물(몬스터)을 불러들일 뿐만 아니라 생활이 곤궁한 마을 사람이 쇄도하여 괜한 분쟁을 만들 수도 있었다.

"응…… 그 준비는 나한테 맡기고 리즈는 지시에 집중해."

"고마워! 그리고 중장이 아니라 경장으로 바꾸겠어. 그러면 행군 속도도 오를 테고 진흙의 영향도 경감될 거야."

"……놓고 가는 장비는 노획되지 않도록 묻겠어."

"그래, 그 준비도 부탁할게."

"응."

히로는 그런 두 사람의 모습을 눈부시다는 듯이 눈을 가늘게 좁히고서 바라봤다.

마치 옛날을 떠올리는 것 같은 그리운 기분이 가슴 안쪽에서 북받쳤다.

"독안룡, 날 불렀다던데 무슨 용건이지?"

그때, 낮은 목소리에 반응하여 눈을 돌리자 검은 갑옷으로 전신을 감싼 가더가 서 있었다.

"그 얼빠진 얼굴은 뭐야……? 그렇게 여유 있는 상황인가?"

"후후, 히로 공은 깜짝 놀란 거겠지. 최근 리즈 공의 성장은 당목할 만하니까 말이야."

기뻐하며 웃은 스카아하가 리즈와 아우라에게 눈을 돌렸다.

가더는 생각되는 바가 있었는지 고개를 끄덕여 동의를 나타냈다.

"확실히…… 그렇군. 뭐라고 해야 할지 모르겠지만, 뭔가, 떨쳐 낸 느낌이 들어."

원래부터 재능은 있었다. 애초에 『염제』에게 선택되고서 소질이 없을 리가 없다.

그저 자신이 나아가야 할 길을 몰랐던 것이다.

망설임이 재능을 억눌러서 답보 상태로 있었다.

껍데기를 깰 계기가 필요했을 뿐이었고, 그것이 페르젠에서의 싸움이었을 뿐.

그녀는 항상 자신을 깜짝 놀라게 했다. 그렇기에 소중히 키워 가고 싶었다.

'리즈야말로 너의 의지를 이을 자라고 나는 믿고 있어.'

나는 법을 알게 된 새는 한없이 날개를 펼칠 것이다.

한없이, 한없이 하늘 높이 비상하리라.

히로는 다시 한 번 리즈의 등을 보았다가 가더에게 시선을 옮겼다.

"상대는 3만. 우리는 겨우 8백밖에 없어."

"하하! 절망적인 상황이잖아. 전멸할 게 훤히 보이는군."

"8백 전부를 기마대로 운용할 순 있겠지만, 그래도 뒤집을 순 없겠지."

"하지만 그 얼굴을 보니 뭔가 책략이 있는 것 같은데?"

"전력 차는 명백하니까. 우선은 그 차이를 조금이라도 줄일 거야."

일단 로자가 중앙에 남긴 3천을 바로 사용할 것이다.

그 밖에도 귀족들에게 협력을 청해서 병사를 모을 수밖에 없었다.

"그리고 전령을 보냈으면 해."

"어디로?"

"중앙 귀족들에게. 그들 대다수는 형세를 관망할 생각일 테니 말이지."

승패가 정해질 때까지 침묵할 자가 많을 터였다.

하지만 그런 안이한 생각은 허락하지 않을 것이다. 어디 편을 들지 정해 줘야겠다.

"게다가 이번만큼은 책략을 사용하지 않으면 이길 수 없을 것 같으니까. 그들이 준비해 줬으면 하는 게 있어. 나중에 편지를 쓸 테니 언제든 전령을 보낼 수 있도록 준비해 주지 않을래?"

"알겠다. 그럼 나도 준비하고 오지."

"부탁할게."

떠나가는 가더의 등을 향해 말하고서 히로는 땅으로 시선을 떨어뜨렸다.

이미 비는 그쳤지만 이렇게 땅이 질어서야 행군에 지장이 생길 것은 분명했다.

그래도 이쪽은 소수— 거기에 경장기마대이니 대제도에 빨리 도착할 것이다. 조건은 상대 또한 마찬가지라서 반란군이 합류하는 시간 등을 생각하면 아직 대제도는 위험한 상황이 아닐 터였다.

무엇보다 황제에게는 금사자 기사단이 있다. 제1황군도 각지를 수호하기 위해 흩어져 있기는 하지만 중앙에 남아 있을 터……. 그렇게 간단히 대제도를 함락할 수는 없었다.

'어떻게 생각해도 반란군에게 승산은 없는데 말이지…….'

히로 일행이 소식을 들었다는 것은 다른 귀족들의 귀에도 사태의 급변이 전해졌다는 뜻이었다. 그렇다면 본거지로 향하고자 귀로에 올랐던 자들이 대거 되돌아올 것이다.

반란군이 단기 결전을 시도하여 운 좋게 대제도를 함락하더라도 원군으로 달려온 귀족 제후의 군세에 의해 반드시 괴멸하게 된다.

‘뭔가를 숨기고 있어. 전멸하면서까지 완수하고 싶은 일…….’

히로는 턱에 손을 대고 조용히 생각했다.

전멸을 감수하더라도 그들이 득을 보는 것은 아무것도 없었다.

그렇다면 대제도를 확실하게 함락할 방법이 있거나, 아니면 원군으로 달려온 귀족 제후를 물리칠 수단이 있거나— 아무리 생각해도 답이 보이지 않았다.

정보가 부족했다. 이런 상황에서 단정하기에는 너무나도 위험했다.

일단은 머리 한편에 놔둬야 할 것이다.

히로는 생각을 정리하고 주위로 시선을 돌렸다.

병사들이 분주히 돌아다니고 있었다.

갑작스러운 출발임에도 불만스러운 표정을 짓고 있는 자는 한 명도 없었다.

그 틈을 누비며 말굽이 크게 울렸다. 부대장들이 자신의 부대를 지휘하러 돌아가거나 혹은 부하를 불러 모으려고 뛰어다니고 있었다.

겉보기에 사기 저하는 없었다. 모두가 적당한 긴장감에 휩싸여 출발 준비를 시작하고 있었다. 이 모습이라면 괜찮겠다고 히로는 판단했다.

그런 가운데—.

"리즈! 잠깐 얘기 좀 하고 싶은데!"

히로는 리즈를 불렀다. 아우라와 대화하고 있던 그녀는 히로의 목소리를 듣고 가벼운 발걸음으로 기뻐하며 달려왔다.

"뭔데, 뭔데? 불렀어?"

만약 꼬리가 있었다면 붕붕 소리가 날 정도로 흔들고 있었을 것이 틀림없다.

히로는 쓰게 웃으며 입을 열었다.

"우리가 알게 됐다는 건 귀족 제후의 귀에도 들어갔다는 뜻이야."

"그럼 우리가 도착할 무렵에는 끝났을 가능성도 있으려나?"

"그렇게 간단하진 않을 거야. 틀림없이 우리가 먼저 반란군과 만나겠지."

히로 일행이 이끄는 것은 고작 『아군』 8백이다. 그에 비해 다른 귀족 제후는 두 배 이상의 수를 이끌고 있었다. 그것만으로도 행군 속도는 비교가 안 된다.

무엇보다 셀레네 제2황자가 이끄는 군세는 2만이라는 대군이었다. 히로 일행처럼 식량을 버릴 수는 없고, 방향을 돌려서 오는 데도 상당한 시간이 필요할 것이다.

"그럼 언니랑 합류할까? 지금이라면 이틀 정도 기다려서 합류할 수 있을 것 같은데."

나쁘지 않은 판단이지만 히로는 고개를 가로젓고 거절했다.

확실히 로자와 합류한다면 1만을 넘게 되어 전력 차가 단숨에 좁혀진다.

그러나 시간이 아까운 지금은 선택지에서 제외해야 했다.

“일단은 전령을 보낼 거지만 합류는 안 할 거야. 로자와 합류하게 되면 전력은 증강되지만, 재편하는 데도 며칠이 걸리고 행군 속도가 현저히 떨어져 버려. 그렇게 되면 다른 귀족 제후보다도 늦게 대제도에 도착할지도 몰라.”

나중에 귀족 제후가 합류해 올 것을 생각하면, 리즈의 발언력을 높이기 위해서도 가장 큰 공적을 양보하는 일은 피하고 싶었다. 무엇보다 제일 먼저 원군으로 온 것이 리즈라는 사실을 민중의 마음에 강하게 심어 두고 싶었다.

“하지만 겨우 8백으로 괜찮을까……?”

“로자가 중앙 귀족을 몇 명 포섭했어. 그걸 포함해도 현시점에서 확실하게 말할 수 있는 전력은 3천8백 정도지만 말이지.”

그래도…… 하고 중얼거린 리즈가 히로의 허리에 꽂힌 『천제(엑스칼리버)』로 시선을 보냈다.

하지만 이내 히로의 얼굴로 시선을 되돌리더니 불안한 듯이 눈썹을 찌푸렸다.

“이쪽에는 정령검 5제가 **두 자루** 있지만, 역시 3만이나 상대하는 건 어려워. 크로네 가문을 중심으로 한 반란군이라면 정령 무기도 다수 소지하고 있을 거야.”

정령은 깨끗한 물가를 좋아하며 극히 드물게 자신의 성질을 담은 결정을 만들어 낸다. 보석보다 뛰어날지언정 못하지는 않은 빛깔을 지닌 결정의 아름다움에 사람들은 경의를 담아 정령석이라고 불렀다.

그란츠 대제국령에서는 한 해에 세 개에서 일곱 개의 정령석만이 발견되었다.

그 정령석과 특수한 제조법으로 만들어지는 것이 정령 무기였다.

근소하기는 하지만 정령의 힘이 깃들어 있어서 신체 능력 향상도 기대할 수 있었다.

그렇기에 희소가치가 높았고, 정령석 하나로 유복한 삶을 이루는 것도 가능했다.

지금도 소지하고 있는 것은 황족, 혹은 그와 관련된 자들뿐이었다.

"확실히 가지고 있어도 이상하지 않아. 하지만 많아 봤자 열 자루 정도— 충분히 위협적이지만, 일반병이 들고 있을 때 얘기지. 그래도 너나 스카아하의 상대가 될 정도는 아니야."

정령 무기를 가진 자가 있다면 발견하는 대로 우선적으로 목을 치면 그만이었다. 애초에 일개 병졸이 소지하고 있지는 않을 것이다. 만약 건네준다면 지휘관급이리라. 그렇다면 중앙 귀족의 기질을 볼 때 전선에 나오는 일은 없었다.

"그러니까 괜찮아. 걱정할 건 없어."

히로는 리즈의 어깨에 손을 올리고 그녀를 똑바로 바라보았다.

"훌륭하게 싸우는 모습을 보여 주는 거야. 첫 전투에서 이기려고 하지 않아도 돼. 마지막에 이기면 문제없어. 그때는 많은 귀족들이 네 밑으로 서둘러 달려오겠지."

그것을 위한 책략은 몇 가지나 있었다.

지금까지 겪은 싸움을 통해 함양해 온 지식이 히로의 머릿속에는 가득 들어 있었다.

"전력 차도 뒤집을 수 있어. 천시(天時), 지리(地理), 인화(人和)— 3종의 신기(神器)까지 너와 함께 있어."

리즈는 히로의 얼굴을 보고 불안한 표정을 지었지만…….

"……알겠어. 히로를 믿을게."

이윽고 히로의 시선에서 얼굴을 돌리고서 작게 고개를 끄덕였다.

"그럼 출발할까."

"……응."

리즈는 히로의 모습을 힐끔힐끔 살피며 나란히 걷기 시작했다.

그런 두 사람을 아우라가 지그시 바라보고 있었다.

"아우라 공, 말을 데려왔어."

스카아하가 말 두 마리를 데리고서 꼼짝도 하지 않는 아우라 곁으로 걸어왔다.

"……웃고 있었어."

"……누가?"

영문 모를 말을 듣고 스카아하가 물음표를 띄웠다.

"기마(騎馬)하라! 지금부터 『아군』은 대제도로 향한다!"

어수선하게 뒤섞이는 병사들의 군화 소리를 지울 만큼 큰 목소리로 히로가 외쳤다.

"역시 대단하군. 저 목소리를 들으면 신기하게 몸이 긴장돼."

스카아하는 감탄한 기색으로 중얼거리고 말에 올라탔다.

"자, 아우라 공도 말에 타도록 해. 낙오될지도 몰라."

"……응."

"아까부터 왜 그러지? 아우라 공답지 않아."

"……히로가 웃고 있었어."

"뭐라고?"

"아니야. 잊어버려 줘…… 분명 기분 탓."

리즈를 설득하는 동안, 그는 줄곧 웃고 있는 것처럼 보였다.

*****

히로 일행이 대제도를 향해 움직이기 시작했을 무렵.

그란츠 대제국— 북방 국경에 대군세가 진을 치고 있었다.

그 수는 2만.

중앙 천막에 세워져 있는 것은 하얀 바탕에 은랑(銀狼)이 그려진 문장기였다.

치장된 깃발은 위대한 분위기를 휘감고 얼음장 같은 바람 속에서 우아하게 펄럭였다.

식사 시간이기 때문인지 진지 안 이곳저곳에서 하얀 연기가 하늘을 향해 올라가고 있었다.

술병을 한 손에 들고 담소하는 자, 주량을 겨루며 떠드는 자, 살을 에는 듯한 냉풍이 불고 있음에도 웃통 벗고 노래 부르며 춤추는 자까지 있었다.

음침한 공기는 없고, 쾌활한 공기가 얼어붙은 땅에 열기를 가져왔다.

이렇게 위험한 군세가 머물고 있으면 소란이 일 법도 한데 주위 도시나 마을, 경비를 맡은 국경 성채에 혼란은 없었다.

왜냐하면 대군세의 지휘관이 잘 알려진 인물이었기 때문이다.

베어볼프 샤름 셀레네 폰 그란츠.

그란츠 대제국의 제2황자이자 계승 순위 4위― 백성에게는 『북방의 왕자(王者)』 혹은 『쌍랑(雙狼)』이라고 불리며 사랑받고 있었다.

"흐암……."

셀레네는 하품을 죽이고서 주위를 둘러보았다.

포위된 상태였다.

셀레네는 강인한 병사 네 명에게 둘러싸여 있었다.

그들의 손에는 흉흉한 무기가 쥐여 있었다.

무디게 햇빛을 반사하는 칼날, 서슬 퍼런 칼끝이 무지갯빛을 냈다.

한 번이라도 공격을 받는다면 치명상을 입을 것이 확실했다.

"헤헷, 대장. 오늘이야말로 그 예쁜 얼굴에 상처를 내 주겠어."

"마침내 여러 해 쌓인 원한을 풀 때가 왔군."

"최근에는 대장이 바쁘다고 안 놀아 줬으니 말이지."

"하지만 정말로 괜찮은 겁니까? 아무리 그래도 네 명을 상대하는 건 힘들지 않습니까?"

안전을 걱정하는 신병을 보고 셀레네는 태연하게 미소 지었다.

"한가하니까. 날 죽일 생각으로 덤비도록 해."

"읏…… 아름다워. 저 얼굴로 남자라니 아깝단 말이야."

"아니, 난 저런 얼굴로 태어나고 싶었어."

"맞는 말이야. 저 얼굴이라면 남자든 여자든 관계없지."

셀레네는 미인이라는 말을 자주 들었다. 그 이유는 외모에 있었다.

하늘을 연상시키는 파란 머리카락은 비단처럼 부드럽고, 몸의 선은 가늘며 피부는 하얀 데다 이목구비가 뚜렷했다. 요컨대 중성적인 얼굴이었고 눈길을 끄는 외양이었다.

하지만 셀레네는 외모보다도 두 눈이 가장 눈에 띄었다.

왼쪽 눈이 파란색, 오른쪽 눈이 금색—『이채안(異彩眼)(바르딕)』이라고도 불리며, 전설상의 인물들이 소지하고 있었고 영웅의 자질이라고도 할 수 있는 신체적 특징이었다.

그렇기에 여유롭게 선 그 모습은 전설상의 인물과 대등한 왕자의 품격을 풍겼다.

"그럼 쓸데없는 소리 말고 단련을 시작할까."

허리 양쪽에 찬 칼자루에 양손을 올린 셀레네는 하얀 입김을 토하고서 우아하게 미소 지었다.

그 순간— 셀레네의 모습이 소리도 없이 사라졌다.

"칫, 온다! 조심— 억?!"

병사 한 명이 소에게 들이받히기라도 한 것처럼 휙 날아갔다. 이어서 그의 옆에 있던 병사가 말 한마디 못 하고 입에서

거품을 뿜으며 픽 쓰러졌다. 세 명째 병사가 거칠게 공간을 벴지만 효과는 얻지 못한 채 뺨에 충격을 받고 졸도했다.

"엇, 엇? 서, 선배님들— 으악?!"

마지막까지 남아 있던 신병이 보이지 않는 무언가에 얻어맞고서 땅을 데굴데굴 구른 뒤 침묵했다.

"준비 운동도 안 되네."

셀레네는 기절한 병사들을 바라보며 어이없다는 얼굴로 탄식했다.

순간 환성이 터져 나왔다.

"어느새……."

셀레네가 깜짝 놀라 주위를 둘러보니 견학하고 있던 병사들이 순수하게 떠들고 있었다.

시작하기 전에는 관객 따위 한 명도 없었는데, 어디서 들었는지…….

아무튼 그들의 환성에 응답해 주고자 셀레네는 손을 흔들었다.

"아아…… 이 기세라면 오늘 중으로 술이 다 떨어지겠군."

근처 도시에서 살 수밖에 없나, 하고 어깨를 으쓱이고서 셀레네는 한 발자국 내디뎠다.

그때—.

"셀레네 전하, 어째서 놀고 계시는 겁니까?"

눈앞에 소리도 없이 남자 한 명이 나타났다.

오늘은 숨길 생각이 없는지 얼굴을 드러내고 있었다.

"여, 도리쿠스. 여전히 음침한 얼굴이구나."

외숙부인 기리시 재상의 부하—『밀경』에 소속되어 있는 남자로, 최근까지 히로 밑에서 일하던 인물이기도 했다.

"지금은 제 얼굴이 어떻든 상관없지 않습니까. 그보다도 셀레네 전하는 어째서 이런 곳에서 놀고 계시는 겁니까?"

"딱히 너랑은 관계없잖아. 아니면 용건이라도 있어?"

"며, 몇 번이나 편지를 보냈을 텐데요. 혹시 안 읽으신 겁니까?"

도리쿠스가 노여움 섞인 시선을 보내왔다.

그러나 셀레네는 태연히 받아 내고서 작게 고개를 기울였다.

"편지?"

"그렇습니다. 기리시 재상께서 몇 번이나 편지를 보내셨을 겁니다!"

"아아, 생각났다. 이거 말이야?"

셀레네는 품에서 편지 한 장을 꺼냈다. 샤름 가문의 문장이 인새로 찍혀 있었다.

늘 하는 잔소리라고 생각해서 읽지 않고 가지고 있었다.

"네 반응을 보니 중요한 내용이 적혀 있는 모양이야."

"예. 아주 중요한 내용이 적혀 있습니다. 당장 읽어 주셨으면 합니다!"

언성을 높이는 도리쿠스에게 어깨를 으쓱여 대답한 셀레네는 봉투를 뜯고 내용물을 꺼냈다.

달필로 용건이 잘 정리된 편지였다.

무엇보다 잔소리가 쓰여 있지 않기 때문인지 내용이 머릿속에 쉽게 들어왔다.

"호오……."

셀레네는 읽어 나가면서 웃음을 흘렸다.

"크로네 가주가 암살? 심지어 그걸 아바마마가 했다고? 게다가 분노한 크로네 가문 일파가 반란이라니…… 전개가 너무 빠르지 않아?"

"사태는 긴급을 요합니다. 기리시 재상님은 전하께서 대제도로 군세를 되돌리길 원하십니다."

"그렇구나. 이게 사실이라면 그야말로 국가의 위기야."

"이미 반란군의 칼날이 대제도에 도달해 있을지도 모릅니다. 당장 군세를 되돌려 역적을 쳐야 합니다!"

"잘 알았어."

셀레네는 심각하게 중얼거린 후—.

"하지만 난 관심 없어."

웃으면서 기리시 재상의 편지를 찢어 버렸다.

"무, 무슨……?!"

바람을 타고 흩어지는 종잇조각을 시선으로 좇으며 도리쿠스는 얼빠진 목소리를 냈다.

동요하는 도리쿠스에게 싸늘한 눈길을 보내면서 셀레네가 말했다.

"미안하지만 난 북방의 안전만을 생각하거든."

"국가의 중대사입니다!"

"그게 뭐 어쨌는데? 북방에는 『정령벽(프리트호프)』이 있어. 그쪽을 지키는 게 더 중요하잖아?"

"하, 하지만…… 그란츠 대제국이 흔들리면 북방도 위험해집니다. 그리고 최근에는 『각인족(얄다바오트)(刻印族)』도 얌전하지 않습니까."

이 세계(알레테이아)에는 인족(휴먼), 이장족(알브), 소인족(드워프), 마족(조로스터), 수족(앤스로), 이렇게 5대 종족 외에 3이족(夷族)이라고 불리는 이적 종족이 존재했다.

그중 하나가 세계에 만연한 『괴물(몬스터)』이다.

나머지는 『기육족(아르콘)(嗜肉族)』과 『각인족(얄다바오트)』이라고 불리는 흉포한 종족이었다. 이 두 종족은 중앙 대륙(솔레이유)에만 생식하고 있으며, 어느 지역에서 누구의 간섭도 받지 않고 독자적인 국가를 구축하고 있었다.

그곳이 『정령벽』 건너편에 있는 『미개척 영역(상투아리움)』이었다.

"녀석들은 이쪽이 틈을 보이는 걸 기다리고 있을 뿐이야. 호시탐탐 벽을 넘어오려고 벼르고 있지."

"……하지만, 그래도 셀레네 전하는 대제도에 가셔야 합니다."

"옥좌를 위해?"

"……."

셀레네의 날카로운 지적에 도리쿠스는 입을 다물어 버렸다.

"전부터 말했지만 난 옥좌에 관심 없어."

"그럼 전하는 북방 민족 외에는 괴로워해도 된다는 말씀이십니까?"

대화가 맞물리지 않았다. 그만큼 그가 초조해하고 있다는 말이기도 했다.

셀레네가 대제도로 달려가지 않는다면 다른 황위 계승자가 반란군을 상대할 것이다. 만약 승리하기라도 한다면 그자는 차기 황제라는 지위를 확고히 다지게 될 것이 틀림없다. 그것은 셀레네를 황제로 만들고 싶은 자들에게 피하고 싶은 일이었다.

외숙부인 기리시 재상은 예전부터 셀레네를 옥좌에 앉히고자 몹시 열심이었고, 그런 의견을 가진 북방 귀족이 일부 있다는 것도 알고 있었다.

"셀레네 전하, 중앙의 백성이 전하를 기다리고 있습니다. 구원을 바라고 있습니다."

도리쿠스의 꼴사나운 감정론에 셀레네는 기막히다는 모습으로 탄식했다.

"마음에 안 드네."

"……뭐라고 하셨습니까?"

"다른 사람이 만들어 놓은 길을 걷는 게 나는 전혀 즐겁지 않아. 그렇게 샤름 가문에 옥좌를 가져오고 싶다면 외삼촌이 황제가 되면 되잖아. 아니, 나는 딱히 슈트벨이 황제가 되어도 상관없어."

"제정신이십니까? 슈트벨 제1황자가 황제가 되면 그란츠 대제국은 붕괴할 겁니다."

"어릴 때부터 정쟁에 말려든 인간이 제정신으로 있을 수 있을까?"

그렇게 생각하면 슈트벨도 불쌍했다. 어릴 때부터 조부인 크로네 가주에게 이용당하고, 『뇌제』에게 선택받은 뒤로는 황제에게 계속 이용당하고, 끝내는 마음이 망가져 버렸다. 그의 인생을 생각하면 동정조차 들었다.

"그건……."

즉각 반론 당한 도리쿠스는 말문이 막혔다.

그런 그를 재미없다는 얼굴로 보고서 셀레네는 한 손으로 턱을 짚고 얼굴을 숙였다.

"그러고 보니……."

문득 히로가 뇌리에 스쳤다.

'그는 어떻게 할까…….'

히로에게 야심은 없어 보였지만 리즈에게는 있을 것이다.

옥좌에 흥미는 없으나 그들의 앞날은 무척 기대되었다.

이번 반란에 어떤 대응을 보여 줄 것인가. 셀레네는 생각을 살짝 고치고서 측근 한 명을 손짓하여 불렀다.

"무슨 일이십니까?"

"별동대를 조직해 줘. 수는 4천 정도면 돼."

이 말을 듣고 한쪽 무릎을 땅에 꿇고 있던 도리쿠스가 살짝 몸을 일으켰다. 그 눈동자는 기대에 차 있었다. 기뻐하는 표정이 셀레네의 신경을 건드렸다.

셀레네는 불쾌해하며 도리쿠스에게서 시선을 돌리고 측근의 말에 귀를 기울였다.

"남은 병사는 어떻게 할까요?"

“『정령벽』으로 보내. 별동대는 천천히 대제도로 향하겠어.”

“알겠습니다. 그럼 즉시 준비하겠습니다.”

측근의 등이 멀어진 후, 셀레네는 다시 도리쿠스에게 시선을 보냈다.

그는 셀레네가 갈 마음을 먹은 듯이 보여서 안도한 표정을 짓고 있었다.

“네가 뭘 기대하고 있는지는 모르겠지만, 난 외삼촌의 생각대로 되지 않을 거야.”

고집쟁이라고 말하고 싶다는 얼굴로 도리쿠스는 눈썹을 찌푸렸다.

“……그럼 무슨 목적으로 대제도에 가시는 겁니까?”

“그냥 이 나라의 앞날이라는 극장을 견학하려는 거지.”

허리 양쪽에 찬 칼자루에 손을 얹은 셀레네는 기대된다면서 웃었다.

제4장 염제의 각성×염희의 비상

호프능
제국력 1023년 12월 26일— 중앙 지역 남부, 희망 평원.

분주하게 돌아다니는 인마 대열. 병사 무리가 갑옷 소리를 내며 칼끝을 번뜩였다.

하늘 높이 자리한 태양의 빛이 대지에 쏟아지며 지상에서 살아가는 사람들의 앞을 밝게 비추었다.

온화한 바람에 펄럭이는 것은 흑룡 문장기, 그 옆에서 같이 펄럭이는 것은 빨간 바탕에 백합꽃이 그려진 문장기— 그란츠 대제국의 제4황자, 제6황녀가 내거는 깃발이었다.

역사가 깃든 위대한 깃발 아래에서는 병사들이 뛰어다니고 있었다. 쓸데없는 말을 하는 자는 한 명도 없었고, 묵묵히 자신의 임무를 수행하고자 작업에 몰두한 모습이었다.

정연한 진지 안에서 한층 눈에 띄는 곳이 있었다.

중요한 인물들이 한곳에 모인 사령부였다.

내부는 심각한 분위기로 가득 차 군의가 열리기를 기다리고 있는 상황이었다.

모두가 긴장한 얼굴로 상석에 앉은 인물을 바라보고 있었다.

세리아 에스트레야 제6황녀, 그리고 그 옆에 서 있는 것은 제4황자 히로였다.

“그럼 다들 모인 것 같으니 보고를 부탁드려도 되겠습니까?”

히로가 질문을 던졌다. 그 대상은 협력 관계를 맺고 있는 중앙 귀족이었다.

"예!"

극도의 긴장 때문인지 그가 뒤집힌 목소리로 대답하고서 일어섰다.

떨리는 손끝으로 중앙의 지도를 가리킨 그는 신중하게 말을 고르며 입을 움직였다.

"현재 로잉 전 대장군이 지휘하고『무명』을 부관으로 둔 반란군은 대제도 목전에서 행군을 정지한 것 같습니다."

"반란군이 뭔가 요구한 것은 없습니까?"

"아무것도 없습니다. 다만 주변 귀족들에게는 협박장이 날아왔습니다."

아군이 되지 않을 거라면 얌전히 지켜봐라, 맞서겠다면 단숨에 공격하여 멸망시키겠다는 내용이었다. 로잉 전 대장군의 무위는 그란츠 전토에 알려져 있었다. 모두가 무서워서 벌벌 떨고 있을 것이다. 무엇보다 욕망으로 점철된 귀족들이 많은 중앙에 로잉 전 대장군에게 반항할 만한 정신을 가진 자는 적었다.

"이 일대 귀족들을 이쪽에 끌어들이는 건 어려울 것 같네."

이쪽은 3천하고 8백. 상대는 3만이니 탁류에 돌을 던지는 것과 같았다.

순식간에 삼켜지리라고, 누구든 상상할 것이 틀림없다.

"어렵습니다. 주변 귀족은 공격받는 것이 무서운지 틀어박힌 채 움직일 기미를 보이지 않습니다. 반란군의 형세가 불리함을 깨닫는다면 기뻐하며 뛰쳐나올 테지만, 현재 상황으로는 앞으로도 계속 조용히 지켜보겠지요."

보고 내용을 듣고 히로는 낙담의 한숨을 쉬었다.

"그럼 중앙 이외의 귀족들은 어쩌고 있는지 알아냈습니까?"

"먼저 북방 귀족입니다만, 셀레네 제2황자가 이쪽으로 오고 있다는 보고가 며칠 전에 들어왔습니다. 서방 귀족에게는 오늘쯤 정보가 전해졌을 겁니다. 그렇더라도 페르젠 속주에서의 치안 활동과 부흥 활동 때문에 아무것도 할 수 없을 테지만 말이죠."

그리고—, 잠깐 헛기침한 중앙 귀족이 이야기를 계속했다.

"남방 귀족에 관해서는 정보가 부족하여 확실한 것은 모릅니다만, 전혀 움직일 기미가 없어 보이니 지켜보기로 결정하지 않았을까 합니다."

마지막으로 동방 귀족은 전속력으로 대제도를 향해 오고 있다는 로자의 편지가 어제 도착했다.

그래도 히로 일행이 반란군과 충돌할 때에 맞춰서 오지는 못할 것이다.

"즉, 어떤 진영보다도 앞서 왔다는 거군요."

이 좋은 기회를 놓칠 수는 없다. 리즈에게 눈짓하자 그녀는 힘 있게 고개를 끄덕였다.

"그럼 다가올 싸움에 대비해 이틀 정도 여기서 휴식하자. 그사이에 주변 귀족들에게는 내가 다시 서신을 보내겠어. 열의를 호소한다면 움직이는 자가 있을지도 모르니까."

리즈의 판단은 나쁘지 않았다.

협력해 준 중앙 귀족의 병사 3천은 별개로 치더라도『아군』8백은 남방에서 강행군으로 여기까지 왔다. 그들의 피로를 충분히 풀고 나서 싸움에 임해야 했다. 고작 8백이어도 전황에 영향을 미칠 때가 있었다.

아직 휴식할 만한 시간은 있다. 다른 어느 진영보다도 빨리, 첫 번째로 이곳에 도착했으니 말이다.

"그래도 경계는 해 두는 편이 좋겠지."

히로 일행이 이곳에 왔다는 사실은 로잉 전 대장군에게도 알려졌을 것이다.

그렇기에 야습을 경계해 둬야 했다. 그란츠 대제국에서 무관의 정점까지 올랐던 남자가 방심할 리 없었다. 대제도보다도 이쪽을 먼저 전력으로 때려잡으려 할 터였다.

"응. 반란군은 우리를 없애 두지 않으면 등을 훤히 보이게 되니까 말이야."

리즈의 말에 히로는 수긍했다.

대제도를 멸망시키려면 온 힘을 다해 부딪쳐야 했다.

그렇다면 전력을 분산시키지 않고 모든 병력을 동원하여 히로 일행을 없애려 할 것이다.

"하지만 그때는 대제도를 수호하는 금사자 기사단과 협력하면 되지 않아? 우리가 싸우는 동안 금사자 기사단이 반란군의 등을 친다든가?"

리즈가 지극히 당연한 의문을 입에 담았다.

히로는 대답하려고 했지만 그보다도 빨리 아우라가 자리에서 일어났다.

"……그건 위험해."

"어째서?"

리즈가 이상하다는 얼굴로 고개를 기울이자 아우라가 책상 위의 말을 움직이며 설명을 시작했다.

"로잉 전 대장군의 목적은 거기 있을 터."

반란군이 히로 일행과 전투를 개시하면 그 등은 대제도를 향하게 된다.

물어뜯고 싶어질 만큼 매력적으로 보일 것이다.

만약 그것이 목적이라면, 금사자 기사단을 대제도에서 끌어내는 것이 목적이라면, 차마 눈 뜨고 볼 수 없는 참상이 벌어지리라.

"내가 로잉 전 대장군이라면 별동대를 조직하겠어. 박차고 나온 금사자 기사단을 지나쳐서 활짝 열린 대제도로 쳐들어갈 거야."

그 뒤에는 민중을 학살하고, 건물에 불을 지르고, 황궁을 파괴하고, 재보를 전부 빼앗는다.

그란츠 대제국의 중추가 마비되면 타국이 쳐들어와서 붕괴한다는 각본이 완성된다. 그렇기에 농성이라는 수단을 취할 수밖에 없었다. 그것이야말로 최선책이었다.

"으음, 그럼 금사자 기사단을 기대하고 싸우면 위험하겠네."

"……응. 그들을 전력에 포함하지 않는 편이 좋아."

요컨대—.

'이번 싸움에서 승패가 결정될 때까지 금사자 기사단은 움직일 수 없어.'

반대로 로잉 전 대장군의 술수에만 걸려들지 않는다면 대제도가 전화에 휩싸이는 일은 없다는 뜻이기도 했다. 황제가 강경할 경우에는 박차고 나오겠지만, 귀족 제후가 원군으로 달려올 것을 알고 있는 현 상황이라면 그런 강공책을 펼 일도 없다.

'새삼 생각해 봐도 너무 무모해.'

황제가 농성한다면 그사이에 크로네 가문을 제외한 5대 귀족의 군세가 원군으로 달려올 것이다. 심지어 대제도는 오랫동안 전쟁이 벌어지지 않았다고는 해도, 높은 성벽은 늘 관리되고 있으며 견고하기로 유명했다.

'반란군은 이미 이길 방법이 없는 상황이야. 패배가 눈에 보이는데…….'

아무튼 싸워 보면 상대의 의도가 보일지도 모른다. 그렇게 생각하고 사고를 정리할 수밖에 없었다. 우선은 3천8백으로 어떻게 싸울지 궁리해야 했다.

"그럼 앞으로 어떻게 할지를 얘기하자."

히로가 중얼거리며 책상 앞으로 걸어가니 의자에 앉아 있던 자들이 일제히 일어섰다.

"우선 로잉 전 대장군이 본진을 둔 장소는 어디지?"

히로가 날카로운 시선을 중앙 귀족에게 날렸다. 그는 침을 꼴깍 삼키고서 말을 움직였다.

"대제도에서 2셀(6킬로미터) 떨어진 지점에서 야영하고 있습니다."

그 주변에는 아무것도 없었다. 숨을 수 있을 만한 장소는 없어 보였다.

기습하기에는 적합하지 않은 지대— 그러나 숨을 수 있는 장소가 있었더라도 며칠 전까지 내린 비 때문에 진흙 소리가 크게 울려서 조용히 접근할 수는 없었으리라.

그렇다면 3만이라는 수를 어떻게 격파할 것인가— 묘안이 필요했다.

"누구 좋은 책략이 떠오른 사람 있나?"

히로는 책상을 에워싼 이들을 순서대로 바라보았다.

"저기, 히로. 이길 필요가 있을까?"

히로는 그것만 듣고도 리즈가 하고자 하는 말을 알 수 있었다. 자신도 그것을 상정하기는 했지만, 결론을 말하자면 우책(愚策)으로서 버린 방법이었다.

하지만 여기서 부정해 버리면 그녀가 위축되고 만다. 마침내 그녀가 자신의 의견을 말할 수 있을 만큼 자신감을 기른 상황이었다.

히로는 리즈의 성장을 기뻐하면서 그녀의 이어질 말을 묵묵히 기다리기로 했다.

"음, 상대는 3만밖에 없는 거지? 따로 원군이 있는 건 아니잖아?"

"그러네. 향후 전황에 따라 반란군 편을 드는 자가 나올지도 모르지만, 현재 그들은 3만이라는 수밖에 안 남아 있어."

"하지만 우리는 지금이야 3천8백이어도 다른 귀족 제후와 합류하면 점점 불어날 거잖아?"

"응. 최소한 2만 이상은 될 거야."

"그럼 착실하게 상대할 필요 없지 않을까? 지지 않도록 작게 충돌하면서 다른 귀족들과 연락을 취하고, 최종적으로 포위하여 섬멸하면 될 것 같은데……."

시선만 올려서 모습을 살피는 리즈에게 히로는 미소 지으며 대답했다.

"나쁘지 않아. 좋은 방법이라고 생각해."

"정말?"

불안한 얼굴로 확인하는 리즈를 보며 히로는 쓰게 웃었다. 그녀가 상처 입지 않도록 설명하기로 하고 히로는 온화한 어조로 말하기 시작했다.

"하지만 리즈의 책략은 그란츠 대제국이 하나로 단결되어 있을 때 효과를 발휘해."

정말로 나쁘지는 않았다.

가능하다면 그 책략이 빛을 볼 수 있게 하고 싶었으나 정세가 그것을 허락하지 않았다.

"이번 싸움이 단순하게 반란군과 그란츠 대제국의 충돌이었다면 문제는 없었겠지만……."

여기에 황위 계승권이라는 문제가 관여되어 버린다.

다른 귀족들과 합류한다면 다른 황위 계승자들이 공을 세우기 위해 솔선하여 앞장설 것이다. 요컨대 공적 쟁탈전이 발생한다. 그로 인해 분쟁이 일어날 가능성도 있었다.

전장에 정쟁을 끌고 들어가면 마음 편할 날은 없고, 암살자의 습격을 두려워하는 나날이 이어지리라. 황위 계승자가 한 곳에 모인 절호의 기회였다. 호적수를 한꺼번에 처리할 수 있는 상황이 갖춰지는 것이었다.

그렇게 되면 사이좋게 손잡고 반란군을 섬멸할 수는 없게 된다.

의심에 빠져서 누구도 믿을 수 없게 되어 버린다.

'내가 반란군이라면 그 틈을 파고들 거야. 유언비어로 상대를 현혹하고 분열시키겠지.'

여기저기 배신이 싹트게 하여 정신을 피폐하게 만든다. 이렇게 되면 어중이떠중이, 아무런 위협도 될 수 없다. 그런 상황에 빠진 경우, 반란군과 정면으로 싸울 수 있는가 묻는다면 미묘했다. 자칫 잘못하면 괴멸할 우려가 있었다.

"그럼…… 3천8백으로 이기러 갈 수밖에 없는 건가."

리즈는 아쉬워하는 얼굴로 깊이 탄식하고서 끙 소리를 내며 지도를 다시 응시하기 시작했다.

히로는 그 모습을 사랑스럽게 바라본 뒤에 다른 이들에게 시선을 옮겼다.

"그 밖에 뭔가 떠오른 사람 있어? 아우라는 어때?"

"……응, 조금 더 생각할게."

"스카아하는?"

"나는 기습밖에 없다고 생각하는데. 확실히 비 때문에 땅이 질기는 하지만, 그래도 역시 정면으로 싸우는 것보다 어둠 속에 숨어 적을 공격하는 편이 성과를 올릴 수 있을 거야."

스카아하는 팔짱을 끼고 청록색 눈으로 히로를 보았다.

"그 전에 여러 가지로 준비해 둬야겠지만 말이지. 어차피 분노한 나머지 냉정함을 잃은 귀족들에게 끌려온 병사들뿐일 터. 그들에게 충성심이 있을지는 미묘해. 죽을지도 모르는 상황에 빠지면 탈주병도 나오겠지."

그것이 이름 없는 귀족이었다면 히로도 스카아하의 이야기에 납득했을 것이다.

하지만 상대는 로잉 전 대장군이었다. 그 위용에 넙죽 엎드리는 귀족은 많았고, 화려한 전투 경력을 남긴 그를 선망하는 병사도 많았다.

어중간한 공작은 통용되지 않을 것이다. 만약 실패라도 한다면 반란군의 단결을 강화하게 될지도 몰랐다. 히로는 일을 신중히 진행해야 한다고 생각했다.

로잉 전 대장군도 이쪽의 책략을 여럿 상정하고 있을 터—서로의 수를 어디까지 읽어 내는가, 그것이 승부의 열쇠를 쥐고 있었다.

"너무 심각하게 생각하는 거 아닌가? 로잉이라는 남자가 얼마나 대단한지는 몰라도 히로 공보다 깊이 내다보고 있을 것 같지는 않다만?"

"그럴지도 모르지만…… 그래도 조심해서 나쁠 건 없어."

"일리는 있는데……."

스카아하는 무언가를 더 말하려고 했으나—.

"아니, 그만하도록 하지."

한동안 히로를 바라보다가 입을 다물고 조용해져 버렸다.

"히로는 뭔가 생각이 있는 거야?"

스카아하의 기묘한 반응에 허를 찔린 히로에게 아우라가 말을 걸었다. 그로 인해 그 위화감은 머리 한쪽으로 쫓겨나 버렸다.

"아아, 응. 나는 말이지."

히로는 지면으로 시선을 떨어뜨리고서 짙게 웃었다.

"진흙을 쓸까 해."

"……진흙?"

의도를 이해할 수 없는지 아우라가 눈을 깜박이며 고개를 갸웃했다.

히로는 책상 위에 놓인 말을 하나 집어서 지도에 놓았다.

"정찰 부대의 보고에 의하면 여기에 진창이 몇 군데 생긴 것 같아."

그곳은 히로 일행이 진지를 구축한 희망 평원에서 북쪽으로 6셀 올라간 장소— 반란군의 본진에서 남쪽으로 4셀 떨어진 지점이었다.

"우선은 반란군을 여기로 유인하겠어. 함정을 쫙 깔아서 단숨에 승부를 걸 생각이야."

단언한 히로는 리즈와 스카아하에게 강한 눈빛을 보냈다.

"그리고 두 사람의 책략도 응용하겠어. 모처럼 생각해 줬는 걸. 헛되이 만들기엔 아까워."

이 말을 듣고 리즈가 놀람과 기쁨이 뒤섞인 표정을 지었다.

스카아하는 예쁜 눈썹을 움찔할 뿐인 미약한 반응이었다.

"그럼 지금부터 각자에게 중요한 역할을 맡기겠어."

히로는 과장된 손짓과 함께 사령부에 모인 인물들을 바라보며 낭랑히 말을 자아냈다.

"먼저 인근 마을과 도시에서 가능한 한 기름을 사들여 줬으면 해."

히로는 지도상에 차례차례 말을 놓으며 설명해 갔다.

"그 뒤에는 진흙처럼 보이도록 기름을 깔아 두는 거야."

"……화형(火刑)?"

아우라의 의문에 히로는 고개를 끄덕이고서 지도 위를 가리켰다.

"그리고 근처 숲에서 가벼운 나무를 몇 그루 벌채해 줘. 우리 군과 적군 사이에 놓아 벽으로 삼을 생각이야."

그다음으로 화살 조달, 어느 역할을 누가 맡을 것인가, 부대의 지휘는 누가 할 것인가, 준비에 필요한 시간을 줄이고, 스카아하의 책략을 응용하고, 리즈의 책략을 포함해서, 누구나 납득할 책략을 찾아내 갔다.

"결국은 탁상공론이야. 전부 이대로 진행되진 않아."

실패해도 상관없다는 마음가짐으로 있어 주면 된다.

히로는 그렇게 말한 뒤, 지도를 보던 얼굴을 들고 미소 지었다.

"실패했을 때는 내가 성공으로 바꿔 보이겠어. 안심하고 싸움에 임해 줘."

마지막으로 그렇게 고하고서—.

"그럼 계획을 시작할까."

히로는 해산을 입에 담았다.

"그럼 뒷일은 나한테 맡기고 히로는 낭보를 기다리도록 해!"

리즈가 자신의 역할을 다하고자 제일 먼저 천막을 뛰쳐나갔다.

"……걱정되니까 보고 올게."

리즈에게 전부 맡기는 것이 불안했는지 아우라가 미묘한 표정을 짓고서 나갔다. 가더 일행도 각자 역할을 다하기 위해 천막을 나갔다.

"히로 전하, 저는 어떻게 하면 될까요?"

이번 싸움에 협력해 주는 중앙 귀족이 할 일이 없어 확연한 당황을 드러내며 질문했다.

히로는 금화가 담긴 주머니 하나를 품에서 꺼냈다.

"돈은 아끼지 않을 테니 요란하게 선전해 줬으면 좋겠어."

금화가 든 주머니가 책상에 놓이자 잘그락거리는 소리가 천막에 울렸다.

"중앙에 사는 백성과 귀족들에게 리즈의 웅대한 뜻을 전해 줬으면 해."

"그거면 됩니까? 그 밖에 반란군에 관한 이야기는……?"

“아니, 리즈만으로 좋아. 다른 소문도 같이 흘리면 정보가 뒤섞여서 혼란을 줄 수도 있으니까. 우선은 리즈에 관한 얘기만 퍼뜨리면 돼.”

국가의 위기에 고작 3천8백의 병사를 이끌고 달려왔다. 국민의 불안을 없애고자 출진한 리즈의 이야기를 듣는다면 민중의 마음은 분명 들끓는다. 누구나 칭찬을 아끼지 않을 것이다. 언젠가 음유시인이 노래를 만들고, 술집에서는 무희가 곡을 들으며 춤추리라.

“알겠습니다. 그렇다면 준비하도록 하겠습니다.”

그리고서 중앙 귀족은 돈은 필요 없다, 미래에 대한 투자라면서 정중히 사절했다.

“그럼 이만 실례하겠습니다.”

퇴실하는 귀족의 등을 향해 감사의 말을 던진 히로는 이어서 마지막까지 남아 있는 한 여성에게 눈을 돌렸다.

“스카아하, 나한테 무슨 용건이라도 있어?”

“……으음, 뭐, 용건이 있다면 있지.”

어물어물 말한 스카아하는 곤혹스러운 얼굴로 뒤통수를 만지며 히로에게 걸어왔다. 그리고 멈춰 서서 청록색 눈동자로 히로의 얼굴을 들여다보았다.

“너무 혼자서 다 떠안지 마. 귀공에게는 많은 동료가 있으니 조금 더 그들을 믿도록 해.”

“……”

놀란 표정을 짓는 히로를 보고 스카아하는 쑥스러운지 코끝을 긁적였다.

"나는 신참이라 신뢰할 수 없는 게 당연해도 말이지. 아우라 공이나 리즈 공에게는 뭔가 말해 주는 편이 좋다고 생각해. 최근 귀공 일로 줄곧 고민하고 있는 모양이야."

"……리즈와 아우라가?"

"최근 귀공은 알기 쉬우니까. 이 싸움이 끝난 뒤라도 좋으니 대화 자리를 마련하도록 해. 『그때 이야기를 나눴으면 좋았을 텐데……』 같은 후회는 하고 싶지 않겠지?"

스카아하는 히로의 머리를 쓰다듬었다.

"그럼 나도 리즈 공을 돕기로 할까."

그리고서 자신의 역할을 다하기 위해, 조언만을 남기고 시원스럽게 천막을 떠났다.

무게가 있었다. 가족을 잃은 그녀이기에 할 수 있는 말—이야기를 나누고 싶어도 그 상대는 없고, 그러나 줄곧 가슴속에 옛 모습이 남아 있다.

평생 후회할 바에야 속마음을 털어놔라. 스카아하는 그렇게 말하고 싶었던 걸지도 모른다. 하지만 지금은 해야 할 말이 없었다.

"언젠가 털어놓더라도, 이 싸움이 어떤 결과를 낳는가에 따라 바뀌어."

히로는 지도 위에 놓인 말을 하나, 둘, 셋, 쓰러뜨리고서 얼굴을 숙였다.

군의에서 딱 한 가지 말하지 않은 것이 있었다. 들키면 성가시다고 생각한 것이 하나 있었다. 히로는 일부러 그의 이름을 군의에서 발언하지 않았다.

"핫…… 하하!"

무의식이었다.

"훗, 아하, 하하하하하!"

마음 깊숙한 곳에서 희열이 솟구쳤다.

억누를 수 없는 광희(狂喜)가 가슴속에서 휘몰아쳤다.

"후후, 하핫— 으윽?!"

하지만 이내 히로의 표정이 고통스럽게 바뀌면서 이마에 대량의 비지땀이 맺히기 시작했다.

고동치는 심장 소리— 히로는 저항을 나타내듯이 가슴 부근을 움켜쥐었다.

호흡을 고르며 등받이에 몸을 기댄 히로는 공허한 눈으로 천장을 바라보았다.

"리즈…… 미안해."

자신 안에서 광희가 전쟁을 원했다. 악한 마음이 꿈틀거리는 것이 느껴졌다.

어둠에 의식이 붙들리고 자아가 무너져 버리는 것을 알 수 있었다.

히로는 그런 고통에서 도망치고자 책상에 준비된 지도를 바라보았다.

각 세력의 위치를 나타낸 말을 응시했다.

"이대로 예상대로 진행된다면……."

분명 바람직한 세계를 손에 넣을 수 있다.

그렇기에 열락(悅樂)을 억제할 수 없었다. 갈망이 전쟁을 요구했다.

논리적으로 해결할 수 있는 것이 아니었다. 이성 따위 조금도 도움이 되지 않았다.

"……나는 이제— 버틸 수 없을 것 같아."

포기하는 말과는 반대로 히로는 짙게 웃으면서 안대를 쓰다듬고 주위 기척을 살폈다.

전투 준비를 시작한 병사들이 분주하게 움직이는 소리가 들렸다.

그러나 사령부는 바깥 세계와 동떨어진 것처럼 묘한 고요함에 휩싸여 있었다.

히로는 **하늘**을 올려다보고 『천정안(우라노스)』을 가늘게 좁혔다.

밤하늘에는 별이 깜빡이고 있었다.

1000년 전과 마찬가지로 계속 반짝이고 있었다.

"마침내…… 마침내—."

히로는 안대 테두리를 잡고서 주저 없이 벗겨 냈다.

"알티우스, 네 의지를 이을 자가 나타났어."

히로의 왼쪽 눈에서는 섬뜩한 빛이 흘러나오고 있었다.

그런데도— 사람의 심금을 울리는 애곡(哀哭)의 어둠이 가득했다.

삐걱거렸다.

대기가, 삐걱거렸다.

공간이 방대한 힘을 버티지 못해 주위에서 파열음을 연주하기 시작했다.

줄곧 머리 한편에서 울려 퍼지고 있던 잡음이—.

"레이, 네 꿈을 이을 자가 나타났어."

—선명한 소리를 연주했다.

*****

"—?!"

의자에서 벌떡 일어난 슈트벨은 귀신 같은 형상을 하고 밖으로 뛰쳐나갔다.

하지만— 밖은 조용했다.

줄지어 늘어선 병영 사이를 병사가 횃불을 들고 순찰하고 있었다.

이렇게 추운 밤이어서야 밖을 돌아다니는 병사도 없는지 인기척은 적었다.

평소처럼 특별난 것도 없는, 변함없는 진지가 눈앞에 있었다.

"……젠장."

그래도 슈트벨은 눈동자에서 경계의 색을 지우지 않았다.

쏘아보는 시선으로 주변을 둘러보았다.

하늘을 올려다보니 태양은 저물었고, 포근한 빛을 품은 달이 떠올라 있었다.

그것도 정령검 5제 중 한 자루를 소지하고 있기에 가능한 감상이었다. 아무런 가호도 없는 병사들은 포근함을 느낄 수도 없었고, 살을 에는 듯한 냉풍을 누그러뜨릴 만한 빛도 아닐 것이다.

“왜 그러십니까? 슈트벨 전하.”

등 뒤에서 귀에 익은 목소리가 들렸다.

돌아보지 않아도 알 수 있었다. 로잉 전 대장군이었다.

갑자기 뛰쳐나온 슈트벨을 걱정하여 쫓아왔으리라.

“비슷한 기척을 느꼈어. 아니— 비슷해 보이지만 다른 자다.”

“저는 아무것도 느끼지 못했습니다만…… 기분 탓일 겁니다.”

목덜미에 손을 대면서 로잉이 가벼운 어조로 말했다.

“술을 마시셨으니 취해서 환청이 들렸을 뿐 아닐까요?”

이 노병은 항상 무서워하지도 않고, 말을 신중히 고르지도 않으며 발언했다. 배려를 잊어버린 것이다. 그것도 익숙해져서 짜증스럽지는 않았지만, 그보다도 조금 전의 그 정체 모를 기척이 견딜 수 없이 신경 쓰였다.

“흥! 취기 따위 날아갈 정도의 방대한 힘이었어.”

“그 정도였습니까…….”

천막으로 돌아온 슈트벨이 의자에 다시 앉자 로잉은 하품을 눌러 죽이면서 남의 일처럼 중얼거렸다.

"어쨌든 강자가 늘어나는 것은 기대됩니다. 저의 힘을 시험할 기회가 아직 있다는 뜻이니 말입니다."

로잉은 맥주를 들고서 기세 좋게 마시기 시작했다. 그러나 아무리 많은 양을 마셔도 뺨이 붉어지는 일은 없었고, 자세도 흐트러지지 않는 것을 볼 때 취한 느낌은 들지 않았다.

"……술, 여자, 전쟁. 옛날 남자는 이것만 있으면 됐습니다."

"또 네놈의 옛날얘기인가. 그 소리는 귀에 딱지가 앉을 만큼 들었어."

슈트벨이 넌더리를 냈지만 노병은 마음씨 좋은 할아버지 같은 웃음을 지우지 않으며 입을 움직였다.

"자유롭게 살더라도 언젠가는 특정한 곳에서 안식을 바라게 됩니다. 필연이라고도 할 수 있을까요."

어딘가 그리워하는 기색으로 로잉이 아득한 눈을 했다.

"슈트벨 전하, 사람은 늙습니다. 그 운명에서는 도망칠 수 없습니다. 부디 그때까지 머물 나무를 찾으시길 바랍니다. 가족이란 좋은 것이니 말이지요."

"네놈은 그 나무에서 쫓겨나지 않았나."

슈트벨이 비아냥거렸지만 노병은 즐겁게 웃으며 대수롭지 않게 넘겼다.

"그렇군요. 하지만 저는 충분히 살았기에 거처를 잃은들 아무렇지도 않습니다. 어쨌든 그란츠 대제국의 정점— 5대 장군도 되어 보았으니 나쁘지는 않은 인생이었습니다."

로잉의 무릎 아래에 빈 술병이 산더미처럼 쌓여 갔다.

문득 노병의 시선이 빈 병으로 쏟아졌다.

역전의 용사를 연상시키는 빛을 담은 눈동자에 비애의 색이 드리워졌다.

"……."

슈트벨은 아무 말 없이 맥주를 마셨다.

"뭐, 얘기가 빗나갔습니다만, 아직도 아까 그 기묘한 기척이 느껴지십니까?"

슈트벨의 시선을 알아챈 것은 아니겠지만 로잉은 얼버무리는 어조로 말했다. 그래서 슈트벨은 그 부분은 건드리지 않고 평소처럼 빈정거렸다.

"그걸 들어서 어쩌려고? 『원초(原初)』(데미우르고스)의 힘을 얻지 못한 네 놈이 이해할 수 있나?"

"이 노구는 그런 힘을 버틸 수 없습니다. 『타천(墮天)』은 했으니 봐주셨으면 좋겠군요."

진심으로 죄송스럽다는 음성으로 사죄하는 로잉을 보고 슈트벨은 코웃음 치고서 화제를 바꾸기로 했다.

"부대 편성은 어떻게 되고 있지?"

"그거라면 문제없습니다. 『마인(魔人) 부대』는 대강 완성했습니다."

"실전에서 쓸모 있을 것 같나?"

"이쪽 지시에는 따르기에 못 쓰지는 않겠지만, 전투에 관해서는 전혀 알 수 없습니다. 이번 싸움으로 결과를 알 수 있을 테니 즐겁게 기다리시면 될 듯합니다."

그래도—.

"한 가지 확실하게 말씀드릴 수 있는 것은 녀석들이 아주 강하다는 걸까요."

로잉이 즐겁게 턱수염을 쓸어내리니 슈트벨도 입꼬리를 올렸다.

"훗, 마침 운 좋게도 정령검 5제 소지자가 이곳에 모여 있으니 말이지. 녀석들을 실험대로 시험해 봐야겠군."

"그럼 대제도는 공격하지 않고, 저희는 세리아 에스트레야 전하의 군대를 상대하면 되는 겁니까?"

"그래. 전력으로 상대해 줘라. 그편이 『바람』을 속이기 쉬워. 목적을 달성한 뒤에는 이런 썩은 나라와 작별하자고."

"……그렇군요."

로잉이 어두운 얼굴로 고개를 끄덕이자 슈트벨이 비난조로 말했다.

"뭐야, 이 나라에 아직 미련이 남아 있나?"

"아뇨, 이 몸이 된 후로 미련 같은 건 없습니다. 마지막까지, 이 목숨이 다하는 그때까지, 슈트벨 전하께 충성을 맹세하였으니 후회 따위 조금도 하지 않습니다."

"……그런가."

슈트벨은 그 이상 아무 말도 하지 않았다. 로잉의 말에서 각오를 느꼈기 때문이다. 그리고서 두 사람은 묵묵히 술을 마셨고, 얼마 있다가 슈트벨이 일어섰다.

"슬슬 나는 출발하겠다. 뒷일은 맡겨도 되겠지?"

"예. 신명 바쳐 반드시 계획을 성취해 보이겠습니다. 슈트벨 전하는 이쪽 걱정일랑 마시고 지금부터 이룰 대업에 집중하시면 됩니다."

힘 있는 말을 듣고 슈트벨은 등을 돌려 걷기 시작했다.

천막 밖으로 나오자 바람에 날린 가랑잎이 하늘에서 춤추고 있었다.

진지 안에 균등하게 피워진 화톳불이 불안한 주위를 비추었고, 바람에 질 수 없다며 일렁이는 불길을 만들어 냈다. 밤공기를 가르는 것은 진흙을 밟는 슈트벨의 발소리뿐, 간혹 여전히 술잔을 주고받는 병사들의 웃음소리가 들렸다.

며칠 전의 폭풍이 거짓말이었던 것처럼 하늘은 구름 한 점 없이 맑게 개어 있었다.

폭풍이 지나간 하늘에는 보름달이 지배권을 주장하듯 제 세상이라는 것처럼 떠 있었다.

"훗……."

슈트벨은 즐겁게 어깨를 들썩이기 시작했다.

"마침내 여기까지 왔어— 계획대로 말이지."

그러고서 발을 멈추고 밤하늘을 향해 손을 뻗었다.

"인간이 판치는 세상만큼 재미없는 건 없을 거야."

누군가에게 묻는 것처럼, 하지만 대답이 돌아오는 일은 없었다.

"약육강식, 강한 자가 살아남고 약한 자는 죽어 간다."

1000년 전에는 그것이 당연했다고 한다.

“그렇다면 다시 이 세계에 혼돈을 가져올 수밖에 없어.”

거친 패기가 온몸에서 뿜어져 나왔다. 그 압력을 버티지 못한 공간이 일그러져 갔다.

벌레의 울음소리가 사라졌다.

화톳불의 불길이 격렬하게 요동쳤다.

바람이 크게 윙윙대며 사방팔방으로 불었다.

“내가 힘을 잃은 신들을 대신하겠어.”

보름달을 손으로 으스러뜨리려는 것처럼 슈트벨은 주먹을 꽉 움켜쥐었다.

“내가 『마신(魔神)』이 되어 하늘에 서겠다.”

*****

제국력 1023년 12월 31일.

로잉 전 대장군이 이끄는 반란군 3만. 리즈와 히로가 이끄는 연합군 3천8백.

양군은 희망(호프눙) 평원에서 대치했다.

맑은 하늘에는 기우 없는 공기가 흘렀다. 상쾌한 기분조차 들었다.

그러나 지상을 석권한 것은 거칠게 피가 끓는 듯한 뜨거운 바람이었다.

계절은 겨울— 그런데도 양군이 뿜어낸 열기는 기온을 격심하게 상승시키고 있었다.

각처에서 부대장의 격려가 날아다니는 가운데, 본진은 묘한 고요함으로 가득했다.

"히로 전하, 배치된 장소에 세리아 에스트레야 전하가 자리 잡은 모양입니다."

한쪽 무릎을 꿇은 전령이 얼굴을 들었다. 그곳에는 천장 없는 마차가 정차해 있었다.

거기에 책상다리로 앉아 주위 모습을 살피고 있는 것은 히로였다.

"그럼 문장을 내걸어."

"예! 즉각 시행하겠습니다."

히로가 호위에게 눈짓하자 그에게서 씩씩한 대답이 돌아왔다.

"깃발을 들어라! 우리 『군신(마르스)』의 『신기(사즐)』를 반란군에게 보여줘라!"

본진의 기수가 대깃발을 들자 각처에서 히로의 문장기가 차례차례 세워졌다.

병사들이 웅성거리는 가운데, 기마 한 마리가 히로에게 다가왔다.

"준비가 다 된 모양이군."

온몸을 덮는 갑주— 검은색 막시밀리안 갑옷을 착용한 남자였다.

그는 히로의 부관으로 중앙 대륙에서는 보기 힘든 순혈 마족이기도 했다.

그 진기함 때문에 호기심 어린 시선을 받을지도 몰랐고 안전도 고려하여 머리까지 갑옷으로 숨기고 있었다.

"가더, 네 쪽은 준비됐어?"

"그래. 그쪽은 무닌에게 맡겼다. 언제든 문제없어."

긍정적인 대답을 듣고 히로는 고개를 끄덕이고서 다시 전장을 바라보았다.

히로가 이끌고 있는 것은 1천8백으로, 나머지 2천은 리즈에게 맡겨서 1셀(3킬로미터) 떨어진 곳에 포진시켰다. 이쪽이 깃발을 든 것을 알아차렸는지 리즈의 본진에서도 대깃발이 세워지더니 바람을 받아 우아하게 하늘을 헤엄쳤다.

"어쩔 수 없는 일지만 사기는 낮군. 그리고 긴장하고 있는 게 훤히 보여."

가더의 지적은 날카로웠다. 역시 숙련자 정도 되면— 아니, 비전문가가 봐도 히로가 이끄는 병사들이 긴장으로 몸을 딱딱하게 굳히고 있다는 것을 알 수 있으리라.

"이 상황에선 무리도 아니지."

시야를 가득 메울 정도의 군세를 앞에 두면 누구든 위축되어 버린다.

애초에 그들은 가더가 단련한 『아군』이 아니었다.

로자가 두고 간 병사— 고향이 멀리 떨어진 동방의 군이었다. 누구라도 낯선 땅에서 죽고 싶지는 않다. 그렇기에 각오는 갖춰져 있지 않았고, 귀에 대고 크게 소리치기라도 하면 기절할 것 같을 만큼 얼굴이 창백했다.

무엇보다 저쪽 지휘관은 살아 있는 전설, 로잉 전 대장군이었다.

그 절망감과 압박감은 보통이 아닐 터였다.

히로로서는 도망치지 않는 것만으로도 다행이라고 생각할 수밖에 없었다.

“독안룡, 저길 봐라. 이쪽과는 천양지차야.”

이쪽과는 대조적으로 반란군의 사기가 높은 것이 눈에 보였다.

북을 울리고 뿔피리를 불며 병사들을 고무시키고 있었다.

적군이 우렁차게 외칠 때마다 이쪽 병사는 겁을 집어먹었다.

“슬슬 손을 써 두는 게 좋지 않나?”

상대처럼 아군을 고무시켜야 한다는 가더의 조언에 히로는 고개를 가로저었다.

“아니, 아슬아슬한 순간까지 버틸 거야. 어중간한 열은 금방 식어 버리니까.”

어제부터 사기를 유지하고자 노력해 왔다.

소량의 술을 허락하고, 병사들을 치하하고, 싸움이 끝나면 막대한 포상이 나온다는 소문도 흘렸다.

탈주병이 나오지 않도록, 이 전투는 상대를 현혹하는 것이 목적이라 제대로 싸울 일은 없다는 거짓말도 퍼뜨렸다. 한 명도 도망치지 않고 이 자리에 병사들이 모여 있는 것을 보면 효과는 확실히 있었다.

'남은 건 최후의 마무리야.'

가장 적당한 시기는 개전 직전이었다.

"히로 님! 적군을 정찰하고 왔습니다!"

방울 소리처럼 기분 좋은 쾌활한 음성이 귀를 건드렸다.

전장을 바라보던 시선을 마차 밑으로 옮기자 그곳에 갈색 피부 여성이 한쪽 무릎을 꿇고서 대담하게 웃고 있었다.

"후긴, 수고했어. 보고는 전열로 향하면서 들을게."

히로는 치하의 말을 건넨 뒤, 그녀 옆에 여유롭게 선『질룡』을 손짓하여 불렀다.

그 동작만으로 마차에 다가온『질룡』의 등에 올라탔다.

"히로 님, 적군은 둘로 나뉜 것 같습니다. 이쪽으로 오고 있는 적세의 수는 약 1만5천. 선봉에 기마 5천을 배치하고서 횡진을 이루고 있습니다."

히로는『질룡』의 목을 전열로 돌리고, 나란히 달리는 후긴의 보고에 귀를 기울였다.

"또한 적군의 중앙 8천에는 로잉 전 대장군도 있는 듯합니다."

"이쪽에 로잉 전 대장군이 온 건가…… 봐주진 않을 것 같네."

무엇보다 기마를 전열에 둔 포진— 개전하면 그 모습은 변모할 것이다. 흑팔진(黑八陣) 중 평원에서 대군에 적합한 진형은 무엇인가. 머릿속에 몇 가지 진형을 떠올렸다.

"상대하기 어려운 상대군."

가더가 솔직한 감상을 툭 흘렸다.

"그렇게 생각해?"

“그래. 이쪽의 책략을 경계하여 신중해졌다면 귀엽기라도 할 텐데, 저 포진은 잔꾀 따위 상관없다고 말하는 것 같아.”

이쪽의 수가 적은 것도 한 가지 원인이겠으나, 상대는 손해 보는 것을 두려워하지 않았다.

고작 3천8백이라고는 해도 충돌하면 피해가 있을 것은 확실했다.

지휘관의 실력에 따라서는 많은 병사가 귀중한 목숨을 잃을 것이다.

“다음 싸움을 전혀 생각하지 않는다기보다 이기고 나서 궁리하면 된다는 생각일지도 모르겠군.”

가더가 말 위에서 까다로운 얼굴을 만들고 끙 소리를 냈다.

방심은 금물— 수가 적더라도 전력으로 임한다. 난적으로 평가받고 있다고 판단할 수도 있지만, 상대에게는 줄어든 병사를 보충할 만한 원군이 올 가능성이 없었다.

“그리고 우리를 격파하더라도 대제도에는 금사자 기사단이 남아 있어. 손해는 최소한으로 억제하고 싶어 할 줄 알았는데, 이 강경한 포진을 보건대 단숨에 승부를 걸어올 것 같네.”

“이쪽의 책략을 간파하고 있기에 보이는 강경한 태도일지도 몰라.”

“응…… 충분히 그럴 가능성이 커.”

히로는 비의 영향으로 여기저기 진창이 생긴 이곳을 전장으로 지정한 뒤, 인근 마을과 도시에서 기름을 **요란하게** 사들였다. 화살도 최대한 사서 병사들에게 최대한 들렸다.

진형도 그에 맞춰 전열에 궁병을 배치하고 중열과 후열을 기마로 채워서 화살촉 같은 형태를 이루고 있었다. 적군의 두꺼운 벽을 궁병이 깎아 내고, 기회를 봐서 좌우로 펼쳐지면 기마가 돌진하여 배를 물어뜯는다. 중앙 돌파를 염두에 둔 포진.

흑팔진 중 하나— 봉창진(鋒槍陣)이었다.

"……화계(火計)는 틀림없이 간파했겠지. 아니면 이곳에 올 리가 없어."

"아니, 반신반의일 거야."

정말로 화계를 쓸 것인지 의혹을 품게 하려고 히로는 필요 이상으로 기름을 사들였다. 그 정보는 곧장 상대의 귀에도 들어갔을 것이다. 그리고 전장으로 고른 곳은 진창이 흩어져 있는 장소였다. 단순한 인간이라면 기름을 늪처럼 보이게 해서 화계를 쓸 것이라고 판단하리라. 그러나 상대는 5대 장군에까지 올랐던 역전의 맹자(猛者)였다.

거기에는 이면이 있을 거라고 의심을 품을 터— 눈앞에 매달린 먹이에 독이 있지는 않을지, 먹어도 문제없을지 확인하려 들 터였다.

"어쨌든 이 싸움은 리즈 일행이 살아남으면 우리의 승리야."

전선에 도착한 히로는 주위를 둘러보았다.

기름을 먹인 방책이 1천8백의 군세를 에워싸듯 좌우에서 후방으로 둘러쳐져 있었다. 정면에는 방책이 존재하지 않았고, 전열에서 20루(60미터) 떨어진 곳에는 간단히 뛰어넘을 수 있는 키 작은 나무들이 포개져서 부자연스럽게 많이 쓰러져 있었다.
"가더, 별동대 8백은 네게 맡길게."
이번 싸움은 『아군』 8백과 히로가 이끄는 1천 중 기마 6백에 달려 있었다.
"그래. 알겠다만…… 조심해라."
"내 걱정은 필요 없어. 그보다도 가더는 자기 역할에 집중해 줘."
전멸은 각오하고 있다. 리즈가 살아남기만 한다면 문제는 없었다.
그 결과가 원망받고, 멸시받고, 매도받더라도—.
'후회할 바에야 전부 받아들이겠어.'
그것이 전쟁이라고 납득하고 있었다. 무엇보다 안이함은 과거에 버렸다.
"뒷일은 네 판단에 맡기겠지만, 절대로 오판하진 마."
"뭘 우선해야 하는지는 알고 있어. 거기에 사사로운 정을 끌어들일 생각은 없다."
힘 있는 가더의 말에 수긍을 돌려주고 히로는 전방을 응시했다.
"드디어 움직이나……."
우렁찬 천둥이 쏟아지는 듯한 함성이 적군에게서 터져 나왔다.
"비열한 수단을 쓴 황제에게 의(義)는 없다! 그 편을 드는 자도 동죄다! 가차 없이 철퇴를 내려라! 정령왕은 반드시 우리에게 미소 지을 것이다!"

북소리가 하늘로 울려 퍼졌고, 뿔피리의 외침이 귀청을 찢을 듯이 자극해 왔다.

"제1진, 돌격! 공포에 떠는 자들에게 우리의 분노를 보여 줘라!"

군화 소리가 공기를 울리고 말굽의 충격이 대지를 뒤흔들었다.

"오, 온다……."

"저, 정말로 싸우는 건가……?"

"저런 수를 상대로 이길 수 있을 리가 없어……."

동요하는 목소리가, 당황하는 목소리가 아군에게서 나왔다.

불안, 불신, 불평, 불만, 부정적인 감정이 급속도로 퍼졌다.

술렁이는 병사들을 바라본 히로는 전의가 급격히 내려가기 시작한 것을 알았다.

"적당한 때인가…… 그럼 이쪽도 시작하자."

히로는 칼집에서 『천제』를 뽑아 태양을 향해 들어 올렸다.

강렬한 일곱 빛깔 광채가 대지를 뒤덮듯이 비추었다.

"제군, 두려워할 필요가 있나?"

그 목소리는 선명하게 울렸다. 그야말로 천성적인 소질이라고 해야 했다.

왕의 목소리라고 불러야 할 그것은 종횡무진 병사들 사이를 누볐다.

"상대는 고작 1만5천이다. 두려워할 필요는 전혀 없어."

히로는 조용히 미소 지었다.

"승리는 늘 『군신(마르스)』의 이름하에 있다. 그러니 약속된 승리를 정령왕에게 바치자."

정적(靜寂).

히로가 말을 마친 후 뭐라 형용하기 어려운 고요함이 전장을 가득 메웠다.

호흡조차 잊어버린 것처럼 모두가 멍하니 히로에게 시선을 쏟고 있었다.

그러나 사람들은 점차 말뜻을 이해하기 시작했다.

현실로 되돌아오며 몸 깊숙한 곳에서 타오르는 열기를 느끼기 시작했을 터였다.

그 순간— 우렁찬 외침이 일었다.

창, 활, 검이 하늘을 찔렀고 그치지 않는 함성이 터져 나왔다.

사기가 격렬하게 상승했다. 무시무시한 열기가 주변을 감싸기 시작했다.

"……여전한 연기력이군. 역시 극단에라도 들어가는 게 어때?"

가더의 비아냥을 태연한 얼굴로 받아넘긴 히로는 『천제』 끝으로 전방을 가리켰다.

무시무시한 기세로 다가오는 적의 제1진이 있었다.

"불화살을 준비하라!"

똑바로 오고 있는 점을 볼 때 20루 떨어진 곳에 포개진 키 작은 나무들을 뛰어넘을 생각일 것이다.

노여움을 내포한 적군의 외침에 압도되었는지 궁병 일부가 꾸물거렸다. 적군이 만들어 내는 우레 같은 말굽 소리가 초조를 낳았고, 그것을 전파하여 다른 자를 끌어들이면서 긴장감이 퍼졌다.

'이게 『아군』이었다면…… 문제없었을 텐데 말이지.'

그러나 이 또한 예측했던 상황이다— 아직 거리도 있었다. 허둥댈 상황도 아니었다.

히로는 아무 말도 하지 않았다. 그들이 준비를 마치길 기다리기로 했다.

이럴 때 재촉하면 더욱 큰 실수를 불러들이게 된다. 그래서 미리 부대장들에게도 웬만하면 질책하지 말라고 엄명했다.

그리고—.

"히로 님, 기수가 신호를 보냈습니다! 궁병의 준비가 끝났습니다!"

후긴의 목소리에 반응한 히로는 시야 끄트머리에서 흑룡 문장기가 흔들리는 것을 확인했다. 히로는 왼팔을 높이 들고 힘차게 아래로 휘둘렀다. 궁병이 일제히 화살 수백 개를 쏘았다. 불붙은 화살촉이 하늘을 비상하는 모습은 낮임에도 밤하늘을 연상시켰다.

그러나 불화살 비는 다가오는 적군에게 향하지 않고 도중에 감속하며 20루 떨어진 곳에 포개진 나무들로 쏟아졌다. 기름을 먹인 나무들은 잘 타올랐다. 불이 세차게 솟아오르며 눈 깜짝할 사이에 화염벽을 만들어 냈다.

하지만 적의 제1진에게서 동요는 찾아볼 수 없었다. 마치 알고 있었던 것처럼 속도를 줄이기 시작했다. 그래도 개중에는 기세를 완전히 멈추지 못하고 불길에 너무 가까이 다가가는 바람에 말이 겁을 먹어 낙마하는 적병도 적지 않았다.

“제2사격 개시.”

히로가 즉각 명령을 내리자 공기를 가른 화살이 차례차례 쏘아졌다.

부채꼴로 펼쳐진 화살이 적군에게 날아갔다.

다음 순간— 낙마한 적병에게 가차 없이 쏟아지며 목숨을 제거해 갔다.

방패를 들고 막으려 하는 자도 있었지만 진흙에 발이 빠지면서 자세가 무너져 목에 화살이 꽂혔다. 말 밑에 깔린 채 도움을 바라며 숨지는 자도 있었다.

그럼에도 적세의 피해는 경미— 목숨 수십이 진흙에 삼켜졌을 뿐이었다.

“히로 님, 적이 중앙에서 둘로 갈라졌습니다. 나무들을 피해 이쪽으로 옵니다!”

적의 기세를 죽이지는 못한 모양이었다.

그렇다면 다음 수단, 깊숙이—.

“다음.”

히로가 기수에게 신호를 보내자 군대 가장자리에서 대기하던 기마로 구성된 별동대 『아군』이 힘차게 달리기 시작했다. 하지만 그 방향은 적과는 반대쪽이었다.

“제3사격을 준비하라.”

히로가 궁병에게 지시했다. 전방에서 불타는 나무들— 그

지면에 변화가 일어나고 있었다.

진흙 속에 가라앉아 있던 밧줄이 나타났다. 그것은 활활 타는 나무들에 묶여 있었고, 움직이기 시작한 기마대와 연결되어 있었다. 자연스럽게 밧줄이 팽팽해졌고, 미처 피하지 못한 말의 다리가 엉켜 적병이 잇따라 낙마했다.

"쏴라."

화살이 힘차게 쏘아졌다. 낙마한 적병에게 가차 없이 꽂히며 차례차례 절명시켜 갔다.

비명, 신음, 적병의 목구멍을 찢을 듯한 절규가 격렬하게 하늘로 올라갔다.

흩날리는 피와 진흙이 뒤섞여 대지를 거무칙칙하게 물들였고, 혼이 빠진 고깃덩어리가 만들어 내는 피보라가 대기를 오염시켰다.

그런 가운데—.

"적의 제1진은 우회하는 모양입니다! 완전히 이쪽의 수를 읽고 있습니다!"

"허, 이것도 읽었던 건가."

원래대로라면 적의 피해는 막대했을 터였다. 적의 제1진이 재기불능 상태가 될 만한 타격을 가했을 터였다.

"과연, 이게 로잉 전 대장군의 힘이구나."

지금까지 화살로 사살한 적은 눈대중으로 2백 전후. 적의 제1진은 동요하여 둘로 나뉜 것처럼도 보이지만, 통솔된 움직임을 보면 원래부터 그럴 생각이었음을 알 수 있었다.

실제로 용익진이 완성되어 있었다. 둘로 나뉜 적의 제1진이 이쪽을 포위하고자 크게 입을 벌리고 있었다. 보통 펼치는 용익진보다도 양쪽 날개가 넓게 펼쳐져 있는 것은 여기저기 흩어진 짙은 색깔 지면에 기름이 깔려 있을 가능성을 고려했기 때문이리라.

"하하…… 훌륭한데. 그는 유연한 사고를 가지고 있는 것 같아."

신중히 상황을 판별하면서도 대담하게 행동했다.

유연함과 강인함을 겸비한 좋은 무장이었다. 조금도 막힘이 없었다. 지금까지의 전투 경력이 신뢰를 얻고 있는지…… 로잉 전 대장군의 지휘 아래 있는 군대에 망설임은 없었다.

피해를 최소한으로 억제하며 온 힘을 다해 이쪽의 목숨을 거두려 하고 있었다.

"탄복할 만한 솜씨야. 칭찬하고 싶어질 정도네."

히로가 준비한 함정은 전부 작동했고 로잉은 훌륭하게 간파했다.

가장 중요한 함정만을 피하며 히로의 목을 가지러 오고 있었다.

이래서는 진흙처럼 보이도록 깔아 둔 기름도 의미 없게 되어 버린다.

"……미안."

히로는 사죄를 입에 담고서 얼굴을 숙이더니 어깨를 떨기 시작했다.

그때— 바람이 불었다.

비단 같은 흑발이 햇빛을 받아 광채를 내며 흩날렸다.

"……정말로 미안해."

숙이고 있던 얼굴을 든 히로는 조용히, 고요히, 비웃고 있었다.

"권모술수— 기름 같은 건 원래부터 깔아 두지 않았어."

그렇다. 원래부터 기름은 깔아 두지 않았다.

이곳을 전장으로 지정한 것도, 기름을 사들인 것도, 화계를 쓸 가능성을 생각하게 만들고 싶었을 뿐. 무엇보다 그런 함정을 설치하면 자신들이 **피해**를 보게 된다.

"……시작하자."

히로는 쑤시는 왼쪽 눈을 억제하듯 안대를 누르며 짙게 웃었다.

"가더."

"알고 있어! 하지만 장기간은 무리야!"

히로가 이름을 부르자 말 위에서 땅으로 뛰어내린 가더가 대답했다.

"상관없어. 상대의 정신을 한순간이라도 딴 데로 돌릴 수 있으면 충분해."

"흥! 아주 혹사하는군!"

그는 그렇게 불평하면서 양손을 힘차게 땅에 내려쳤다.

"서둘러. 진흙이 있어서야 모래 폭풍도 별로 도움은 안 되니까!"

가더의 온몸에서 투기가 뿜어져 나오며 양손에서 방출된 마력이 대지를 내달렸다.

그러자 히로의 시야 끝에서 불가사의한 현상이 일어났다.

마력에 지배된 지면이 솟아올랐고, 전방에서 진흙 섞인 모래 폭풍이 일어난 것이다.

"그럼 난 내 역할을 다하도록 하겠어!"

"그래, 부탁할게."

다시 말에 올라탄 가더의 등을 향해 말한 히로는 후긴에게 눈짓했다.

그 의도를 헤아린 후긴이 크게 외쳤다.

"방책을 태워라! 전열은 길을 터라! 기마대는 돌격 준비다!"

그 명령은 충실하게 실행되었다.

좌우에 둘러쳐진 방책을 향해 궁병이 잇따라 불화살을 쏘았다. 기름이 스며 있는 방책은 불길을 내뿜으며 검은 연기를 일으켰고, 파란 하늘이 급속도로 검게 덮여 갔다.

천공이 섬뜩한 색으로 물드는 가운데, 지상에서는 히로 일행이 조용히 움직이기 시작했다.

"히로 님! 준비가 끝났습니다. 언제든 문제없습니다!"

"그럼 로잉 전 대장군의 얼굴을 배알하러 가자."

히로는 느긋한 동작으로 『천제』 끝을 전방을 향해 겨눴다.

모래 폭풍은 여전히 가라앉을 기미를 보이지 않았다. 히로는 눈을 가늘게 좁히고서 마치 건너편에 있는 보이지 않는 자를 노려보는 것처럼 휘몰아치는 바람을 응시했다.

"전군에게 고한다……."
단 한마디.

그것만으로— 세계에서 소리가 사라졌다.

적의 목소리, 바람 소리, 땅의 소리, 모든 것이 없어졌다.

단 하나— 소년의 목소리를 제외하고.

누구든 강제로 귀를 기울이게 되었다. 누구든 소년의 목소리가 지닌 매력에 저항할 수 없었다.

"두려워하지 마라, 무서워하지 마라, 공포로 발이 움직이지 않는다면 앞을 봐라."

모두가 멍하니 히로를 바라보고 있었다.

어쩌면 어릴 적의 그리움을 떠올리고 있을지도 모른다.

그란츠에서 태어난 자라면 반드시 듣게 되는 영웅담.

"그저 내 등을 쫓아오면 돼. 승리는 늘 거기 있으니까."

1000년 전— 인간은 가질 수 없는 색채를 지닌 소년이 있었다.

희한한 차림을 한 소년을 모두가 기피의 눈으로 바라보았다고 한다.

그러나 이윽고 사람들은 소년의 용기를, 용맹함을 칭송하게 되었다.

그자는 한 번도 물러서지 않았기에 『패배』를 모르며, 그 무위는 일기당천(一騎當千)[#1]이었고—.

그자는 한 번도 도망치지 않았기에 『패주』를 모르며, 그 기략은 활살자재(活殺自在)[#2]하였으며—.

그자는 한 번도 지지 않았기에 『패전』을 모르며, 그 군략은 국사무쌍(國士無雙)[#3]이었다.

만(萬)을 이끌면 하늘에 적이 없고, 천(千)을 이끌면 땅에 적이 없다.

그렇기에 사람들은 그자를 이렇게 찬양했다.

—상승불패의 영웅왕.

"제군, 『군신』의 깃발 아래서 역적을 토벌하고 그란츠 열두 대신에게 승리를 바쳐라."

히로가 말을 끝내자 『천제』가 찬연하게 빛났다.

흑룡 문장기가 모래 먼지를 몰아냈고, 드넓은 하늘 아래에

#1 일기당천(一騎當千) 한 사람의 기병이 천 사람을 당한다는 뜻으로, 싸우는 능력이 아주 뛰어남을 이르는 말.
#2 활살자재(活殺自在) 살리고 죽임을 마음대로 할 수 있음.
#3 국사무쌍(國士無雙) 나라에서 견줄 사람이 없을 정도로 빼어난 선비.

서 공기를 때리며 우아하게 헤엄쳤다.

그때— 함성이 터져 나왔다. 창으로 방패를 치는 커다란 음량이 대기를 진동시켰다.

거기에 병사들은 발을 구르며 적군을 위협하듯 요란하게 군화 소리를 냈다.

히로는 그 소리를 듣고, 그 열기를 몸에 휘감고, 심염(心炎)에 장작을 지피며 패기를 터뜨렸다.

"속전즉결— 전군 돌격!"

목청 높여, 끝없이 울려 퍼지는 천상의 목소리로 격렬한 지시를 내렸다.

히로가 『질룡』의 배를 가볍게 차자 용맹스러운 울음소리를 내며 평원을 달리기 시작했다.

"목표는 적장— 로잉 전 대장군의 목뿐이야."

반짝이는 『천제』의 칼날에서 방대한 빛이 넘쳐흐르며 길을 비추듯 한 줄기 선을 만들어 냈다. 노도 같은 기세로 따라오는 것은 기마 500기— 그 배후에서는 활에서 창이나 검으로 바꿔 잡은 전사들이 쫓아오고 있었다. 손에 든 무기는 달라도 어느 얼굴이든 한결같이 역전의 용사 같은 날쌔고 용감한 표정이었다.

적군은 분산되었다고 해도 수백을 줄였을 뿐이라서 여전히 1만4천이 넘는 병사가 남아 있었다. 그런데도 누구 하나 공포를 얼굴에 드러낸 자가 없었다. 이 남자를 따라가면 승리를 거머쥘 수 있다고 믿고 있는 것이다.

"무모한지 아닌지, 그것을 결정하는 건 결과뿐."

히로의 눈앞에서 조금 전까지 날뛰던 모래 폭풍이 거짓말처럼 걷혀 갔다.

그래도 아직 검은 연기가 섞여 있어 좋지 못한 시야 속에서 전방의 장해물이 제거된 것을 확인했다. 거대한 불길에 휩싸여 있던 나무들을 별동대『아군』이 잡아당겨 벽이 없어진 것이다. 이걸로 중앙을 막고 있던 방해물은 사라졌고, 대신 정면이 열리면서 로잉의 깜짝 놀란 표정이 잘 보였다.

"1만5천이라는 대군— 성실하게 상대할 줄 알았나?"

들리지는 않겠지만 그래도 히로는 묻지 않을 수 없었다.

"놀랄 필요는 없어. 적의 전력을 분산하는 건 전술의 첫걸음이잖아."

현재 적의 제1진 8천은 둘로 나뉘어 좌우로 흩어져서 히로의 부대를 포위하기 위해 전력으로 질주 중이었다. 그 후방을 쫓아 적의 제2진 5천이 움직이고 있었고, 양군을 가로막고 있던 불타는 나무들— 벽이 제거된 지금, 적의 본진은 훤히 드러난 상태였다. 그래도 수적 차이가 줄어든 것은 아니었다. 서로의 피와 살을 깎는 진짜 승부는 지금부터였다. 적의 기선을 제압했으나 압도적인 열세가 뒤집힌 것은 아니었다.

"시간도 없으니 봐줄 수는 없어."

"뭣?!"

적 본진을 지키는 병사의 목을 일격에 베어 넘기고, 히로는 그 기세를 몰아 차례차례 적병을 도륙해 갔다.

그에 질세라 기마대도 공격을 펼치며, 직선상에 존재하는 적 외에는 곁눈질도 하지 않고 일직선으로 내달렸다. 고작 500기이지만 예리한 바늘처럼 세찬 공격은 버틸 수 있는 종류가 아니었다.

적병에게서 분출된 피가 주변 일대에 쏟아졌고, 중후한 흉갑을 말굽이 밟아 부수는 섬뜩한 소리가 메아리쳤다. 거기에 비명과 고통의 외침이 봉합되어, 살육이 시작된 적 본진은 사나운 짐승의 사냥터처럼 지옥으로 변했다.

“진영이 더 두꺼워지기 전에 섬멸할까…….”

아직 얇은 껍질을 벗긴 것에 불과했다. 분산된 적군이 돌아온다면 단숨에 전멸당할 것이다. 그래도 뾰족해진 바늘은 지금이라면 심장에 닿을 수 있었다.

그렇다면 그 목에 이빨을 박아 넣고, 한 조각의 영혼도 남김없이 먹어 치우자.

살을 찢고, 뼈를 부수고, 오장육부를 짓뭉개서 드높이 승리를 선언하자.

“하! 숨는 게 서투네. 찾았어.”

의기양양한 목소리를 낸 히로는『질룡』에서 날아올랐다.

“안녕, 로잉 전 대장군. 오랜만이야.”

“히로 전하―?!”

“만나자마자 미안하지만― 그 목을 받아 가겠어!”

깜짝 놀라는 로잉의 목에 히로는『천제』를 내리쳤다.

*****

한편 그 무렵— 리즈 일행은 고전을 겪고 있었다.

도신이 격렬하게 맞부딪치며 각처에서는 불꽃이 세차게 반짝였다.

노호가 비명을 지우고, 뒤얽혀 싸우는 양군에게서 차례차례 우렁찬 외침이 터져 나왔다.

밟혀 뭉개진 시체에서 분출된 피보라가 시야를 가렸다. 송장 냄새가 공기를 더럽히며 숨을 쉴 수 없을 만큼 폐를 오염시켜 갔다.

그래도 양군은 멈추지 않고 계속 싸웠다. 서로의 살을 베고, 전투 도끼로 뼈를 부순 뒤에는 다음 사냥감을 정해 검을 휘둘렀다.

그런 가운데—.

"아우라 님! 우익에서 후퇴를 바라는 신호가!"

우람한 근골의 노병— 트리스가 적병을 베고서 외쳤다. 요전번 싸움으로 생긴 상처가 낫지도 않았는데 부상자라는 느낌이 전혀 안 들 만큼 강력한 참격이었다.

현재 반란군 1만5천의 맹공을 받아 리즈가 이끄는 2천의 군세는 점차 전력을 잃어 가고 있었다. 상대는 1만5천이나 있으니 당연한 일— 그래도 계속해서 버틸 수 있는 것은 아우라라는 소녀가 냉정하게 전황을 판별하여 지시를 내리고 있기 때문이었다.

"지금은 안 돼. 우익에 증원 200을 보내 버티게 하겠어."

아우라가 기수에게 신호를 보내자 눈 깜짝할 사이에 본대 후방에서 2백의 부대가 이탈했다.

"트리스 경. 중앙 전선이 내려오고 있으니까 밀어 올려 줘. 이대로 가면 리즈 일행이 고립돼."

"제게 맡기십시오! 다들 따라오게!"

트리스가 창을 한 손에 들고 적이 쇄도하는 전방으로 돌격했다. 그가 이끄는 부대가 분투를 보이며, 중앙을 막으려 했던 적병을 쫓아냈다. 그 뒤를 아우라가 멀지도 가깝지도 않은 거리를 유지하며 따라갔다. 그때, 좌익에서 증원을 바라는 깃발이 올라왔다.

아우라는 단정한 눈썹을 찌푸리고서 고민의 색으로 얼굴을 물들였다.

"응…… 본대에서 100을 떼어 좌익에 증원."

"아우라 님?! 이 이상 중앙에서 병사를 할애하면 전선이 무너집니다."

"……알고 있어."

트리스의 말대로 이미 본대에 적이 깊숙이 침입해 있었다. 역시 이 이상은 전력을 할애할 수 없었다. 하지만 좌익이 괴멸해 버리면 어차피 전선이 붕괴된다. 그렇다면 증원을 보내는 수단밖에 남아 있지 않았다.

"뒷일은 리즈 일행에게 맡길 수밖에 없어."

아우라는 기도하는 마음으로 전방에 눈길을 주었다.

이 전장에서도 본능이 강한 자만이 살아남을 수 있는 가혹한 장소.

적군과 아군이 뒤섞인 최전선에서는 한순간이라도 긴장을 늦추면 목숨을 잃었다.

그런 곳에서— 붉은 머리 소녀는 춤추듯 몸을 날리고 있었다.

"하아아아!"

붉은 검에서 뿜어져 나온 불길이 대지를 붉게 뒤덮었다. 불꽃 갑옷을 몸에 두른 적병이 격통을 내포한 비명을 지르며 무참히 땅에 쓰러져 갔다. 단숨에 죽지 못한 자는 땅을 뒹굴다가 창의 먹이가 되어 숨이 끊어졌다.

"세리아 에스트레야 전하를 멈춰라! 그녀만 멈추면 우리의 승리다!"

"방해돼!"

노여움 섞인 목소리와 함께 리즈가 격렬한 일격을 가했다.

"아악?!"

적병은 몸통이 분단되어 선혈을 흩뿌리면서 지면으로 가라앉았다.

리즈는 눈길도 주지 않으며 한 걸음 내딛고, 등을 젖혀 옆에서 내질러진 창을 피했다.

코앞을 통과하는 창끝을 종이 한 장 차이로 피한 리즈는 몸을 틀어 『염제』를 힘차게 휘둘렀다. 적병의 창이 마치 과일처럼 간단히 두 동강 났다.

"—무, 슨, 커헉?!"

경악으로 흔들리는 적병의 몸통을 꿰뚫은 리즈는 뽑아낸 도신을 수평으로 미끄러뜨려 두 명째 목을 잘라 냈다. 그리고 검을 되돌리면서 세 명째의 팔을 베고, 육박한 네 명째에 이르러서는 맨손으로 안면을 박살냈다.

"내 앞에서 비켜! 봐주진 않을 거야!"

패기를 내뿜어 적을 위협했다. 겁먹은 적병이 뒷걸음치자 호기를 놓치지 않고 대담하게 베어 들어갔다. 압도적인 무위를 보이면서도 그녀의 붉은 눈동자는 초조함과도 닮은 감정에 지배되어 있었다.

"방해된다고 했잖아!"

눈앞에 모여드는 적병에게 노기를 날리고 불꽃을 흩뿌리면서 질주했다.

뒤쪽으로는 아무도 보내지 않겠다고 말하는 듯한 기백이 느껴졌다.

그러나 그녀의 주의는 다른 곳에 가 있었다. 시선은 늘 앞을 향하고 있었다.

얕보고 있는 것은 아니었다. 아니지만, 시야를 가득 메운 적병 너머가 리즈의 목적지였고 그녀가 초조함에 사로잡힌 원인이 있는 곳이기도 했다.

"지금 당장 갈 테니까 버텨 줘!"

강렬한 일격.

모든 것이 일격필살.

리즈가 달려 나간 길에는 대량의 시체가 널브러져 갔다.

그녀의 기세를 막을 수 있는 자는 한 명도 없었다.

죽이지 않으면 죽는 세계다. 목숨을 빼앗는 것에 리즈는 망설임을 보이지 않았다.

리즈를 포함하여 누구든 그 각오를 하고서 전장에 와 있었다.

그렇기에, 지켜야 할 자를 지키기 위해, 구해야 할 자를 구하기 위해, 봐줄 수는 없었다.

"스카아하!"

리즈는 고립된 동료의 이름을 외쳤다.

대답은 없었다. 있는 것은 칼날 소리가 비명을 만들어 내는 죽음의 선율뿐이었다.

원래대로라면 리즈 부대는 지금쯤 대제도에 있었을 터였다.

개전 당시는 순조로웠다고 할 수 있지만, 어떤 자들이 전장에 난입하면서 형세는 단숨에 역전되어 버렸다. 그렇게 무너진 전선을 다시 되돌리기 위해 난입자를 상대로 혼자 미끼가 된 것이 스카아하였다.

입술을 악문 리즈는 적의 숨통을 끊으며 그녀 곁으로 서둘러 향했다.

이윽고 등을 보이는 적이 드문드문 나오기 시작했다.

그들의 주의를 끄는 무언가가 이 앞에 있다는 것은 명백했다.

"비켜!"

리즈는 힘차게 대지를 박찼다.

당연한 일이지만 적병이 순순히 보내 줄 리가 없었다.

"항복하라! 세리아 에스트—?!"

"그 대사, 질리도록 들었어."

칼끝을 내질러서 적병의 목을 꿰뚫어 절명시켰다. 그 후 배후로 돌아든 적의 두개골을 분쇄하고자 『염제』의 칼자루를 투구로 내려쳤다. 요란한 소리와 함께 철이 찌그러지더니 적의 뇌척수액이 튀어 대지를 붉게 물들였다.

리즈는 넋이 나간 적병들에게 공격을 펼쳤고, 개인 전투만으로 사지(死地)를 개척해 갔다. 주위 적을 위협하듯 칼날을 놀리며, 전의를 상실한 적병은 후려쳐서 졸도시켰다.

그리고서 리즈는 다시 앞으로 몸을 돌렸지만—.

"읏?!"

적병의 파도를 가르며 이쪽으로 날아오는 존재를 알아차렸다.

"큭?!"

리즈는 황급히 양손을 내밀어 그것을 안았다. 하지만 기세를 완전히 죽이지는 못해서 날아온 것과 함께 몇 번이고 땅을 굴렀다. 진흙을 튀기고 흙먼지를 세차게 일으키며 충격에 농락당하던 리즈는 움직임을 멈췄다.

"……으으."

신음을 듣고 리즈는 벌떡 일어났다.

그녀의 품 안에서 청록색 머리카락을 지닌 여성이 고통스러운 표정을 짓고 있었다.

"스카아하! 정신 차려!"

리즈가 의식을 확인하고자 뺨을 두드리니 스카아하가 살짝 눈을 떴다.

“……오오, 리즈 공인가.”

“괘, 괜찮아?”

겉보기에 눈에 띄는 상처는 없었다. 하지만 스카아하의 이마에는 대량의 땀이 맺혀 있었다.

“그래…… 미안하군. 덕분에 살았어. 그저 『힘』을 너무 많이 썼을 뿐이야.”

스카아하는 감사를 표하고서 자기 발로 일어섰다. 그리고 『빙제』를 들고 전방을 노려보았다. 리즈도 따라서 시선을 주니 기분 나쁜 무리가 서 있었다.

어디를 보고 있는지 알 수 없는 공허한 눈. 아무리 베도 순식간에 상처가 수복되는 강인한 육체. 리즈의 눈앞에 나타난 것은 오거처럼 거대한 체구를 지닌 괴물 넷이었다.

“리즈 공, 조심하는 편이 좋아…….”

경계가 묻어나는 말을 듣고 리즈는 그녀가 무엇을 말하고자 하는지 깨달았다.

무엇보다 한 번이긴 하지만 그들 같은 존재를 본 적이 있었다.

히로와 처음 만났을 때, 리히타인 공국과의 전쟁에서 공국의 적자가 변모했었다.

—『타천(墮天)』.

그것은 정령의 힘을 삼키려 한 『어리석은 자』를 칭하는 『불길한 이름』이었다.

1000년도 더 된 옛날, 어느 나라의 왕이 흥미 삼아 정령석을 부숴서 특수한 제조법으로 『정마환(精魔丸)』이라는 것을 만들어 냈다.

재미로 그것을 병사 한 명에게 먹인 것이 비극으로 연결되었다.

그 『정마환』은 즉효성 약이 아니었다. 개인차는 있지만 시간이 경과하면서 변질하는 종류였다. 약을 먹은 남자는 모두가 잠든 고요한 밤중에 괴로워하기 시작했고, 모습이 변모하여 이성을 잃고 괴물로 전락했다.

이변을 알아차린 순찰병이 첫 희생자가 되었으며, 피와 살의 맛을 알게 된 괴물은 이어서 왕을 먹어 치웠다. 그것으로 만족할 수 없었는지 성내에 있는 남녀노소를 무차별적으로 덮쳤다고 한다.

"이게 『타천』인가…… 소문으로는 들었지만 정말로 존재할 줄이야. 놀랍군."

스카아하의 말에 리즈는 반응할 수 없었다.

그녀 이상의 혼미가 리즈를 엄습해 있었기 때문이다.

"어째서, 이런 곳에, 『타천자』가…… 있는 거야?"

약의 제조법은 조용히 전해져서 현재도 계속 남아 있다는 것은 리즈도 알고 있었다.

확실히 정령의 가호는 매력적이다. 그러나 그것을 체내에 들이면 과도한 효과를 내는 정도로는 끝나지 않았다. 원래부터 인간의 그릇에 담을 수 있는 힘이 아니었다. 이내 사람이 아니게 되어 버린다. 그 특성과 위험성 때문에 사람들은 『정마환』을 『마약(魔藥)』이라고도 불렀다.

"그란츠 대제국에서는 제조가 금지되어 있을 텐데…… 대체 누가……."

하지만 모두가 이성을 잃는 것은 아니었다. 극히 드물게 견디는 자도 있었다.

이성을 유지하면서 인간을 아득히 능가하는 신체 능력을 얻은 자.

마(魔)를 견딘 초월자를 사람들은 이렇게 부른다.

마인(魔人), 이라고—.

『타천자』가 섬뜩하게 포효했다. 공간을 쪼개려는 것처럼 공기가 덜덜 진동했다. 리즈와 스카아하는 순식간에 임전 태세가 되어 각자의 무기를 들었다.

"리즈 공, 생각하는 건 나중에 하는 편이 좋을 듯해."

"그런 것 같네."

무엇보다 상대할 적은 『타천자』뿐만이 아니었다. 많은 적병이 주위를 에워싸고 있었다.

창끝을 무디게 번뜩이며 숨죽여 리즈와 스카아하를 노리고 있었다.

—거기서 리즈는 위화감을 깨달았다.

"저번 『타천자』는 적군 아군 가리지 않고 공격했는데……."

눈앞에 있는 『타천자』 넷은 아군을 공격할 기미를 보이지 않았고, 위협하듯 낮은 소리를 내면서 리즈와 스카아하를 노려보고 있었다.

"그러고 보니 이 네 개체는 아군을 공격하지 않지만, 아까 내가 처리한 『타천자』 하나는 아군을 공격하고 있었어."

그래서 『힘』을 사용해 제일 먼저 제거했다. 그것이 열세에 빠지는 원인이 되어 리즈한테까지 날아오게 되었다고 스카아하가 쓴웃음을 흘렸다.

그때—.

"온다! 피해!"

스카아하가 외치며 옆으로 뛰었다. 리즈는 머리 위로 『염제』를 들었다.

『타천자』 하나가 그 거구만 봐서는 상상도 할 수 없을 만큼 날렵한 움직임으로 리즈와의 거리를 좁혔다. 거목 같은 팔이 내리쳐지자 엄청난 충격이 양팔을 지나 온몸으로 퍼졌다.

"하아아아아!"

리즈는 『천혜』인 『괴력』으로 『타천자』를 밀어내고 횡으로 검을 휘둘렀다.

그리고 불덩어리를 만들어 내서 전방으로 힘차게 쏘았다. 폭풍(爆風)이 사방으로 몰아쳤다. 적병 몇 명이 버티지 못하고 날아갔다. 불길이 공기를 태워 메마른 열기가 주변에 퍼졌다.

"가차 없군……."

무시무시한 열기를 막아 내면서 거리를 둔 스카아하가 감상을 중얼거렸다.

하지만 그 얼굴은 곧 긴장된 표정으로 바뀌게 되었다.

불바다 속에서 꿈틀거리는 그림자 넷을 확인했기 때문이다.

"……허, 그 속에서 살아남다니 터무니없는 재생 능력이야. 역시 산산조각 내는 수밖에 이길 방법이 없는 것 같군?"

리즈에게 확인하는 어조로 말하며 스카아하가 곁눈질했다.

"응, 그렇긴 한데…… 아까 스카아하는 하나를 쓰러뜨렸다고 했지? 어떻게 쓰러뜨렸어?"

"옛날부터 괴물 종류는 사지를 분리하는 게 제일이라고 들었어. 『필격(상글렌드)』으로 얼린 뒤에 부쉈지."

스카아하가 어깨를 으쓱이고 아까 싸우던 곳을 가리켰다. 그곳에는 크고 작은 얼음덩어리들이 진흙투성이가 되어 땅에 묻혀 있었다.

"그럼 체내에서 직접 불을 폭발시킬 수밖에 없겠네."

리즈는 고혹적으로 입술을 핥고서 칼자루를 움켜잡은 손에 힘을 주었다.

"불길에서 튀어나오면 단숨에 승부를 걸도록 하지. 이대로는 늦어."

"그러네…… 싸움은 여기뿐만이 아니니까."

리즈가 사방을 둘러보니 적병 속에 섞여 아군이 싸움을 이어가고 있었다.

도신을 격돌시키며 기백을 담아 전선을 유지하려 하고 있었다. 리즈 일행이 포위되지 않도록 소수로 대다수를 상대하고 있었다.

그러나 그것도 시간문제— 감정만으로 어떻게 대처할 수 있을 만한 수가 아니었다. 곧 포위되어 섬멸당할 터였다.

"가자!"

화염벽으로 시선을 되돌리니 『타천자』 넷이 엄청난 기세와 함께 튀어나왔다.

리즈는 땅을 박차고 달렸다. 옆에 있던 스카아하도 창을 들고 돌격했다.

흉악한 속도로 주먹이 날아와서 풍압에 붉은 머리가 춤추었다.

리즈가 활공하듯 지면에서 미끄러지며 공격을 피하자 배후에서 지면이 부서지는 소리가 들렸다. 리즈는 땅에 손을 짚어 속도를 줄인 뒤, 『염제』를 휘둘러 주저 없이 『타천자』의 다리를 베어 버렸다. 그러나 그 상처는 순식간에 회복되었다. 하지만 리즈는 상관하지 않고 완전히 베어 내고자 강렬한 일격을 먹였다.

격통에 비명을 지른 『타천자』가 땅에 무릎 꿇고서 리즈를 쏘아보았다.

리즈는 쓰레기라도 보는 듯한 차가운 눈으로 마주 노려보았다.

"나도 히로와 마찬가지로 『타천자』는 용서할 수 없어."

가벼운 발소리를 연주한 리즈는 하늘로 뛰어올랐다. 기분 나쁘게 외치는 『타천자』의 머리 위를 넘어갔을 때, 몸을 틀어

칼끝을 번뜩였다. 피와 함께 목이 날아올랐다. 이어서 『타천자』의 어깨를 가르고 종횡무진 공격을 퍼부었다.

"끝이야."

마지막으로 몸통에 『염제』의 칼날을 박자 『타천자』에게서 붉은 섬광이 흘러나와 폭발했다. 내장이 뺨을 스치며 대량의 선혈이 대지에 쏟아져도 리즈는 표정 하나 바꾸지 않고서, 몸통에 바람구멍이 뚫려 땅에 쓰러지는 『타천자』를 바라보았다.

"다음은— 읏?!"

남은 것은 셋— 그중 둘은 스카아하가 유인하고 있었지만 다른 하나는 적군과 전투를 펼치는 아군의 배후를 덮치고 있었다.

"이게 뭐야! 기죽지 마라! 싸워! 싸우— 아악?!"

"조금이라도 세리아 에스트레야 전하를 돕— 으악?!"

깜짝 놀란 아군이 차례차례 피를 흩날리며 지면으로 가라앉아 갔다. 그래도 그들은 도망치지 않고 과감하게 맞서고 있었다.

"네 상대는 이쪽이야!"

리즈는 순식간에 『타천자』와 거리를 좁히고서 그 등을 비스듬하게 벴다. 무규칙한 호흡음을 토하며 기분 나쁘게 부릅뜬 눈이 리즈를 보았다.

"내 부하한테서 떨어져!"

리즈는 자신보다도 몇 배는 큰 거구를 후려쳤다. 마치 거대한 바위가 비탈길에서 굴러 떨어지는 것처럼 『타천자』는 데굴

데굴 땅을 굴러갔다.

"리즈 공! 그쪽으로 하나가 갔어!"

동료의 위기에 달려왔는지 아니면 본능이 호적수를 감지했는지 정확한 이유는 알 수 없지만, 달려온『타천자』가 리즈의 안면으로 주먹을 내질렀다.

"큿?!"

그 주먹을 피하는 데 성공했으나 진흙에 발이 빠져서 자세가 무너졌다. 그때 아까 날렸던『타천자』가 등 뒤에서 달려들었다.

"칫?!"

리즈는 일부러 발을 미끄러뜨려 땅으로 자빠졌다.『타천자』의 공격 폭풍을 통과한 뒤, 양손을 이용해 벌떡 일어났다.

"둔하다고!"

곧장 공격을 가했다. 폭풍권이라고도 불리는 공격의 광풍을 피하면서 반격했다.

그러나 일반인이라면 치명상이 되더라도『타천자』에게는 찰과상조차 되지 못했다. 혀를 찬 리즈는 일단 자세를 바로잡기 위해 불덩어리를 만들어 내려고 했다.

그때—.

"리즈 공! 뒤쪽이야!"

"엇—?"

스카아하의 말에 반응하여 뒤를 돌아보려고 했지만 그럴 수 없었다.

한순간— 무슨 일이 일어났는지 알 수 없었다.

『타천자』 하나는 스카아하가 상대 중이었고 남은 둘은 눈앞에 있었기 때문이다.

"커헉?!"

등으로 전달된 격렬한 충격이 폐에 있는 모든 숨을 강제로 토하게 했다.

이어서 고막에 전해진 것은 온몸의 뼈가 삐걱거리는 듯한, 부서지는 듯한 소리였다.

버티고자 한 발자국 내디뎠으나 무릎에서 힘이 빠져 리즈는 땅에 얼굴을 박았다.

반동으로 가벼운 몸이 튀었다.

두 번, 세 번, 네 번, 리즈의 몸이 튀며 지면을 굴러갔다.

"아……."

시야가 어두워졌다. 의식이 몽롱해지려고 했다.

명멸을 되풀이하는 리즈의 시야 속에서 스카아하가 『타천자』 **넷**을 상대로 전투를 시작하고 있었다. 그중 하나는 배에 바람구멍이 뚫려 있었다. 저건 맨 처음 처리했을 텐데, 라고 리즈는 생각했지만 이내 완전히 처리하지 못했던 것임을 깨달았다.

"리즈 공! 괜찮은가?!"

안부를 확인하는 스카아하의 목소리가 들려오자 리즈는 손끝을 움직였다.

하지만 일어설 만한 힘이 돌아오지 않았다. 분해서 아랫입술을 깨물며 얼굴을 들었다.

"리즈 공! 기다려 줘!"

스카아하가 분노한 형상으로 창술을 펼쳤다. 첫 번째 『타천자』의 목을 뚫어 버리고 그 어깨를 차서 도약했다. 두 번째 『타천자』의 머리에 『빙제』 손잡이를 내려쳐 두개골을 분쇄했다. 뇌척수액이 주변에 흩날리는 순간, 스카아하는 창을 되돌리는 일격으로 세 번째 『타천자』를 베어 넘겼다. 네 번째 『타천자』에 이르러서는 완력만으로 땅에 때려눕혔다. 그 모습은 그야말로 귀신 같았고, 주변을 에워싸고 있던 적병도 넋을 잃을 만한 무예였다.

"네놈들은 그냥 죽이지 않겠어!"

심상치 않은 살기를 몸에서 뿜어내며 스카아하의 패기가 급속히 폭발했다.

그녀가 『힘』을 쓰려 한다는 것을 알 수 있었다. 안 그래도 체력을 소모한 상태인데 몇 번이고 잇따라 사용하면 그녀의 의식은 혼탁해질 것이다. 자칫 잘못하면 목숨을 잃을지도 몰랐다. 그것만큼은 안 된다고 리즈는 외치려 했지만—.

"두 번 다시! 누군가를 잃는 건 견딜 수 없단 말이다!"

그러니 말리지 말라고, 마치 리즈에게 반론하는 것 같았다.

무엇보다 리즈를 안심시키는 듯한 힘 있는 음성이었다.

거기서 리즈의 의식은 끊어졌고, 스카아하의 고독한 싸움이 시작되었다.

"각오해. 『빙제』가 뚫지 못하는 건 없어."

천공을 지배하는 『빙제』의 냉기가 주변 일대에 회색 연기를 드리우며 세계를 물들여 갔다.

그 압도적인 힘을 앞에 둔다면 누구든 죽음을 각오할 것이다.

산 자든 죽은 자든 관계없이 『빙제』 앞에서는 공포로 꼼짝도 할 수 없었다.

—신천(神穿(마하)).

스카아하가 날린 얼음창이 번개처럼 주위를 얼리면서 『타천자』를 향해 일직선으로 날아갔다. 『타천자』 하나를 산산조각 내며 날려 버린 얼음창은 멈추지 않고 후방에 착탄— 흙먼지를 일으키며 폭발했다.

그래도 아직 셋이나 남아 있었다.

"『빙제』! 내게 힘을 줘! 눈앞의 적을 쳐부술 힘을!"

그녀의 요구에 호응하듯 『빙제』가 창궁의 빛을 냈다.

그러나 기백은 충분해도 스카아하의 얼굴에는 피로의 색이 짙게 나타나 있었다.

"후우…… 아직 버틸 수 있어."

주위 대기가 삐걱거리는 소리가 울려 퍼졌다. 기온이 급격히 내려가기 시작하고 있었다.

하얀 연기가 주변을 뒤덮었다. 대기에 숨은 무수한 수분이 얼어붙으며 얼음창을 만들어 냈다.

스카아하의 주위에 떠오른 것은 무수한 얼음창이었다.

"내 이름은 하란 스카아하 드 페르젠."

가슴에 손을 얹고 호흡을 가다듬은 스카아하는 『타천자』 셋을 노려보았다.

"왕가의 긍지를 걸고 귀공들을 섬멸하겠다."

『빙제(게볼그)』의 『천혜(그랄)』— 『필격(상글렌드)』.

스카아하는 대지를 박차고 힘차게 달려 나갔다.

고통에 얼굴을 찌푸리면서 그녀는 주위에 떠오른 얼음창을 들고 돌격을 감행했다.

종횡무진 휘둘러지는 창끝은 눈을 만들어 흩날렸다.

『타천자』 하나의 발밑이 얼어붙어 움직일 수 없게 되었으나 스카아하는 동정하는 일 없이 얼음창을 내질렀다. 침봉 같은 모습이 되어도 공격의 비는 멈추지 않았다. 그 육체가 먼지로 변할 때까지 스카아하는 가차 없이 공격을 계속 가했다.

"헉…… 헉…… 헉, 아직이야!"

앞으로 두 개체. 거친 호흡을 되풀이하며 스카아하는 한 걸음 내디뎠다.

그때— 주위에 떠올라 있던 얼음창이 한꺼번에 부서져 흩어지며 파편이 대지로 쏟아졌다.

멍하니 그 광경을 바라보는 스카아하의 모습을 보면 그녀의 의사가 아닐 것이다.

"아, 윽……."

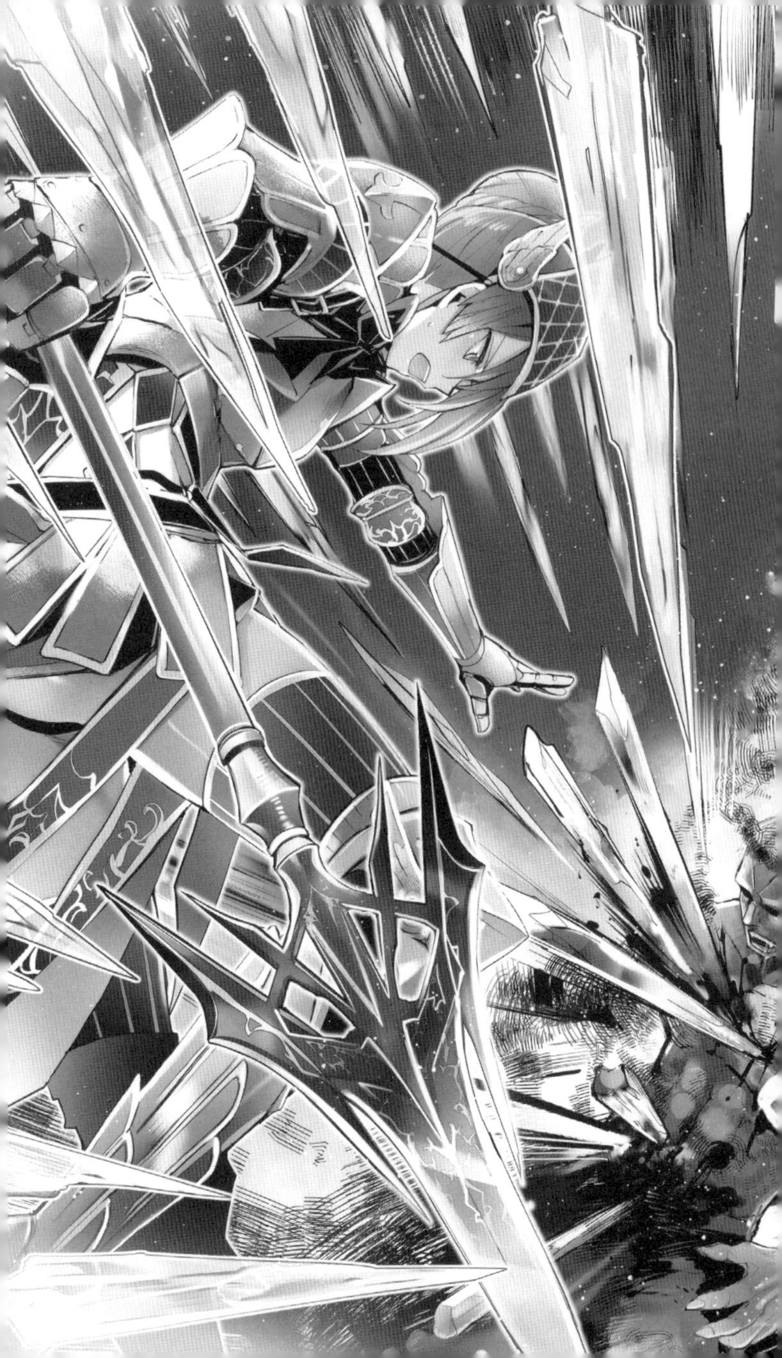

체력이 다했다.

얼마 남지 않았던 그녀의 체력이 바닥났다.

한쪽 무릎을 꿇은 스카아하는 그래도 일어서려 했다.

"후우…… 후우…… 얼마 안 남았어. 리즈 공, 잠시 후면 치료해 줄 수 있어. 조금만 기다려 줘."

쓰러진 리즈에게 미소 지은 그녀는『빙제』를 지면에 박고 일어났다.

하지만 무정하게도, 일어선 그녀 앞을 두『타천자』가 가로막았다.

"—으윽?!"

일격— 강렬하게 내질러진 주먹을 맞고 스카아하의 몸이 허공에 떠올랐다.

그러나 강인하게 단련된 육체는 쉽사리 정신을 잃게 해 주지 않았다.

"윽— 억, 악?!"

발을 붙잡혀 장난감처럼 지면에 패대기쳐졌다. 저항할 힘도 남아 있지 않은지 스카아하는 흉포한 힘에 농락당할 뿐이었다. 주위에는 그녀를 돕고자 하는 병사들도 있었지만, 곧장 적군에 포위되어 그녀에게까지 손을 내밀 수가 없는 상황이었다.

칼부림 소리에 섞여 귀를 막고 싶어지는, 육체를 내동댕이치는 소리가 대기를 계속해서 진동시켰다.

이윽고 스카아하의 발을 잡고 있던『타천자』가 움직임을 멈추더니 공깃돌처럼 스카아하를 공중에 내던져서 목을 움켜쥐었다.
그리고 그대로 크게 입을 벌려 그녀의 머리를 깨물어 부수려고 했다.
하지만—.
"……그 정도인가? 이래서는…… 졸음만 달아나는군."
머리에서 대량의 피를 흘리고, 입가로 피를 흘리면서도 격통을 견딘 스카아하는 웃었다.
"그럼 반격하기로 할까……."
스카아하는 목을 붙잡힌 채 『빙제』를 오른손에 불러들이고 크게 입을 벌린 『타천자』의 입속에 창끝을 찔러 넣었다.
"열렬한 구애 방법이지만…… 난 아직 미혼이야. 그리고 남편을 고를 권리가 있어."
푸른빛이 뿜어져 나오며 스카아하를 포식하려 했던 『타천자』의 머리가 순식간에 얼어붙었다.
목을 조르는 힘이 약해져서 스카아하는 탈출하는 데 성공했다.
마침내 대지에 내려선 스카아하는 머리를 얼린 『타천자』를 힐끗 보았다.
"윽…… 아직 살아 있나."
머리가 수복되기 시작한 것을 보고 스카아하가 분함을 담아 중얼거렸다.
그리고 머리 위로 드리워지는 그림자를 눈치채고 얼굴을 드니—.

"하하! 또 하나 있었지…… 윽?!"

강렬한 구타에 스카아하가 땅을 구르며 날아갔다.

그래도 그녀는 일어났고, 상처투성이가 되었어도 창 한 자루를 들고서 과감하게 맞섰다.

그런 애처로운 광경에 적들조차 눈을 돌리는 가운데—.

"으으……."

리즈가 신음했다.

"아아…… 아아!"

정신이 든 그녀의 눈앞에 펼쳐진 것은 무자비한 공격에 노출된 스카아하가 쓰러지는 모습이었다.

도와주고 싶은데 몸이 움직이지 않았다. 자신을 감싸 준 여성을 지킬 수 없었다.

그런 참괴의 심정에 마음이 짓눌릴 것 같은 지금도, 두 『타천자』는 침을 흘리며 빈사 상태인 사냥감— 스카아하를 노리고 있었다.

"……히로."

무심코 도움을 구하는 자신의 모습에— 수치심으로 얼굴이 빨갛게 물들었다.

리즈는 입술을 깨물고 땅에 머리를 박았다.

"전혀 성장하지 않았잖아!"

이래서는 페르젠에서 포로가 되었을 때와 똑같았다.

약한 주제에 입만 살아서, 다른 사람에게 매달리고 응석 부리는 썩어 빠진 모습이었다.

"옆에 서겠다고…… 맹세했잖아……."

히로에게 도움을 구하면 안 된다고, 그를 의지하기만 해선 안 된다고 자신을 타일렀다.

"난 히로 옆에서 싸울 거야!"

리즈는 일어섰다. 두 발에 힘을 주고, 떨리는 손으로 『염제』를 움켜잡았다.

이명이 지독했다. 이마에서 흐른 피가 눈으로 들어왔다.

하지만 그에 개의치 않고 리즈는 주변을 둘러보았다.

모두가 포기하지 않고 싸우는 모습이 눈에 들어왔다.

후방에서는 호위에게 보호받는 아우라가 필사적으로 언성을 높이며 부대에 지시를 날리고 있었다.

땅에 쓰러진 스카아하도 『타천자』에게서 리즈를 감싸며 싸워 주었다.

그렇다면— 자신은 뭘 했지?

『타천자』 하나도 제대로 쓰러뜨리지 못하고 스카아하를 위험에 노출시켰다.

그리고 꼴사납게도 정신을 잃고 모든 귀찮은 일을 그녀에게 떠넘겨 버렸다.

깨어난 뒤에는 히로에게 도움을 구하며 자신은 일어설 수 없다고 단념했다.

—단순한 짐짝이었다.

“후우……우으으, 아아아아아아아!”

주먹을 움켜쥔 리즈는 대지를 내려쳤다.

지면에 세로로 균열이 생겼다.

지상이 흔들릴 정도의 충격에 『타천자』의 의식이 리즈에게 향했다.

“……”

리즈는 조용히 숨을 내쉬었다.

활활 타오르는 그 붉은 눈동자는 분노에 지배되어 있었다.

적을 향한 분노가 아니라, 자신의 안이한 생각을 참을 수 없었던 것이다.

“『염제(레바테인)』, 힘을 빌려줘.”

그날, 히로 곁에 설 수 있도록 노력하겠다고 맹세한 자신을 떠올렸다.

실패를 두려워하지 마. 죽음을 두려워하지 마. 강해지겠다고 맹세한 자신을 믿는 거야.

“이 곤경을 극복할 힘을 줘!”

리즈는 가슴속에 휘몰아치는 격정을 토해 냈다.

그에 호응하듯이—『염제』가 눈부신 붉은빛을 내뿜었다. 불타오르는 마음 깊숙한 곳에서 힘이 솟구쳤다. 몸 구석구석까지 방대한 힘이 흘러들었다.

그때— 리즈는 자신의 내면에서 확실하게 목소리를 들었다.

"……이건."

꺼지지 않을 불꽃이 몸속에서 날뛰고 있었다.

강한 마음을 지니고 있는 한, 불꽃은 거세져 대염(大炎)을 꽃피울 것이다.

"……이게…… 초대 황제의……."

무심코 미소를 흘릴 정도로 머리 구석구석이 맑아지는 감각이 기분 좋았다.

"그오오오오!"

정체 모를 힘에 겁먹은 것처럼 『타천자』 하나가 덤벼들었다.

"비켜. 방해돼."

육박하는 『타천자』의 가슴을 『염제』로 꿰뚫고 딱 한 번 검을 휘둘러서 목을 날렸다.

"우고오아아아악?!"

그러나 상대는 괴물— 초속 재생으로 순식간에 목이 붙었다.

"시끄러워."

싸늘한 시선을 보낸 리즈는 소용없다고 말하듯 붉은 칼날을 휘둘렀다.

불길에 휩싸인 목이 떨어졌다. 『타천자』의 목이 귀에 거슬리는 소리를 내며 지면과 격돌했다.

시간의 흐름이 느리게 느껴질 정도로 몸 마디마디에 힘이 퍼져 가는 것이 느껴졌다.

"가아아아아아아아!"

마지막 한 개체가 리즈에게 달려들었다.

하지만 그녀는 땅에 떨어진 창을 주워 횡으로 베어 넘겼다.

거구가 둘로 찢겨 지면으로 무너져 내렸다.

흘러나오는 자신의 내장을 『타천자』가 이상하다는 얼굴로 바라보고 있었다. 그 어깨를 짓밟은 리즈는 창끝에 창염(蒼炎)을 휘감고서 『타천자』의 머리를 찔러 뇌를 파괴했다.

"……."

머리가 맑아지는 것을 알 수 있었다.

몸이 가벼워지는 것을 알 수 있었다.

오감이 예민해지는 것을 알 수 있었다.

리즈는— 방대한 힘의 격류를 실감하고 있었다.

자신의 힘에 놀라면서 두 번, 세 번, 손을 움켜쥐었다.

"마침내…… 히로의 등을……."

리즈는 붉은 눈동자를 반짝였다. 거기에는 확실한 희색이 떠올라 있었다.

그러나 썩어도 상대는『타천자』였다. 리즈의 머리 위에 커다란 그림자가 드리워졌다.

초속 재생으로 리즈 앞을 다시 막아선 것이다.

"스카아하를 치료할 거야. 그러니 비켜 주지 않을래?"

리즈가 한 걸음 내딛자 발밑에서 불길이 분출되며 지면이 터졌다.

맑고 파란 불꽃— 마치 날개를 하사하는 것처럼 창염이 그녀의 몸을 휘감아 갔다.

초대 황제 알티우스가 가장 애용했던『염제』가 진가를 발휘

했다.

셰올
그 불꽃은 변옥(邊獄).

인페르노
그 불꽃은 지옥(地獄).

푸르가토리움
그 불꽃은 연옥(煉獄).

레바테인
—새롭게 태어난 『염제』가 첫울음을 울었다.

제5장 흑진왕(黑辰王)

지평선이 석양빛으로 물들었다.

솜에 스며드는 물처럼 어둠이 하늘의 지배권을 확립하려 하고 있었다.

하늘의 지배권이 옮겨 가고 있을 때, 지상에서도 싸움이 절정에 이르러 있었다.

노호가, 원망하는 목소리가 지상을 석권 중이었다. 그저 적을 쓰러뜨리는 것만을 생각하며, 그저 자신만이 살아남는 것을 생각하며 모두가 일심불란하게 싸움을 이어가고 있었다.

그런 가운데— 흑발·흑안 소년은 의아한 얼굴로 자신의 손에 시선을 떨어뜨렸다.

"역시…… 위화감은 느꼈지만 말이지."

저릿함이 남은 손, 확실하게 벤 느낌이 있었다.

하지만 뒤를 돌아보니 상처 없이 멀쩡한 로잉이 서 있었다.

"당신 정도 되는 사람이 『타천』할 줄이야……."

위화감의 답은 곧장 얻었지만, 왜 그와 같은 강자가 그렇게까지 힘을 원했는지 이해할 수 없는 점이 많았다.

히로의 의문을 들은 로잉은 전장에 어울리지 않는 미소를 지었다.

"히로 전하, 뭔가 신경 쓰이는 점이라도 있으십니까?"

감정 표현이 풍부하다는 것은 완전히 힘을 장악하고 있다는 증거…….

역시 5대 장군인 만큼 일반인과는 다른 것일지도 모른다.

"이야아아앗!"

"하앗!"

달려든 적병을 가볍게 도륙한 후 히로는 다시 로잉에게 얼굴을 돌렸다.

"왜 『타천』했는지 물어봐도 될까요?"

주위에서는 전투가 펼쳐지고 있었다. 방해꾼이 있는 상황에서 느긋하게 이야기하고 있을 만한 시간 따위 없었다. 없지만, 그래도 묻지 않을 수 없었다.

그와 같은 실력자— 국가로부터도 인정받고, 그 가문도 5대 귀족 못지않은 명문가였다. 가족도 있었다. 행복을 내던지면서까지 『타천』한 이유를 알 수 없었다.

"히로 전하는 상냥하시군요. 동시에 몹시 잔혹한 말입니다."

"……."

히로는 아무런 대답도 하지 않고서 뒷말을 재촉했다.

"가족은 사랑합니다. 하지만 역시 남자로 태어난 이상 전장에서 죽고 싶습니다. 그것이 5대 장군까지 올라간 책임이라고도 할 수 있을까요."

"그렇다고 해서 왜 그런 수단을 쓴 겁니까……. 『타천』하면 더 이상 인간으로는 돌아올 수 없어요. 영원히 괴물로 살아가야 한다고요."

"영원이라…… 무인으로 살 수 있다면 바라는 바입니다."

로잉은 작게 쓴웃음을 짓고서 허리에 찬 정령 무기를 뽑았다.

"이 이상 얘기하면 정이 들겠지요."

그리고서 정령 무기를 상단자세로 들었다.

"유감스럽네요. 당신은 잘못 선택했어."

깊이 탄식한 히로는— 갑자기 태도를 바꾸어 비웃었다.

그리고 히로가『천제』를 들기도 전에 로잉이 움직였다.

한순간에 거리를 좁혀 육박해 왔다. 무시무시한 기세로 칼끝이 히로의 앞머리를 베어 냈다. 한 발자국 뒤로 물러난 히로는 눈으로 좇을 수도 없는 속도로『천제』를 내질렀다.

불꽃이 튀었다.

튕긴 칼끝이 상공으로 올라갔고 로잉의 검이 심장을 노렸다.

옆으로 반걸음 몸을 물린 히로는 강렬한 찌르기를 간단히 피하고서 몸을 회전시켜『천제』를 번뜩였다. 그러나 로잉은 공격을 막은 뒤 바로 주먹을 휘둘렀다.

귓가에서 공기가 윙윙거렸다. 히로는 즉각 바탕손으로 로잉의 턱을 쳤다.

"으윽, 으아아아아!"

의식이 몽롱해진 상태에서도 반격해 온 로잉을 보고 히로는 눈을 크게 떴다.

'……꽤 단단해.'

날카로운 칼날이 히로의 급소를 계속해서 노려 왔다. 히로는 작은 동작으로 확실하게 피하고 있었지만 흐름을 되찾기 위해 반격을 개시했다.

"하앗!"

로잉이 『타천』한 지금, 체력은 무한하다고 봐도 좋았다.

그렇다면 주도권을 넘기지 않기 위해서도 이쪽 역시 적당한 반격을 가하는 편이 좋았다.

"흡!"

히로는 정확한 궤도를 그려서 날카로운 칼날을 갑옷 틈으로 미끄러뜨렸다. 그러나 사전에 알아차린 로잉이 수갑(手甲)으로 칼날을 튕겨내고, 거기에 장치되어 있던 단도로 베어 들어왔다.

히로는 몸을 홱 돌려 피하고, 추격해 오는 로잉을 『천제』로 뿌리치려 했다.

그러나 그는 땅에 묻었던 발을 단숨에 치켜들어 모래를 일으켜서 히로의 시야를 앗아 갔다. 모래 먼지 사이를 가로지르며 무시무시한 기세로 가해 온 공격이 히로의 뺨을 얕게 베어 냈다.

"흐음……."

"너무 방심하지 않는 편이 좋을 겁니다. 이래 봬도 오랫동안 전장을 전전하여 이기는 법이라는 것을 알고 있기에……."

딱히 방심하지는 않았고, 물론 봐주고 있지도 않았다.

그저 힘이 잘 조절되지 않을 뿐이었다.

여기서 **그 힘**을 사용하면 반드시 리즈와 스카아하에게 들키고 만다.

그것만큼은 피하고 싶다고 히로는 생각하고 있었다.

'적어도…… 안대를 벗을 수 있다면……'

이 세계에 왔을 때는 흘러드는 방대한 지식을 버티지 못했다.

그래서— 힘을 억누르기 위해 정령 부적을 넣은 안대를 차게 되었지만, 신체가 견딜 수 있게 된 지금은 역효과를 내고 있었다. 힘을 너무 억제하여 반대로 조절이 잘 안 됐다.

"어쩔 수 없어. 조금만, 조금만이야."

자신을 타이르듯이 중얼거린 히로는 광희에 몸을 맡겼다.

몸 절반을 어둠 속에 가라앉히고 섬뜩하게 웃은 뒤, 가감 없이 칼끝을 놀렸다.

"하하!"

"뭐, 으윽?!"

강렬한 참격을 막아 낸 로잉이 튕긴 것처럼 뒷걸음질쳤다.

경악한 얼굴로 저릿저릿한 손을 내려다본 그는 이내 기뻐하는 표정으로 히로를 바라보았다.

"좋군요. 이 정도 호적수와 만나다니. 오랜만에 마음이 들끓습니다."

"그거 다행이네. 그럼 더욱 즐겁게 해 줄게."

자세를 고친 두 사람이 재차 격돌했다. 검이 맞부딪치는 소리가 울려 퍼지며 공기를 진동시키자 대지가 그것을 견디지 못하고 울부짖었다. 로잉에게 수많은 상처가 생겨나며 선혈이 주변으로 흩날렸다. 개중에는 치명상이 될 만한 것도 있었다.

그러나 그는 『타천』한 상태였다. 상처가 순식간에 수복되어 버렸다.

"일진일퇴로군요. 이대로 제게 시간을 들여도 괜찮으신 겁니까?"

"확실히…… 이래서는 끝이 없네."

어깨를 으쓱인 히로는 발을 멈추고 로잉에게서 시선을 떼 주위를 둘러보았다.

누구든 살아남기 위해 필사적으로 싸우고 있었다. 같은 편 병사는 수적 차이에 기죽을 여유도 없이 그저 짐승처럼 눈앞에 나타난 적의 목을 가르고 있었다.

그것도 언제까지 버틸지 몰랐다. 분산된 적의 제1진이나 제2진이 돌아오면 눈 깜짝할 사이에 섬멸당할 것이다. 무엇보다 그때까지 체력이 남아 있을지도 알 수 없었다.

"지휘관을 쓰러뜨리면 아무리 수가 많아도 오합지졸입니다."

"……응. 그 말대로야."

"그렇다면 절 쓰러뜨리십시오. 반란군은 반드시 와해될 테니 말입니다. 그렇다고 그냥은 죽을 수 없습니다만."

여유로운 미소를 무너뜨리지 않는 로잉을 보고 히로는 의아한 표정을 지었다.

그때— 어디서 누가 낙마했는지 기수를 잃은 말이 폭주하며 전장을 뛰어다녔고, 불행히도 빗나간 화살을 맞아 비통한 울음소리가 두 사람 사이로 쏟아졌다.

전장에서는 인간도 동물도 자연도 모두 평등했다.

수많은 죽음이 지면에 흡수되며 엄청난 양의 피가 대지를 빨갛게 물들였다. 그래도 싸움은 끝나지 않았다. 어느 한쪽이

항복하지 않는 한, 살생이 멈추는 일은 없었다.

"이 전쟁은 처음부터 무모했어."

히로가 말한 의도를 깨달은 로잉이 난처한 얼굴로 뒤통수를 두드렸다.

"확실히 이 정도로 무모한 싸움도 없을 겁니다. 여기서 승리하더라도 사면초가가 되는 것은 불가피— 제가 만약 여전히 5대 장군이었다면 진즉에 군대를 해산하여 병사들을 고향에 돌려보냈을 겁니다."

갑자기 목소리를 높인 노장군은 재밌다는 듯이 목을 울렸다.

"하지만 무모한 싸움에서 희망을 발견했기에 저는 여기 있는 겁니다. 무엇보다 이길 수 있다고 생각하여 저를 따르는 자들도 있으니, 간단히 포기할 수는 없습니다."

그에 관해서는 히로도 동의할 수밖에 없었다.

지금도 히로를 믿고 싸우고 있는 자들이 있기 때문이다.

1만5천 대 1천8백— 별동대를 빼면 여기에는 1천밖에 남아있지 않았다.

히로의 시야 끄트머리에서는 후긴이 활을 들고 지시를 날리며 싸우고 있었다.

그녀 역시 히로가 이길 것을 믿고서 이곳에 머물며 방해꾼이 끼어들지 않도록 해 주고 있었다. 히로가 전열에 가담한다면 적의 저항도 헛된 것이 되리라.

하지만 히로가 로잉의 숨통을 끊기도 전에 그가 이곳으로 달려올 터였다.

“슬슬 시간이 됐어.”

“……아직도 뭔가 책략이 있는 겁니까?”

“후방에 모래 먼지가 일고 있어. 그리고 귀를 기울이면 들릴 텐데?”

그것은 본진을 원호하러 달려온 탓에 허술해진 반란군의 후군에서 들리는 소리였다.

칼부림 소리가 그치지 않았다. 적이 있을 리 없는, 전투가 벌어질 리 없는 후방에서 모래 먼지가 크게 일었다. 하지만 점차 선명하게 들려오는 그것은 반란군이 죽어 가는 소리였다.

“적습! 후방에서 적이— 아악?!”

후군에서 온 전령이 전장을 달리고 있었지만 후긴의 화살을 맞고 숨이 끊어졌다.

주인을 잃은 말이 전장에서 이탈하려는 것처럼 쏜살같이 도망쳤다.

“어떻게…… 후방에 군대를? 설마 세리아 에스트레야 전하가…….”

“그건 아니야. 거리적으로, 시간적으로, 그것들을 고려하면 자연스럽게—.”

히로의 목소리는 끊어져 버렸다. 적의 비명에 지워졌기 때문이다.

등을 급습당한 반란군은 이쪽에 의식을 집중하느라 후방은 일절 주의하지 않은 모양이었다.

왜냐하면 반란군의 후방에 이빨을 박은 가더가 이 자리에 나타났기 때문이다.

악귀나찰(惡鬼羅刹)— 빨간 피를 온몸에 뒤집어쓴 채 귀기를 휘감고서 나타난 풍모는 그야말로 악마였다.

"어떻게든 전멸하기 전에 달려온 것 같군!"

가더는 대검을 휘둘러 동요하는 적병을 베어 버리며 전장에 시체를 흩뿌렸다.

"목표는 부대장뿐이다! 지휘관만을 집요하게 노려서 죽여라!"

노도 같은 기세로 별동대 『아군』 8백이 밀어닥치면서 궤란 직전이었던 히로의 군세 1천은 되살아났다. 일시적이라고는 해도 이 전장에서 **이탈**할 수 있을 만한 기세를 되찾은 것은 틀림없었다.

"……처음부터 계획된 일이었다는 겁니까."

"응, 그렇죠."

가더는 모래 폭풍을 일으킨 후, 그 그늘에 숨어 별동대를 본대에서 떼어 냈다. 반란군은 모래 폭풍에 정신이 팔려 그 사실을 눈치채지 못했고, 게다가 중앙을 가로질러 히로 부대가 나타나면서 완전히 주의가 쏠려 버렸다. 벽을 잃은 반란군은 황급히 후군에서 본진으로 원군을 보냈으나, 그 탓에 배후 진용이 얇아지며 딱 좋은 사냥터로 변하고 말았다.

그런 상황에 가더가 이끄는 별동대가 전장을 우회하여 배후를 물어뜯은 것이다.

하지만 여전히 수적 차이는 분명했다. 그러나 기세는 완전히 히로 측에 있었다.

"하지만 뭐, 피차일반이군요."

히로의 말에 감탄한 태도를 보이며 로잉이 한숨을 쉬었다.

"저희가 무엇을 하려고 하는지 전하는 알고 계신 듯합니다."

"완전히 파악하지는 못했지만 대충은 알고 있죠."

"역시…… 당신은 무서운 분이시군요. 그날— 저희가 처음 만났던 날, 슈트벨 제1황자님께서 당신을 보고 위험하다 말씀하신 이유도 지금은 납득이 갑니다."

로잉이 정령 무기를 들고 히로를 응시했다.

결판을 내자는 말일 것이다. 이대로 싸움을 질질 끌면 확실하게 승리할 수 있는데, 정말로 무인이라는 것을, 진심으로 싸움을 사랑한다는 것을 알 수 있었다.

히로 역시 결판을 내고자 거리를 뒀다.

"시작할까요."

히로의 패기가 부풀어 올랐다. 바람이 거칠게 휘몰아치자 『흑춘희』가 즐겁게 춤추었다.

백은색 검—『천제(엑스칼리버)』가 검은빛을 내기 시작하니 로잉의 눈이 가늘어졌다.

"그렇군요. 슈트벨 전하는 이걸……."

로잉은 이해했다는 듯이 작게 고개를 끄덕였다.

히로가 눈썹을 찌푸리자 호호야(好好爺) 같은 웃음을 보여준 로잉은 한 걸음 내디뎠다.

우람한 신체에서 일반인은 가질 수 없는 패기가 일어났다.

"자, 최후의 사투를 벌입시다!"

역전의 용사— 그 오감이 그러도록 시켰는지, 보이지 않았음에도 불구하고 그는 히로의 공격을 막아 냈다.

"당신의 반응 속도도 꽤 대단해."

"억?!"

그러나 히로는 매서운 발차기를 로잉의 명치에 꽂았다.

배를 짚은 로잉이 후퇴했다.

가볍게 대지를 박찬 히로는 무시무시한 기세로 육박하여 공격을 펼쳤다.

1합, 2합, 칼이 맞부딪치며 날카로운 소리가 전장에 메아리쳤다.

그래도 점차 속도에서 차이가 나기 시작했다.

로잉의 몸에 차례차례 열상이 생겨났고 그는 고통에 일그러진 표정을 지었다.

"윽, 으아아아아아!"

기백을 담아 우렁차게 외친 로잉은 귀신 같은 형상으로 맞섰으나 히로 앞에서는 어린애 장난과도 같아서 그 몸은 깊이 베여 갔다. 재생이 따라갈 수 없을 정도의 고속 참격이 이어졌다.

"하아앗!"

히로가 로잉의 가슴을 찔렀다. 확실하게 찌른 느낌을 받았다. 이대로 사지를 찢어 숨통을 끊자고 생각한 히로는 『천제』를 뽑으려고 했다.

"커헉…… 겨우, 잡았습니다."

입으로 대량의 혈액을 흘리며 입꼬리를 올린 로잉이 히로의 팔을 붙잡았다. 살을 내주고 뼈를 자른다— 유도였음을 눈치 챘을 때는 이미 늦었다.

"—?!"

로잉의 공격이 히로의 어깨로 떨어졌다.

하지만 상상과는 다른 광경이 로잉의 눈에 비쳤다.

"윽…… 『흑춘희』인가!"

내뱉듯이 말한 로잉은 분함에 얼굴을 찌푸렸다.

『흑춘희』가 없었다면 분명 그의 칼은 히로에게 치명상을 입혔을 것이다.

히로는 낙담하는 로잉에게 앞차기를 날려 그를 떼어 냈다.

로잉이 날아가면서도 『타천』의 고속 재생이 발동했다.

"역시 『타천』에 의지하지 않아도 당신은 강한 사람이에요."

"……히로 전하, 축복받은 인간이 그런 말을 하면 안 됩니다."

그 얼굴은 무척 쓸쓸해 보였고, 당장에라도 사라질 것 같을 만큼 박약했다.

"전하는 아직 젊습니다. 늙어 가는 자신을 보며 공포를 느낀 적은 없겠지요."

그란츠 대제국은 대국이기에 우수한 인재가 모여 있었다.

어떤 인간이든 늙으면 청년들에게 추월당하는 날이 반드시 온다.

"그때가 오면 저는 어떻게 해야 합니까? 싸우는 것 말고는 자신의 가능성을 찾아내지 못한 남자가, 그저 침대 위에서 가족이 지켜보는 가운데 천수를 다하면 되는 겁니까?"

"저는 그게 가장 행복하다고 생각하는데요."

1000년 전, 그 평화를 손에 넣기 위해 사람들은 마족의 압제 정치에 저항했다.

흔하디흔한 행복. 그러나 그것이야말로 가장 행복한 것임을 히로는 알고 있었다.

"아무런 고민도 없이 가족에게 둘러싸여 이 세상을 떠난다. 그 이상의 것이 존재한다고는 생각할 수 없네요."

"견해가 서로 다르군요."

오로지 거절. 역전의 전사가 바란 대답은 아니었던 모양이다.

그렇다면 공감할 수 없었다. 히로와 로잉은 달랐다.

"마지막까지 어울려 주셔야겠습니다. 이 늙은이의 영광스러운 무대에!"

근본적으로 다르니 의견이 맞을 리도 없었다.

"으아아아아아아아아아아아아아아!"

로잉이 갑자기 크게 외쳤다. 몸이 팽창하는 것처럼 거대하게 변해 갔다. 의식을 마(魔)에 넘겨 버린 것이다. 눈은 충혈되고 입에서는 침이 뚝뚝 떨어지며, 차마 눈 뜨고 볼 수 없을 만큼 겉모습이 순식간에 추해져 갔다.

"이성을 버리는 건 잘못된 일이야……본능에 지배당하는 것만으로는 힘을 얻을 수 없어."

그렇게 중얼거린 히로는 『천제』 칼자루를 손안에서 솜씨 좋게 돌려 역수로 바꿔 잡았다.

쩌적— 공간이 갈라지는 소리가 울렸다. 방대한 광량이 대지를 적시듯 비추기 시작했다.

나타난 것은 정령 무기, 그것은 한 자루가 아니었다.

두 자루, 다섯 자루, 열 자루, 스무 자루— 공간을 가득 메울 정도로 대량의 정령 무기가 나타났다.

히로의 발밑이 패기를 견디지 못해 함몰되고, 흉악한 기운이 지배를 요구하며 허공으로 내던져졌다.

"끝내자."

가볍게 땅을 박찬 소년은—.

—세계의 소리를 놔두고 갔다.

그 뒤에 남은 것은 바람을 가르는 듯한 섬뜩한 소리뿐이었다.

백(百)의 반짝임, 천(千)의 번쩍임, 만(萬)의 빛을 내면서 수만 개의 별이 생겨나 지상으로 떨어졌다.

그것은 『천제』를 가진 자에게만 허락된 『천혜』이자 『특권』이었다.

—신광뇌화(리지그라차르트)(神光雷火)

광속으로 쏟아지는 절대 불가피한 공격.

검이 그리는 성스러운 빛의 궤도가 대지로 종횡무진 내달렸다.

잔광이 통과할 때마다 로잉의 몸에서 대량의 피가 흩뿌려졌다.

그래도 로잉은 사냥감인 히로를 쫓는 것을 멈추지 않았다.

하지만 불쌍한 짐승으로 전락한 남자는 팔을 잃고, 다리를 잃고, 목이 잘리고, 심장이 도려내지자 재생이 쫓아가지 못하게 되어 신음과 함께 땅에 엎어졌다.

"……."

히로는 최후의 일격을 가하고자 칼끝을 머리에 들이댔다. 그러자 불가사의한 현상이 일어났다.

로잉의 몸이 점차 줄어들기 시작하더니 원래 모습을 되찾은 것이다.

히로는 눈을 크게 뜨고 그 광경을 바라보았다.

로잉은 주름투성이인 얼굴로 만족스럽게 웃고 있었다.

"……히로 전하."

거칠게 호흡하며 로잉이 작게 중얼거렸다.

"……감, 사합……니다. 이걸로 후회 없이…… 갈 수 있겠습니다."

갈라진 호흡을 피와 함께 토한 로잉에게 히로는 질문을 던졌다.

"한 가지 대답해 줬으면 해. 슈트벨은 어디 있지?"

그는 마지막까지 주인을 배신할 수 없는지 눈동자에서 빛이 사라질 때까지 아무 말도 하지 않았다. 그러나 무언(無言)이야말로 대답이나 마찬가지였다.

그렇다면 자신이 할 일은 하나뿐이었다.

'남은 건…… 리즈 일행에게—.'

각오를 다진 히로 앞에서 로잉의 몸이 바람에 휩쓸려 사라졌다.

그 모습을 지켜본 히로는 감정이 보이지 않는 검은 눈동자로 하늘을 올려다보았다.

선혈빛으로 물든 하늘 끄트머리에서 어둠이 침식을 개시하려 하고 있었다. 그런 고요한 하늘과 달리 지상은 거친 바람이 소용돌이치고 있었다. 각처에서 들리는 비명이 노호와 중첩되어 이질적인 공기를 만들어 냈다.

지휘관인 로잉 전 대장군은 죽었다. 그런데도 남은 부하들은 여전히 싸움을 이어가려 하고 있었다. 복수심, 의협심, 자존심— 다양한 요소가 뒤얽혀서 그들의 의지가 꺾이지 않는 것일지도 모른다.

히로는 다시 전장에 몸을 던졌다. 자신을 따라와 준 자들을 한 명이라도 많이 구하기 위해, 『천제』를 휘두르며 아군을 에워싼 적병의 등에 달려들었다.

"—윽?!"

비명 지를 시간조차 주지 않았다. 히로는 단칼에 주변 적을 베어 갔다.

그때, 시야 옆쪽에서 기마대가 튀어나왔다. 히로 주위에 있던 적병들이 쓸려 나가며 창의 먹이가 되어 쓰러져 갔다. 혹은 말굽에 밟혀 비명 지를 틈도 없이, 번뜩이는 창끝에 의해 숨통이 끊어져 갔다.

“독안룡! 로잉 전 대장군은 어떻게 됐지?”

갑자기 히로 눈앞에 말이 다가왔다. 말 위에 앉은 사람은 가더였다.

히로는 적병의 목에서 『천제』를 뽑아 선혈을 하늘로 날렸다.

“죽였어. 목은 확보할 수 없었지만…….”

“그런가…… 그럼 오래 있을 필요는 없겠군. 냉큼 탈출하자고!”

달려오는 적병에게 발차기를 먹인 가더는 단칼에 목숨을 끊어 내고서 대검을 기수에게 돌렸다.

“승리의 함성을 울려라! 북을 울리고 뿔피리를 불어라! 전장 전체에 로잉 전 대장군이 죽었음을 전하라!”

남은 것은 이 자리에서 탈출하는 일뿐이었다.

싸울 상대가 없어지면 적군은 서서히 상황을 이해하기 시작할 것이다. 오합지졸이 된 그들에게 남은 길은 투항뿐이었다.

“히로 님! 언제든 탈출할 수 있습니다!”

후긴이 말을 몰아 다가왔다. 그녀의 허리에 있는 화살통은 비어 있었고 손에는 피에 젖은 검이 쥐여 있었다. 그 옆에는 함께 싸웠는지 튄 피를 뒤집어 쓴 『질룡』이 있었다.

히로는 고삐를 잡아당겨 『질룡』의 안장 위에 올라탔다.

그때였다.

아군이 환호하는 가운데, 리즈가 포진한 서쪽에서 폭발적인 불길이 하늘로 솟구쳤다.

“아니— 저건…….”

용이다.

전장의 누군가가 중얼거렸다.

힘차게 하늘로 올라갔던 염룡(炎竜)이 지상에 있는 사냥감을 먹어 치우듯 아래로 퍼부어지고 있었다. 이쪽의 전투 소리를 지울 정도의 폭발음을 세계에 떨치고 있었다.

압도적인 패기가 공기를 타고 전해져 히로의 몸을 진동시켰다.

이어서 절규가 들렸다. 아군이 아니라 적이 비명을 지르고 있음을 알 수 있었다.

"그리운 기척이야."

저것은 틀림없이 알티우스가 능숙하게 사용하던 힘이었다.

요컨대 『염제(레바테인)』가 만들어 낸 힘, 리즈가 새로운 영역으로 나아갔다는 뜻이었다.

무엇이 그녀를 성장시켰는지 한없이 흥미롭지만—.

"위험한데. 자칫 잘못하면 전장에서 이탈할 수 없게 돼."

너무나도 강대한 힘은 체력을 급격히 소모시킨다.

"가더! 병사를 모으는 대로 여길 이탈해!"

히로는 여전히 저항을 나타내는 적을 베고 있던 가더의 등을 향해 외쳤다.

로잉이 죽은 지금, 반란군은 투항할 수밖에 없으나, 지휘계통이 혼잡해져서 정보가 뒤섞여 있는 현재 상황은 적군에게 생각할 여유를 주지 못했다.

통제를 잃은 그들은 싸움을 이어갈 것이다. 그렇게 되면 쓸데없이 병사를 죽일 뿐만 아니라 이쪽도 전멸할 우려가 있었다.

그렇다면 곧장 전장에서 이탈하여 반란군에게 항복을 권해야 했다.

"후긴, 귀족들의 원군이 이쪽으로 오고 있다는 거짓 정보를 퍼뜨려. 그게 적의 투항을 앞당길 테니까."

로잉이 죽었으니, 반항할 만큼 기개 있는 자는 남아 있지 않을 터였다.

"알겠습니다!"

쾌활한 대답을 남긴 후긴이 떠나자 가더가 숨을 헐떡이며 말을 몰아 다가왔다.

"독안룡, 너는 어쩔 거지?"

"이제 여기에 볼일은 없어."

그렇다면 갈 곳은 한 군데, 조금 전까지 염룡이 헤엄치고 있던 하늘로 시선을 든 히로는『질룡』의 배를 가볍게 차서 평원을 달리기 시작했다.

*****

그곳에는 죽은 자밖에 없었다.

그녀 주위에는 시체만이 존재했다.

이취가 공기를 오염시키며, 불타 문드러진 고깃덩어리가 주변에 흩어져 있었다.

마치 폭격을 맞은 것처럼 사지가 멀쩡한 시신은 하나도 없었다.

하지만 그 중심에 있는 소녀만은 세계에 존재하는 것을 인정받고 있었다.

그때, 강풍이 불자 붉은 머리 소녀의 몸이 앞으로 기우뚱 기울었다.

그러나 소녀는 거절하듯 발을 내디뎌 쓰러지는 것을 허락하지 않았다.

"으으…… 윽…… 아아……."

누가 봐도 소녀의 의식은 몽롱했다.

말라 버린 나무가 바람을 맞은 것처럼, 언제 쓰러져도 이상하지 않을 만큼 소녀는 휘청거리고 있었다. 그녀가 공허한 눈으로 주변을 둘러보니 창염(蒼焰)이 『타천자』를 완전히 태워 버리고 있었다.

"……무시무시하군."

청록색 머리카락을 지닌 스카아하가 발을 땅에 끌면서 감상을 흘렸다.

"리즈 공…… 괜찮은가?"

걱정하며 말을 걸어도 소녀에게서는 반응이 돌아오지 않았다.

스카아하는 이를 갈고서 리즈의 어깨에 손을 얹었다.

"……터무니없는 짓을. 대체 얼마나 깊이 들어간 거야."

여전히 힘의 잔재가 남아 있을 정도였다. 단숨에 어디까지 도달한 것인지…….

자칫 잘못하면 이대로 폐인이 될 가능성도 있었다.

"『빙제』, 힘을 빌려줘. 그녀를 불러들이겠어."

그에 호응하듯『빙제』가 푸른빛을 내뿜었다.

바깥에서 힘을 가하여 그녀의 의식을 이쪽으로 되돌릴 수밖에 없었다.

"리즈 공, 살짝 거친 치료가 되겠지만 용서하길."

하지만 그때, 리즈의 어깨에 올려 뒀던 손이 감싸였다.

"……괜찮아."

리즈가 뒤돌았다. 호흡이 거칠고 얼굴은 창백하지만 그녀는 만족스럽게 웃고 있었다. 그 손에는 붉은빛을 형형히 밝힌『염제』가 쥐여 있었다.

"다행이야…… 정말로 다행이야. 돌아오지 않을 줄 알았어……."

스카아하가 떨리는 목소리로 말하며 리즈를 끌어안았다.

리즈는 미소 짓고서 그녀의 등을 쓸어내리며 감사를 표했다.

"스카아하야말로 무사해서 다행이야……."

그러나 두 사람은 곧 얼굴에 경계의 색을 드러냈다.

이곳은 전장이었다. 약해진 사냥감은 제일 먼저 노려지게 된다.

살아 있다는 기쁨을 나눌 겨를도 없었다. 눈 깜짝할 사이에 적병이 두 사람을 에워쌌다.

"세리아 에스트레야 전하, 투항하십시오."

기사 한 명이 두려워하지 않으며 그렇게 진언했다.

리즈는 어깨에 걸쳐진 머리카락을 넘기며 미소 지었다.

"거절할게."

"그렇다면…… 어쩔 수 없군요. 거친 수단이지만 붙잡도록 하겠습니다."

발도하라. 기사가 그렇게 말하며 칼집에서 검을 뽑자 주변 적병들도 마찬가지로 창이나 검을 들었다. 하지만 그들의 창끝이 떨리고 있는 모습을 보면 두 사람의 힘을 두려워하고 있는 것은 틀림없었다.

"아직 더 싸워야 할 것 같네."

리즈가 『염제』를 휘두르며 위협했다.

"……이곳을 돌파하여 후방의 아우라 공과 합류하지."

스카아하는 눈동자에 강한 빛을 담고서 『빙제』를 들었다.

두 사람의 각오를 알아차린 적병들이 확연한 당황을 보였다.

그때였다.

"공주님! 지금 구해드리겠습니다!"

트리스의 큰 목소리가 울려 퍼지며 쩌렁쩌렁한 말굽 소리가 공기를 깨부쉈다.

리즈를 포위한 적병의 후방에서 칼부림 소리가 울렸다.

크게 당황한 적병들 사이에 빈틈이 생겼고 순식간에 대열이 와해되었다.

그 틈을 가르며 나타난 것은 스무 기가 못 되는 기마였다.

그중 한 기가 리즈 곁으로 말을 몰아 다가왔다.

"……두 사람 다 괜찮아?"

정령 무기에 들러붙은 피를 털어 내면서 몸집이 작은 소녀가 담담히 중얼거렸다.

"아, 아우라! 너도 무사했구나!"

리즈가 기뻐하며 웃자 아우라는 무표정을 유지하며 고개를 끄덕였다.

"……리즈, 스카아하도 무사해서 다행이야."

"아우라 공, 전황은 어떻지?"

"『무명』은 도망쳤어. 이제 싸울 필요는 없어."

우세함에도 불구하고 어째선지 반란군의 부관『무명』은 근소한 부하를 이끌고 전장에서 도망쳤다고 한다. 설명을 끝낸 아우라는 한 호위에게 기수가 없는 말 두 마리를 데려오라고 했다.

"부대 대부분은 이탈시켰어. 남은 건 여기뿐."

폭발적인 불길이 세계를 뒤덮음과 동시에 아우라는 각처에 전령을 보냈다.

이 이상의 전투는 무의미, 곧장 전장에서 이탈하라고.

"그런가…… 그럼 우리도 당장 여길 뜨는 편이 좋겠군."

반란군은 1만이 넘는 병력을 가지고 있었다. 각 전선을 포기한 지금, 남아 있는 리즈 일행에게 적이 대거 몰려들 가능성이 있었다.

"그럼 단숨에 빠져나가자. 날 따라와!"

말에 올라탄 리즈가 말 머리를 돌리고『염제』를 전방으로 들어 올린 후 내리쳤다. 쉬라고 말해 봤자 소용없겠다고 느꼈는지 아우라는 탄식하고서 정령 무기를 휘두르며 부대에 지시를 보냈다.

"……격렬하게 퇴각."

그런 아우라를 보고 스카아하는 안장 위에 올라타면서 즐겁게 목을 울렸다.

"아우라 공, 걱정할 것 없어. 퇴각전은 자신 있지. 내게 맡겨 둬."

그런 게 아니었다. 걱정하지 않는 것은 아니지만, 그 이상으로 어이가 없을 뿐이었다.

그렇게 말하고 싶다는 듯이 아우라는 납빛 눈동자로 두 사람을 보았으나 효과는 없었다.

"……두 사람 다 부상자인데."

"아우라는 내 뒤를 따라와."

"……?"

보통은 반대 아닌가, 아우라는 반론하기도 지쳤는지 어깨를 떨구었다.

리즈는 그런 분위기를 개의치 않고 히로가 포진한 곳으로 시선을 돌렸다.

"저쪽은 괜찮을까……?"

"그렇군— 음……."

스카아하가 뭐라고 말하려다가 입을 다물었다. 그러더니 대신 미소를 지었다.

"무사한 모양이야."

"응…… 그럼 저쪽을 향해 달리겠어."

아우라도 눈치챈 것 같았고, 그 손끝을 본 리즈도 이해했는지 눈동자를 반짝였다.

동쪽에서 모래 먼지가 일고 있었다. 그것은 점차 다가오는 중이었다.

"따라와!"

소란이 들끓는 곳을 향해 리즈 일행이 일제히 말을 몰았다.

고작 20여 기, 그러나 그 돌격하는 힘은 무시할 수 없었다.

보병으로 이루어진 벽 따위 눈 깜짝할 사이에 분쇄되었다. 무엇보다 앞을 달리는 것은 정령검 5제 소지자 두 명이었다.

모두가 공포로 벌벌 떨었다.

허둥지둥 도망치는 적병의 등에 후속 기마가 창을 찔러 절명시켰다.

그렇게 전력으로 돌진하니, 절규가 솟구치며 서로를 향한 고함이 울려 퍼지는 곳에 도착했다. 그 중심에서 검은 옷을 입은 남자가 기묘한 동물에 탄 채 적병을 베어 넘기고 있었다.

백은색 검이 빛의 입자를 흩뿌릴 때마다 피보라가 시야를 붉게 물들였고, 비명의 잔향이 대지에 흡수되며 시체가 양산되어 갔다.

검이 튕겨진 적은 목이 부서졌고, 창이 꺾인 적은 두개골이 분쇄되었다. 갑옷 따위 없는 것이나 마찬가지였다. 그 앞에서는 모든 것이 휴지 조각 같아서 칼끝이 몸을 꿰뚫어 갔다.

고작 한 기, 그러나 1천에 필적할 그 무력은 한기가 느껴질 만큼 무시무시했다.

"……리즈?"

아우라는 고개를 갸웃했다. 조금 전까지 힘차게 적을 무찌르던 리즈가 움직임을 멈췄기 때문이다. 이래서는 모처럼 열린 길이 닫혀 버린다. 호위병들도 당황하며 주위 적을 공격하고 있었다.

아우라는 왜 그러냐고 묻지 않았다.

이유를 헤아리고 있었기 때문이다.

'저건 히로지만 히로가 아니야.'

전장에서 히로는 감정을 눌러 죽이고 담담히 적을 벴다.

동정하면 치명적인 결과를 낳았다. 언제까지고 후회가 남았다.

죽이지 않으면 죽는다. 그런 세계에 몸을 던지고 있기에 받아들이고 있는 것이다.

그래서 이용할 수 있는 자는 살리고, 필요 없는 자는 베어 버렸다.

그래도 결코 거기에서 즐거움을 발견하지는 않았다.

하지만…… 하고 아우라는 생각했다.

지금 히로는 달랐다. 적병을 베는 그의 입가는 꺼림칙할 만큼 비틀려 있었다.

전의를 잃은 자는 목이 날아갔고, 도망치는 자는 등을 찔렸으며, 투항을 나타내는 자조차 그의 칼에 절명했다. 이윽고 리즈 일행을 눈치챘는지, 울부짖는 적병의 머리를 파괴한 히로의 시선이 이쪽을 향했다.

"……다들 무사한 것 같네."

그 검은 눈동자에는 아무것도 비치지 않았다. 그저 어둠이 펼쳐져 있을 뿐이었다.

하지만 몸에 휘감은 분위기는 슬펐다. 엄마를 잃어버린 아이가 어쩔 줄을 모르는 듯한, 가슴이 죄어들 정도의 슬픔으로 가득 차 있었다.

"정말로 무사해서 다행이야."

히로가 냉소를 지었다. 그 피 묻은 손에서는 선혈이 뚝뚝 떨어져 지면에 흡수되고 있었다. 어딘가 애처롭게 느껴지는 모습을 보고 리즈는 느끼는 바가 있었는지 고삐를 강하게 움켜쥐었다. 그녀는 무언가를 말하려고 입을 열었다가 고개를 좌우로 흔들고서 불안을 들키지 않도록 미소 지으며 히로에게 다가갔다.

"히로, 너도 무사해서 다행이야."

애써 밝은 음성으로 말한 리즈를 보며 아우라는 강한 아가씨라고 생각했다.

여러 가지로 캐묻고 싶은 것이 있을 텐데…….

히로는 조금 전의 분위기가 조금도 느껴지지 않는 온화한 표정을 짓고 있었다.

"그래. 하지만 서로의 무사를 기뻐하고 있을 여유는 없어."

"응? 무슨 말이야?"

"슈트벨 제1황자가 황제의 목숨을 빼앗고자 황궁에 침입한 것 같거든."

"뭐……? 찬탈하려는 거야?!"

리즈가 표정을 굳혔다. 그 옆에서는 스카아하가 복수할 상대의 이름을 듣고 살기를 내뿜고 있었다. 아우라는 작게 고개를 기울이고서 이상하다는 듯이 납빛 눈동자로 히로를 보았다.

"아니, 찬탈하려는 건 아닐 거야. 이런 상황에서 황제의 목숨을 빼앗아도 아무도 그를 따르지 않아. 벌거숭이 임금님이 되어 봤자 기다리고 있는 건 참수야."

"읏, 그것도 그렇네……. 그럼 슈트벨은 무슨 생각으로……."

"리즈 공, 생각은 나중에 하는 편이 좋겠어. 우선은 여길 탈출하지."

아우라는 세 사람이 대화하는 모습을 멀찍이서 바라보고 있었다.

이해할 수 없는 점이 있었기 때문이다.

'왜…… 굳이 히로가?'

여러 의심이 샘솟았으나 말참견할 만한 상황은 아니었다.

"아무튼 리즈는 당장 황궁으로 가. 스카아하도 같이 가도록 해."

약속을 이행할 때가 왔다며 히로는 마지막에 덧붙였다.

두 사람이 어떤 약속을 맺었는지 아우라는 모르지만, 스카아하가 힘 있게 고개를 끄덕인 것을 볼 때 가는 건 확정 사항인 모양이었다.

"그럼 여긴 내게 맡기고 두 사람은 황궁으로 가."

"히로는 어쩌려고? 같이 안 가는 거야?"

"나도 곧장 쫓아갈게. 이곳을 교란한 뒤에 말이야."

적병이 주위를 에워싸고 있었다. 두꺼운 벽이 다가오듯 거리를 좁혀 왔다.

기세가 죽어 버린 지금, 쉽사리 탈출할 수는 없을 것이다.

"그럼 나중에 합류하자! 히로, 반드시 와야 해!"

"히로 공, 미안하군. 돕고 싶지만……."

"자기 마음을 우선하도록 해. 리즈를 부탁할게."

"그래, 맡겨 둬!"

리즈와 스카아하가 자신의 상처도, 피로도 잊고서 말을 달렸다. 그 앞은 적병으로 벽이 만들어져 있었지만 정령검 5제 소지자인 두 사람이라면 돌파할 수 있을 것이다.

"아우라, 뭐해? 너도 호위를 데리고 리즈와 스카아하가 연 길로 가."

히로의 말대로 오래 머물러 있을 시간 따위 없었다.

그렇기에 아우라는 의문을 단도직입적으로 꺼냈다.

"……슈트벨 이야기는 누구한테 들었어?"

"**로잉 전 대장군**한테. 그가 죽을 때 가르쳐 줬거든. 슈트벨은 황위 계승권을 포기하여 의심의 눈길을 자신에게서 다른 곳으로 돌리고 전장에 시선을 고정시켰어. 처음부터 승패 따위 관계없었고, 슈트벨은 황제의 목만을 노리고 있는 모양이야."

"……그래."

"아우라, 이 이상 얘기하고 있을 시간 없어. 어서 가."

"응…… 나중에 봐."

아우라는 말 머리를 돌려 달리기 시작했다.

그리고 히로와 스쳐 지나가는 순간—.

"—?!"

아우라가 돌아봤을 때는 수많은 적이 후방을 가득 메우는 것이 보일 뿐이었다.

"……."

"아우라 님! 적이 다가오고 있습니다! 서둘러 주십시오!"

"……히로."

호위병에게 재촉받은 아우라는 딱 한 번만 더 뒤를 돌아보고서 말을 달렸다.

*****

태양은 저물고, 둥근 달이 구름 사이로 얼굴을 내밀고 있었다.

암흑에 지배된 대지, 화초에 숨은 벌레가 밤공기에 녹아들 듯이 울었다.

그렇게 어둠에 지배된 시각— 리즈와 스카아하는 대제도에 도착했다.

제6황녀의 모습을 인지한 병사들은 곧장 성문을 열어 두 사람을 안으로 들였다.

주위에 적이 숨어 있는 것 같지는 않았다. 무엇보다 아군인 리즈를 쫓아낼 수는 없었다. 그녀가 대제도를 위기에서 구하기 위해 근소한 부하를 이끌고 달려온 것은 민중 사이에서도 소문이 돌고 있었다. 그런 그녀를 쫓아낸다면 폭도가 발생할지도 몰랐다.

"세리아 에스트레야 전하!"

금사자 기사단의 단장이 경례했다. 리즈는 답례하고 말 위에서 입을 열었다.

"아직 싸움은 끝나지 않았어. 적은 많이 남아 있어. 긴장을 늦추지 말고 경비하도록 해."

"예! 세리아 에스트레야 전하께서는 무슨 용건으로 여기 오신 겁니까?"

"아바마마가 무사한지 확인하려고 왔어."

"그건 불필요한 걱정입니다. 대제도의 동서남북에 갖춰진 문은 굳게 닫혔고, 저희 금사자 기사단이 방비하고 있습니다. 그리고 황궁에서는 근위병이 폐하를 지키고 있기에……."

"잠깐. 아바마마의 호위는 근위 기사뿐인 거야?"

리즈가 놀란 얼굴로 금사자 기사단장을 보자 그는 간단히 긍정했다.

"그렇습니다만…… 그 밖에도 고관분들과 그 기사들이 수비를 굳히고 있습니다."

"뭐? 그래서야 알몸이나 마찬가지잖아……."

슈트벨이 황궁에 침입했다면 근위 기사로는 감당할 수 없었다. 고관들의 사병은 근위 기사보다도 훨씬 실력이 뒤떨어질 것이다. 그들 전부를 합하더라도 병사는 100명도 채 되지 않을 터였다.

"당장 부대를 편성해서 황궁을 수비하러 보내."

리즈의 명령에 단장은 떨떠름한 얼굴을 했다. 횃불의 불빛이 만들어 내는 음영이 그의 표정 변화를 따라 춤추었다.

"황제 폐하께서는 성벽을 단단히 수비하라고 명령하셨습니다. 그렇기에 멋대로 부대를 편성하여 황궁에 보낸다면 질책받는 수준이 아닐 겁니다."

"입 다물어! 만약 아바마마의 판단이 잘못됐다면 질책 정도로 끝나지 않는다고!"

리즈의 분노에 금사자 기사단장은 몸을 움츠렸다.

"그래선 금사자 기사단을 만든 초대 황제도 한탄할 거야. 당신들이 진정 대제도의 병사라면 당장 별동대를 조직해서 황궁으로 보내."

책임은 전부 내가 지겠어. 리즈는 그렇게 선언했다. 단장은 멍한 표정을 지었지만 곧 진지한 얼굴로 경례했다.

"……알겠습니다."

"그럼 난 먼저 황궁에 가 있을게!"

만족스럽게 고개를 끄덕인 리즈는 말의 배를 차 황궁으로 향했다.

"조용하군……."

나란히 달리던 스카아하가 말했다.

그녀의 말대로 거리는 고요했다. 다들 바깥 상황을 알고 싶지 않아서 집에 틀어박혀 있었다. 그런 묘한 정적이 감도는 가도에서 시선을 느낀 리즈는 건물 안에 숨은 주민들의 존재를 알아차렸다. 창문으로 바깥 모습을 살피는 눈은 공포로 물들어 있었다.

"안심해! 반란군은 곧 진압될 거야!"

리즈는 미소를 지으며 괜찮다고 말하는 것처럼 크게 손을 흔들어 안심시키며 가도를 달려갔다.

평소에는 사람들로 북적이는 중앙대로에 리즈와 스카아하의 말굽 소리만이 울려 퍼졌다.

마치 폐허가 된 도시에 들어온 듯한 착각마저 들었다.

하지만 장애물이 없었기에 엄청난 속도로 황궁에 도착할 수 있었다.

"……이상해."

황궁 정문 앞에 도달한 리즈는 이변을 감지했다.

"흠…… 보통 이렇게 조용한가? 애초에 파수병은 어디 있지?"

스카아하도 알아차린 모양이었다.

두 사람은 말 위에서 주변 모습을 확인했으나 인기척은 일절 느껴지지 않았다.

역시 문지기의 모습이 없었다.

안으로 발을 들여도 한 치 앞까지 짙은 어둠에 휩싸여 있었다. 섬뜩한 분위기를 풍기는 장미원을 통과하여 리즈는 황궁 베네자인 앞에서 말을 멈췄다.

문으로 달려가자 파수병이었을 근위 기사가 피를 흘리며 쓰러져 있었다.

생사를 확인할 필요도 없었다. 그의 머리가 없었기 때문이다.

"……지독하군."

"가자."

리즈는 스카아하에게 눈짓하고서 『염제』를 들었다.

스카아하도 경계심을 드러내며 『빙제』를 들고 있었다.

"조심하는 편이 좋겠어. 어디서 공격의 화살이 날아올지 몰라."

리즈는 고개를 끄덕여 대답한 뒤, 문을 밀어 열었다.

안에 갇혀 있던 공기가 밖으로 쏟아졌다.

이취 섞인 바람에 리즈는 얼굴을 찌푸렸다. 스카아하 역시 코를 막으며 눈썹을 모았다. 썩은 내로 얼룩진 바람은 잠시 후 밤의 어둠에 뒤얽혀 사라졌다.

"숨이 붙어 있는 사람은 없는 것 같아……."

"이건 정말로 지독하군. 시체 냄새가 가득해."

안으로 한 발자국 내딛자 엄청난 수의 시체가 비좁게 뒹굴고 있었다.

무참한 모습으로 살해당한 고관들이 보였다. 그들의 가족인지 호화로운 드레스를 걸친 귀부인들도 관계없이 죽어 있었다. 개중에는 저항을 나타냈을 터인 근위 기사의 시신도 있었다. 누구든 한결같이 갑옷이나 옷이 그을려 있었고, 아직 불씨가 남아서 몸이 타고 있는 자도 존재했다.

뚜벅뚜벅— 발소리만이 복도에 울렸다. 그것이 메아리쳐서 묘하게 마음을 불안하게 했다. 평소, 아침이든 밤이든 누군가가 뛰어다니는 떠들썩한 황궁이라고는 생각할 수 없을 정도로 정적에 지배되어 있었다.

"생존자는 없는 모양이야. 그건 그렇고, 밖에 도움을 구하러 갈 여유도 없었던 건가?"

스카아하의 의문을 이해하지 못하는 바도 아니었다. 하지만 그것을 가능케 하는 것이 정령검 5제 소지자— 이 이상 사태를 알릴 틈도 없이 그들은 전부 살해당했다는 뜻이었다. 긴장감에 침을 꼴깍 삼키면서 시체가 여기저기 흩어진 복도를 나아갔다.

"……여기가 알현실이야."

리즈는 발을 멈추고 커다란 문에 손을 올렸다.

타국의 인간도 들이는 알현실 문은 위엄이 넘쳤다. 현란하게 장식된 문에는 사자 문장이 새겨져 있었고, 흑룡이 하늘로 올라가는 모습도 그려져 있었다.

"확실히 지키기는 쉽지만…… 그란츠 대제국의 황제 정도되면 유사시에는 어딘가로 피난하지 않나? 아무리 그래도 알현실은 너무 눈에 띄잖아?"

문 앞에서 스카아하가 고개를 갸웃했다.

"그러네. 아바마마에게 힘이 없었다면 지하에라도 도망쳤겠지만……."

"혹시 정령검 5제 소지자인가?"

"정답. 알고 있는 건 황족 중 극히 일부, 그리고 5대 귀족의 가주 정도려나."

"그렇군."

납득하여 고개를 끄덕인 스카아하는 생각에 잠기는 모습을 보였으나 이내 입을 열었다.

"—쓸데없는 생각을 하고 있을 여유는 없지. 미안…… 슬슬 가자."

"응. 준비 됐어?"

스카아하가 수긍하자 리즈는 긴장한 얼굴로 손잡이를 건드렸다.

그때—.

"뭘 소곤거리는 거지?"

"—?!"

두 사람은 황급히 뒤로 뛰어 문과 거리를 두면서 각자의 무기를 들었다.

문 건너편에서 익숙한 목소리가 들려왔다.

"크큭, 그렇게 경계하지 않아도 돼. 기습 따위 안 할 테니 들어와라."

슈트벨의 낮은 목소리였다.

"스카아하, 가자. 방심하지 마!"

리즈는 결심하고서 문을 차 부수는 것처럼 활짝 열고 알현실에 발을 들였다.

그리고— 말문이 막혔다.

1000년이라는 긴 세월 동안 썩지도 않은 장엄하고 우아한 공간— 권력의 상징이라고도 해야 할 알현실이 지옥처럼 붉은 피로 가득했다.

녹슨 쇠 냄새 같은 것이 코를 찔렀다. 불쾌한 탄내에 구역질이 났다.

위액이 목구멍으로 역류하는 것을 참으며 리즈는 옥좌를 향해 발걸음을 옮겼다.

가장 안쪽에 있는 옥좌— 역대 황제만이 앉을 수 있었던 신성한 자리.

그곳에 슈트벨이 오만한 분위기를 휘감고 앉아 있었다.

리즈는 남몰래 분노를 느꼈다. 하지만 그것은 순식간에 무산되었다.

슈트벨 앞에 쓰러진 사람의 모습을 눈치챘기 때문이다.

"아…… 아바마마?"

"뭐? 저게 황제인가……?"

너무 갑작스러운 상황에 뇌의 처리 속도가 따라가지 못하는지 스카아하가 멍하니 말했다.

리즈도 아연실색하여 그 자리에 얼어붙었다.

"거짓말……."

그 시신에는 목이 없었다. 그래도 아버지이자 황제임을 알 수 있었다.

현란한 장식을 몸에 두르고, 황제에게만 허락된 황금 겉옷을 걸치고 있었기 때문이다.

"늦었군. 조금 더 일찍 왔다면 이 늙은이의 목은 붙어 있었을지도 몰라."

슈트벨의 발밑에는 목이 있었다. 고통에 얼굴이 일그러진 황제의 머리였다.

"하지만 실로 좋은 **시기**에 왔군. 마치 가늠하기라도 한 것처럼 말이야."

황제의 목을 짓밟으며 슈트벨이 더욱 짙게 웃었다.

"어쩔 수 없었어. 저항하길래 목을 쳤을 뿐."

"슈트벨, 네가 뭘 했는지 알아?"

리즈가 떨리는 목소리로 묻자 슈트벨이 성가시다는 얼굴로 입을 열었다.

"너야말로 아무것도 몰라. 역사적 순간을 왜 기뻐하지 않지?"

옥좌에서 일어선 슈트벨의 몸에 꺼림칙한 공기가 휘감기기 시작했다.

"동생아. 기뻐해라. 새로운 신의 탄생이다."

슈트벨의 오른손에서 전류가 치솟았다. 그 손에는 『뇌제(묠니르)』가 쥐여 있었다.

그리고 반대편 손— 왼손에는 기묘한 『바람』이 소용돌이치고 있었다.

슈트벨은 바람이 휘도는 왼손을 리즈와 스카아하 쪽으로 들었다.

"『원초(데미우르고스)』의 힘만큼 멋진 건 없지. 정령검 5제도 따를 수밖에 없으니 말이야."

"설마 『풍제(간디바)』? 엇, 하지만 아바마마를 살해한 널 택할 리가……."

정령검 5제는 소지자를 주인으로 인정하지 않는 한 모습을 나타내지 않고, 억지로 발현하려고 하면 저주받는다. 그런 문장이 기록에 적혀 있었다. 그렇다면 『풍제』의 총애를 받았던 황제— 그를 살해한 슈트벨을 정령검이 택할 리가 없었다.

"확실히 어리석게도 덤벼들었지만 『원초』의 힘을 얻은 내 앞에서는 굴복할 수밖에 없어. 요컨대 강제로 사용하고 있는 상태라고 할 수 있지."

"너, 너란 사람은…… 정령한테도 의지가 있단 말이야!"

"그게 어쨌는데? 의지가 있든 없든, 결국 사람을 죽이는 도구에 불과해."

기막힘 섞인 한숨을 토한 슈트벨은 문답 무용이라는 것처럼 날카로운 안광을 번뜩였다.

"자, 너희는 어쩔 거지? 내게 붙을 거냐, 아니면 적이 될 테냐?"

"……잖아!"

"뭐라고?"

분노하여 튀어나온 리즈의 말은 슈트벨의 귀에 닿지 않았다.

"네 밑에 붙다니 죽어도 싫을 게 당연하잖아!"

형형히 빨갛게 타오르는 불길 같은 눈동자에서 쏘아진 살기가 슈트벨을 꿰뚫었다.

그러나 냉엄한 태도로 받아넘긴 슈트벨은 콧방귀를 뀌었다.

"훗, 어리석기는. 별난 털색을 지닌 들개를 주워 왔을 때도 그렇고, 너는 정말이지 황족답지 않아. 이 늙은이와 피가 이어져 있는 건 확실하지만 말이지!"

슈트벨은 황제의 목을 걷어차고 조소했다.

"늙은이가 너희 엄마를 주워 왔을 때도 그랬어. 외모밖에 볼 게 없는 가난한 귀족의 딸과 중앙 대륙의 패권을 장악한 황제의 연애는 가극이었다면 감동적으로 끝났겠지만 현실은 비참하지. 한때의 정은 그자에게 비극만을 선사할 뿐이야. 위선이 신세를 망친다는 걸 몰라."

"……."

"왜 그러지? 아무 말도 안 할 건가? 넝마처럼 죽었다고는 해도 너희 엄마야."

두 사람 사이에 침묵이 어렸다. 그러나 거기 숨어 있는 것은 분노였다.

그것을 눈치챈 슈트벨이 짙게 웃었다.

"아아…… 그런가. 미안하군. 깜빡했어."

슈트벨은 잔혹하게 비웃으며 도발을 되풀이했다.

"단순한 고기 조각— 엄마인지 아닌지 확인할 수가 없었지?"

떠들썩한 웃음이 울려 퍼졌다.

귀에 거슬리는 불쾌한 음성이 알현실에 메아리쳤다.

"으으……."

어깨를 떨고 있던 리즈는 눈물에 젖은 얼굴을 들었다.

"아아아아아!"

분노의 포효. 붉은 눈동자에 격노의 불길을 담고서 리즈가 바닥을 박찼다.

눈꼬리로 흐른 눈물이 홍염의 빛을 반사하며 후방으로 날아갔다.

힘차게 내리쳐진 『염제(레바테인)』의 붉은 칼날이 대리석을 부쉈고 격렬한 진동이 알현실을 덮쳤다.

"후우, 후우, 후우…… 어마마마를 모욕하지 마!"

화르르— 작열하는 불길이 주위에 생겨났다. 닿기만 해도 불타 문드러질 듯한 열기를 내고 있었다. 그러나 리즈의 공격을 피한 슈트벨은 즐겁게 어깨를 들썩였다.

"하! 전보다 강해졌군."

"찬탈자 슈트벨! 널 여기서 처단하겠어!"

눈물을 글썽이면서도 씩씩하게 선언한 리즈를 보고 슈트벨이 코웃음 쳤다.

"그딴 거엔 관심 없어. 옥좌를 원한다면 귀여운 동생에게 주마."

뇌격이 내달렸다. 바닥을 도려내고, 한기가 이는 파괴음과 함께 일직선으로 리즈에게 향했다.

하지만 『염제』에서 뿜어져 나온 불길이 눈 깜짝할 사이에 그것을 삼켰다.

슈트벨은 놀라지 않았다. 오히려 조소하고 있었다.

"단 한 명의 국민밖에 없는 나라여도 좋다면 네게 주겠다!"

보이지 않는 칼날이 쏘아졌다. 리즈 주위에 있는 것이 차례차례 날카로운 칼날에 베여 갔다.

"소용없어. 그런 걸로는 날 쓰러뜨릴 수 없어!"

막대한 패기를 몸에 품은 리즈의 발밑이 터졌다. 창염이 리즈를 지키듯 그녀의 몸을 휘감아 갔다. —순간, 보이지 않는 칼날을 창염이 전부 쳐 냈다.

그것이 흥미로운지 슈트벨이 눈을 가늘게 좁혔다.

"호오…… 더 깊은 경지에 도달했나."

슈트벨이 감탄한 어조로 중얼거렸다.

"그럼 다음은 내 차례군. 『원초』의 힘이 얼마나 훌륭한지 그 몸으로 직접 느껴 봐라."

슈트벨은 한 발자국 내디디려 했다. 하지만 그럴 수 없었다. 기묘하게도 발밑이 얼어붙었기 때문이다. 냉기를 풍기는 얼음에는 패기가 배어 있었다.

"날 잊어버리면 곤란해."

슈트벨의 시야 끄트머리에 스카아하가 서 있었다.

그 손에는 푸르스름한 빛을 내는 『빙제』가 쥐여 있었다.

슈트벨이 드물게도 놀라서 눈을 크게 떴다.

"네년은 뭐지? 그리고 그 창은 설마……."

"하란 스카아하 드 페르젠. 귀공에게 원한이 있는 한 사람이다."

"뭐라고? 네놈은 페르젠의—."

"그래. 귀공을 죽일 자의 이름이다."

슈트벨의 말을 자른 스카아하는 바닥을 박차고서 얼음창을 던졌다.

"뭣—?!"

강렬한 굉음을 내며 하얀 연기가 주변을 뒤덮었고, 거대한 얼음덩어리가 연기를 가로질러 나타났다.

그사이에—.

"스카아하, 발은 괜찮아?"

리즈가 걱정하며 스카아하에게 말을 건넸다.

"물론 문제는 없어. 마침내 여동생들의 원수를 갚을 수 있을 것 같으니까. 아픔 따위 날아갔어."

스카아하는 미려한 입술을 핥은 뒤, 호흡을 가다듬으며 하얀 연기를 노려보았다.

"리즈 공. 방심하지 마. 녀석은 살아 있어."

"응. 괜찮아."

두 사람이 다시 전투 자세를 잡았을 때— 돌풍이 연기를 걷어 냈다.

그곳에서 나타난 것은 상처 하나 없이 멀쩡한 슈트벨이었다.

"덤벼, 계집들. 헛된 발버둥을 내게 보여 봐라."

슈트벨은 여전히 유쾌한 태도를 보이고 있었다.

"리즈 공, 발을 묶는 건 내게 맡기고 귀공은 녀석의 숨통을 끊는 것만 염두에 둬. 난 엄호에 전념하겠어."

조금 전에는 아픔 따위 날아갔다고 강직하게 말했지만, 실제로 옆에 서서 싸운다면 발을 다친 그녀는 걸리적거릴 터였다. 그것을 알고 있는지 스카아하는 분함에 입술을 악물면서 슈트벨을 노려보고 있었다.

그래서 리즈는 아무 말 없이 『염제』를 들고 달려 나갔다.

"알겠어. 반드시 슈트벨을 쓰러뜨리겠어!"

공기를 도려내는 것처럼 리즈는 더욱 가속했다.

한순간에 거리를 좁힌 리즈는 슈트벨에게 육박하여 다리 밑으로 발을 미끄러뜨렸다.

거기서 단숨에 슈트벨의 턱으로 『염제』를 내질렀다.

"윽?!"

간신히 피하기는 했지만 리즈의 다리 후리기로 인해 슈트벨은 자세가 무너져서 바닥에 자빠졌다.

"하아아아아!"

리즈는 주먹을 내리찍었다.

슈트벨은 피하려 했으나 하반신이 얼어붙어 바닥과 일체화된 상태였다.

"칫?!"

혀를 찬 슈트벨은 버텨 주겠다는 듯이 회피 행동을 보이지 않고 입꼬리를 올렸다.

"선공은 내주지. 한 방 정도 맞아 주마."

"『염제』의 『천혜』, 기억해?"

매력적인 웃음을 흘린 리즈는 방심한 슈트벨의 강인한 몸에 격렬한 위력을 동반한 주먹을 비틀어 박았다. 충격이 관통하여 바닥이 크게 함몰되었다.

흙먼지가 일어났고 슈트벨의 얼굴이 고통에 일그러졌다.

"윽?!"

"아직 안 끝났어어어!"

추격타를 가했다. 쉴 틈도 없이 구타했다. 피가 주위로 튀어도 흉포한 주먹이 멈추는 일은 없었다. 거기에 발뒤꿈치를 슈트벨의 안면으로 내리찍었다. 뼈가 부서지는 듯한 소리와 함께 살이 터지는 것 같은 섬뜩한 소리가 울렸다.

"먼지 하나 안 남기고 전부 불태워 주겠어!"

리즈의 공격은 멈추지 않았다. 그 심상치 않은 분노에 『염제』가 호응했다.

거대한 불덩어리가 머리 위에 여럿 생겨나더니 슈트벨에게 쏟아졌다.

알현실이 붕괴할 정도로 격렬한 흔들림이 발생했다.

그때쯤 리즈는 거리를 둬서 활활 타오르는 불바다를 멀찍이 바라보고 있었다.

천장에서 먼지가 떨어지는 가운데— 갑자기 바람이 불었다.

"리즈 공!"

스카아하의 외침이 들렸을 때—.

"엇— 윽?!"

리즈는 한순간 의식이 날아갔다.

"아, 커헉—?!"

정신을 차렸을 때는 잔해 속에 묻혀 있었다.

입안에 퍼지는 쇠맛을 느낀 리즈는 토혈하여 바닥을 드문드문 빨갛게 물들였다.

"리즈 공, 괜찮은가? 정신 차려!"

스카아하가 어깨를 흔들었다.

"괘, 괜찮아…… 하지만 대체 무슨 일이……?"

비틀비틀 일어나 전방을 응시하자 무언가가 서 있었다.

온몸에 화상을 입은 거한이 충혈된 눈으로 리즈를 노려보고 있었다.

"계집이…… 나대지 마라."

그것이 누구인지 이해하는 데 몇 초의 시간이 필요했다.

그 피부는 마족처럼 짙은 보라색이었고, 머리카락은 눈처럼 새하얬으며, 눈동자는 형형히 빨갛게 빛났다. 우람한 근골의 육체는 팽창을 시작하고 있었다.

꺼림칙한 패기가 마력에 뒤섞여 무시무시한 박력을 자아냈다. 조금 전과는 딴판인 모습— 겉모습조차 변모한 슈트벨을 보고 리즈의 등골이 오싹해졌다.

"슈트벨…… 너 뭘 한 거야?"

"이것이 『원초』의 힘! 이것이 1000년 전 세계를 **혼돈**에 빠뜨렸던 왕의 힘이다!"

"으윽……."

단 한 번 소리쳤을 뿐인데 정신이 아득해질 정도의 패기가 날아왔다.

"하하! 이제 막 힘의 사용법을 알게 된 계집들에게는 괴롭겠지."

슈트벨이 천천히 발을 내디뎠다. 그것만으로도 그 주위의 공기가 일그러졌다.

다시 한 걸음 앞으로 나아가자 공간이 찢어지는 듯한 소리가 울렸다.

다시 한 걸음 앞으로 나아가자 바닥이 부서지며 잔해가 모래알로 바뀌었다.

"『원초』의 힘에 더해 정령검 5제 『뇌제』와 『풍제』의 힘도 있어."

슈트벨의 얼굴이 희색으로 물들었다.

"이 정도 힘이 갖춰지면 혼자서 나라를 멸망시키는 것도 가능해."

불길한 바람이 소용돌이치더니 전격을 끌어들이고 패기를 먹어 치우며 팽창해 갔다.

"우선은 네년들을 죽이고 대제도에 사는 국민을 한 명도 남김없이 유린해 주지."

그에게서 뿜어져 나온 살기를 이를 악물고 버틴 리즈는 철저히 깔보는 태도로 도발적으로 웃었다.

"우물 안 개구리네. 너 정도 남자는 어디든 있어."

"말 잘했어. 그래야 리즈 공이지. 저런 건 겉모습만 그럴듯할 뿐이야."

스카아하가 동조하여 바보 취급하는 눈으로 슈트벨을 흘겨보았다.

"훗…… 좋을 대로 짖어 대라, 암캐들아."

슈트벨은 여유로운 동작으로 리즈와 스카아하를 향해 걸어왔다.

"잘 들어, 리즈 공. 녀석의 속도는 너무나도 빨라."

"응…… 게다가 완력도 나보다 더 센 것 같아."

리즈는 입가에 흐르는 피를 손등으로 닦으며 스카아하에게 동의했다.

"리즈 공, 체면 차리지 말고 전력으로 가지."

거듭된 전투로 두 사람의 몸은 비명을 지르고 있었다. 무엇보다 체력도 그다지 남아 있지 않았다. 하지만 전력으로 임하지 않으면 슈트벨에게 살해당할 것이다.

"모양 빠지는 싸움이어도 상관없어. 이기면 충신이라는 말도 있잖아?"

"……알겠어."

"그럼— 가자!"

두 사람은 동시에 달려 나갔다.

불길이 시야를 뒤덮었다. 그것이 바람에 쓸려간 뒤에는 얼음창이 쏟아졌다. 슈트벨의 생사를 확인하고 있을 틈은 없었다. 그럴 여유는 없지만, 두 사람은 전력으로 공격했다.

거리를 좁히자 얼음창에 꿰뚫린 슈트벨이 모습을 나타냈고 리즈가 즉각 『염제』를 배에 찔러 내부에서 폭파시켰다.

"쿨럭?!"

내장이 타며 슈트벨의 입에서 회색 연기와 함께 선혈이 튀었다. 천장을 향해 턱을 벌린 슈트벨의 얼굴에 그림자가 드리워졌다.

"뜨겁지? 지금 당장 식혀 주겠어."

힘차게 활공해 다가온 스카아하의 손에 들려 있던 『빙제』가 슈트벨의 목을 꿰뚫었다.

그러는 동안 배후로 돌아든 리즈가 슈트벨의 팔을 힘껏 잘라 냈고, 그 기세를 몰아 몸을 회전시킨 충격을 이용해 붉은 칼날을 다리에 박아 넣었다.

쓰러지는 슈트벨의 거구를 보고 도약한 스카아하가 『빙제』를 등 뒤로 돌려 잡고서 패기를 폭발시켰다.

"리즈 공! 떨어져!"

—신천(마하).

바람을 베는 무시무시한 소리를 내며 『빙제』가 슈트벨에게 돌격했다.

눈 깜짝할 사이에 바람구멍이 뚫린 거구가 얼음에 뒤덮였다. 영도의 얼음덩어리에서 생겨난 흰 연기가 바닥을 미끄러지듯 흘러갔다. 하지만 쩌적— 하고 금이 갔다. 얼음 세계에 갇힌 슈트벨의 눈이 기분 나쁘게 번뜩였다.

그리고—.

"계집들이……."

슈트벨의 온몸에서 전격이 뿜어져 나왔다. 보이지 않는 칼날이 사방팔방에 쏟아졌다.

그것을 리즈와 스카아하가 피하는 동안, 슈트벨의 상처가 수복되었다.

"소용없다는 걸 모르는 건가."

『뇌제』가 내리쳐졌다. 단 한 번 휘둘렀는데도 지면이 갈라지고 벽에 무수한 균열이 생겼다.

『풍제』가 바람을 일으키자 보이지 않는 칼날이 휘몰아쳤다. 바닥, 천장, 기둥에 상처를 만들며 종횡무진 날뛰었다. 그러나 리즈와 스카아하는 겁먹지 않고 슈트벨이 펼친 공격의 폭풍을 피하고서 다시 달려들었다.

"미안하지만 질렀다."

슈트벨은 손을 버려 『염제』를 막아 내고, 팔을 버려 『빙제』를 막아 냈다.

선혈이 뿜어져 나와도 통증을 느끼지 않는지 그 얼굴에는 아무런 감개도 떠올라 있지 않았다.

"으윽?!"

슈트벨은 깜짝 놀라는 리즈의 턱을 잡아서 들어 올리고 바닥에 떨어진 『염제』를 짓밟았다.

그리고 허공에 떠올라 있던 스카아하의 발을 붙잡아 바닥에 내동댕이쳤다.

"아윽?!"

격통에 괴로워하는 스카아하를 내려다본 슈트벨은 일어나려 하는 그녀의 등에 발을 내리찍었다. 거기에는 뼈를 부술 정도의 위력이 담겨 있었다.

"아악!"

가느다란 몸이 구부러지며 입에서 대량의 피가 토해졌다.

"네년은 분명 스카아하라고 했지…… 페르젠 왕가의 생존자군."

"그, 그렇다면…… 어쩔 거지……?"

"여동생들과는 재회했나 싶어서 말이야."

목을 보내 줬잖아? 하고 슈트벨이 즐겁게 목을 울렸다.

"네, 네놈!"

"닥쳐, 암캐."

"……쿨럭!"

스카아하는 격정에 사로잡혔으나 재차 가해지는 슈트벨의 공격을 받고 침묵했다. 그런데도 만족하지 못했는지 슈트벨은 정신을 잃은 스카아하의 발을 붙잡았다.

"리즈, 이 암캐는 죽을 텐데 상관없나?"

사지를 축 늘어뜨린 스카아하가 들어 올려지자 입에서 흘러나온 물방울이 바닥에 피 웅덩이를 만들었다.

"흐그으으?!"

턱을 붙잡힌 상태여서야 목소리를 낼 수 없었다. 리즈는 눈꼬리에 눈물을 매달고서 슈트벨의 팔을 필사적으로 때리며 저항을 나타냈다. 모기에 물린 것만도 못하다며 슈트벨은 코웃음 쳤다.

"죽이지 않길 원하나?"

"으으, 므그으?!"

당연하다며 리즈의 눈동자가 호소했다. 몇 번이고 턱을 움직이려 하고 있었다.

"알겠다."

그런 그녀에게 슈트벨은 상냥하면서도 잔혹하게 웃었다.

"그럼 둘 다 죽이지."

"읏?!"

그리고 기둥을 향해 스카아하를 힘껏 던져 버리고서 그대로 리즈의 얼굴을 바닥에 내동댕이쳤다.

요란한 소리를 내며 기둥 두 개를 관통한 스카아하는 잔해 속으로 사라지며 모래 먼지에 휩싸였다. 바닥에 내동댕이쳐진 리즈 역시 꿈쩍도 하지 않았다. 천천히 흘러나온 피가 퍼질 뿐이었다.

—정적.

알현실은 다시 고요함에 휩싸여 갔다.

슈트벨은 『염제』에서 발을 떼고 칼자루를 움켜쥐어 천장을 향해 들어 올렸다.

"네놈도 내 검이 되는 거다. 초대 황제가 애용했던 검이 마침내 내 손에……."

저항을 나타내듯 『염제』에서 붉은빛이 흘러나왔으나 슈트벨은 황홀한 얼굴로 입을 벌렸다. 깨물어 부수고 자신의 몸에 집어넣어서 힘을 삼키려는 것이었다.

하지만 직전에 슈트벨의 몸이 기울어지며 바닥에 쓰러졌다.

그러면서 『염제』를 놓쳐 버려서 황급히 손을 뻗었다.

"윽?!"

그러나 잡을 수 없었다.

측면에서 뻗어 나온 손에 팔이 붙잡혔기 때문이다.

나무가 꺾이는 것 같은 섬뜩한 소리— 팔뼈가 분쇄되는 소리가 알현실에 메아리쳤다.

"……짐(나)의 『염제(레바테인)』에게 뭐 하는 거지?"

온몸에서 창염을 피어 올리며 리즈가 강렬한 안광으로 슈트벨을 노려보고 있었다.

"그렇게나 공격받고도 살아— 윽?!"

슈트벨은 일어서려고 했으나, 다리가 부러졌음을 겨우 알아차린 모양이었다. 그래서 바닥에 쓰러진 것임을 슈트벨이 깨달았을 때— 격통이 온몸을 덮쳤다.

"뭣, 으오?!"

리즈에게 붙잡힌 팔과 다리가 재생하지 않았다.

자세히 보니 파란 멍이 생겨 있었다.

"이, 이건 뭐야……?"

멍이 옅어지자 상처 수복이 시작되었다.

아픔이 누그러지면서 슈트벨은 사고에 여유를 가질 수 있게 되었다.

"리즈…… 너, 내게 무슨 짓을—!"

슈트벨이 눈썹을 찡그렸을 때— 안면이 터졌다.

이어서 창염이 슈트벨의 얼굴을 뒤덮었다.

"아아아아아아아아악!"

"……."

격통에 바닥을 데굴데굴 구르는 슈트벨 옆에서 리즈는 조용히 『염제』를 회수했다.

괴로워 신음하는 슈트벨의 등을 겨눈 리즈가 팔을 치켜들었다.

하지만 위험을 감지한 『뇌제』가 무시무시한 뇌격을 쏘아 리즈를 날려 버렸다.

기둥과 격돌한 리즈는 정신을 잃었는지 주르륵 미끄러지더니 바닥에 쓰러졌다.

"젠장! 젠장! 통증이 가시질 않아. 상처가 수복되지 않아. 어떻게 된 거야?!"

아우성치던 슈트벨은 문득 발밑으로 시선을 떨어뜨리고 어떤 사실을 알아차렸다.

대리석에 비친 자신의 얼굴 전체에 화상이 퍼져 있었다.

이해할 수 없다며 슈트벨은 눈을 동그랗게 떴다.

그때— 발소리가 알현실에 울려 퍼졌다.

"……어중이떠중이들이 꼬리에 꼬리를 물고. 소용없다는 걸 모르나."

욱신거리는 상처를 누르면서 소리의 발생원을 향해 증오스런 눈길을 보냈다.

그곳에는 온화한 얼굴의 흑발·흑안 소년이 여유롭게 서 있었다.

소년은—.

"당신은 죽이겠어."

—사납게 웃었다.

*****

예상 밖이었다.

자신의 예상을 아득히 뛰어넘은 결과에 동요를 감출 수 없었다.

처음에는 순조로웠다. 리즈를 옥좌에 앉히는 계획은 순조롭게 진행되고 있었다.

슈트벨이 황위 계승권을 포기, 크로네 가문이 반란을 일으켜 대제도에 위기가 닥쳤다.

대강 예상했던 전개— 그 뒤로는 황제의 죽음으로 계획이 완성되었을 터였다.

슈트벨을 찬탈자로 만들고, 리즈가 그를 토벌하게 해서 귀족의 지지를 얻는다.

새로운 힘에 눈뜬 리즈라면 가능할 거라고 생각했다. 보험으로 스카아하를 붙인 것도 틀린 일은 아니었으리라. 하지만— 마지막에 와서 틀어져 버렸다.

"……이럴 줄 알았으면 나도 같이 왔어야 했는데."

"뭘 혼자서 중얼거리는 거지?"

슈트벨이 충혈된 눈으로 히로를 보았다.

완전히 변해 버린 용모에 히로는 낙담의 한숨을 쉬었다.

"내가 있었다면…… 그녀들이 상처 입을 일은 없었어. 당신 같은 어리석은 인간한테 상처 입을 일은 없었다고."

어둠을 들키는 것을 두려워하지 말고 그녀들과 함께 싸웠다면 결과는 달랐으리라.

이것은 나약한 마음이 불러온 결과였다. 좀 더 냉혹하게 대처했어야 했다.

"그날부터 나는 후회뿐이야……."

히로의 손에 있는 『천제』가 백은빛을 잃고 검게 침체되기 시작했다.

창문도 열려 있지 않은데 거친 바람이 불었다.

분노를 품은 『흑춘희』 자락이 세차게 휘날렸다.

"네놈은…… 뭐지?"

상처를 달래는 것처럼 손으로 얼굴을 덮어 가리며 슈트벨이 말했다.

그 동작을 보고 히로는 희열에 입가를 꺼림칙하게 일그러뜨렸다.

"유감스럽게도 그 상처가 나을 일은 없어."

"……무슨 뜻이냐?"

미카엘
"『염제』의 『천혜』— 『정화(淨化)』야."

침묵. 한 박자 간격을 두고서 슈트벨이 입을 열었다.

"……무슨 바보 같은 소리지? 『염제』는 『괴력』일 텐데."

"1000년 전, 초대 황제 알티우스는 뭘 상대로 싸웠는지 떠

올려 봐."

"……그런 건 누구나 아는— 읏?!"

슈트벨이 경악하여 몸을 떨었다. 이해의 빛이 눈동자를 스쳤다.

그 무지함에 어이가 없어서 히로는 어깨를 으쓱였다.

"왜 그가 『염제』를 애용했는지 그 이유를 알았어?"

그렇다면—.

"마(魔)를 집어삼킨 당신에게는 영원한 고통이 되어 치료될 일은 없어."

히로는 『천제』의 칼자루를 움켜쥐고 가슴 높이까지 들어 올렸다.

"자— 이야기는 끝이야."

히로는 얼굴의 왼쪽 절반을 덮은 안대를 망설이지도 않고 잡아뗐다.

그 밑에서 나타난 것은 불길한 빛이 흐르는 왼쪽 눈동자였다.

두근— 왼쪽 눈동자가 약동했다.

암흑 속에서도 반짝이는 그 눈동자는 일반인이 가질 수 없는 것.

무시무시한 색소로 칠해진 안구는 인간이 가질 수 없는 것.

그것을 일찍이 사람들은 외경의 마음을 담아 이렇게 불렀다.

우라노스
—『천정안(天精眼)』.

그것은 영웅의 증거이자 왕의 눈으로 칭송받았다.

1000년이 지난 지금도 세계 3대 비안 중 하나로 구전되고 있었다.

“전력을 다하겠어. 봐줄 필요는 없지?”

히로는 오감을 곤두세우고 스카아하와 리즈가 쓰러진 곳을 힐끗 보았다.

“지금이라면 리즈와 스카아하에게 들킬 일은 없을 것 같네.”

사나운 투기가 히로의 몸에서 일어났다.

거기에 패기가 합쳐지면서 짙게 변화를 이루어 공간을 압박해 갔다.

그리고—.

“눈뜰 때가 왔어.”

검게 침체된 『천제』를 향해 히로는 중얼거렸다.

한없이 다정한 음성으로, 한없이 투명한 음성으로 속삭였다.

다음 순간, 칼끝부터 손잡이까지 순서대로— 갈라졌다. 찢어졌다. 부서졌다.

오래된 허물을 벗는 것처럼 파편이 부슬부슬 바닥으로 떨어지더니 그대로 튕기며 사라졌다.

백(白)에서 흑(黑)으로 변질— 운명에서 도망치는 죄인 같은 변모를 이루었다.

다인슬레이프
“전부 먹어 치워, 『명제(冥帝)』.”

세계에— 깊은 어둠이 찾아왔다.

빛 따위 일절 닿지 않았다. 퍼지는 것은 절망과 갈망.

슈트벨은 세계의 이변을 멍하니 바라보았다. 그 앞에는 히로가 태연자약하게 서 있었다.

아까와 다를 바 없는 자연스런 모습. 그래도 한 가지 변화가 찾아와 있었다.

백은색 검이 사라진 히로의 손에는 흑도(黑刀) 한 자루가 쥐여 있었다.

칼날도, 칼자루도, 칼코등이도, 모든 것이 검정— 어둠을 구현한 듯한 칠흑이었다.

"크크…… 핫하하하!"

그 웃음소리는 히로가 아니라— 슈트벨이 낸 것이었다.

"웃기는 점이라도 있어?"

히로의 물음에 슈트벨의 입꼬리가 찢어질 만큼 올라갔다.

"그 『기척』은 느낀 적이 있다."

슈트벨이 오른손에 『뇌제(뮬니르)』를, 왼손에 『풍제(간디바)』를 들고서 전투 자세를 취했다.

"역시 네놈도 나와 마찬가지로 『원초(데미우르고스)』의 힘을 집어삼킨 모양이군!"

그 말은 치명적이었다. 소년의 신경을 건드리는 단어였다.

잠잠히— 차가운 물이 덮이듯 세계에서 소리가 사라졌다.

그리고…… 그리고…… 그리고…….

공기가 울었다. 울부짖었다.

압력을 견디지 못하고, 살의에 찢기고, 위엄에 삼켜졌다.

"그 이름을 입에 담다니, 겁이 없다는 건 무섭네—."

싸늘할 만큼 차가운 어둠 속에서 『천정안』이 형형히 꿈틀거렸다. 바람이 없는데도 『흑춘희』 자락이 분노를 억제할 수 없다는 듯이 공기를 몇 번이고 때렸다.

"—잔챙이가 재잘대지 마. 그 허상으로 죽여 줄까?"

껍질이 벗겨져 갔다. 소년은 누구에게도 보인 적 없는 어둠의 한 부분을 드러냈다.

"날 죽일 생각이라면 해 봐라!"

기뻐하며 날아든 슈트벨이 『뇌제』를 내리쳤다.

그러나 그 앞에 히로의 모습은 없었고, 전투 도끼는 바닥을 격렬하게 때려 부술 뿐이었다.

"그 힘을 내가 시험해 보겠다!"

날아오르는 모래 먼지 속에 어른거리는 히로의 모습을 포착한 슈트벨은 마치 작은 나뭇가지처럼 가뿐하게 『뇌제』를 휘둘렀다. 전격을 휘감은 도끼가 정확한 궤도를 그리며 히로에게 육박했다. 히로는 꿈쩍도 하지 않고서 그저 『명제』를 쥔 팔을 들었다.

격돌— 세찬 불꽃을 튀기며 두 날붙이가 맞부딪쳤다. 새된 비명처럼 귀청을 찢는 절규가 알현실에 울려 퍼졌다. 몸이 날아갈 정도의 격렬한 바람이 가차 없이 사방으로 흩날리는 가운데, 전격이 솟구치고 바람을 울리며 칼날이 되어 히로에게 달려들었다.

"느리네. **다 보여.**"

히로는 한 걸음 뒤로 물러나서 놀랍게도 모든 공격을 피했다.

목을 틀고, 발을 앞으로, 손을 휘두르고, 어깨를 젖히고, 가벼운 동작으로 움직이며 피해 버렸다.

"호오! 꽤 하잖아!"

슈트벨은 희색으로 얼굴을 물들였지만 거기에는 다 숨기지 못한 경악이 있었다.

그래도 숨 쉴 틈도 없이 히로를 공격했다.

두 사람 사이에 무수한 불꽃이 튀었다.

1합, 2합, 3합— 영원과도 가까운 참격의 응수가 반복되었다.

"아직이다! 나는 앞으로 나아갈 수 있어! 네놈을 죽이고 한 층 더 높은 경지로!"

흥분이 전투 의욕을 높여 갔다. 격노가 근육을 팽창시켰고 패기가 무한한 체력을 만들어 냈다. 슈트벨의 몸에 금제 같은 복잡한 문양이 떠오르기 시작했다.

성장, 진화, 개화. 히로라는 호적수와의 싸움으로 슈트벨의 몸이 전투에 가장 적합한 육체로 변화를 이루려 하고 있었다.

"칫."

히로는 예리한 표정 속에 처음으로 초조의 색을 드러냈다.

크게 휘둘러진 전투 도끼를 피하고, 피부를 가르려 하는 바람의 칼날을 튕기고, 발을 노리고 쏘아진 전격을 검을 휘둘러 떨쳐 낸 뒤, 허공을 박차서 후방으로 도약했다.

그리고—.

"이봐, 제4황자. 즐겁다는 생각 안 드나? 서로의 목숨을 깎는 싸움에야말로 경지가 있다고, 그렇게 생각하지 않나?"

거리를 둔 히로에게 날카로운 안광이 꽂혀 들었다. 슈트벨이 즐겁게 어깨를 들썩이고 있었다. 한없이 오만하게 웃으며 섬뜩할 만큼 입꼬리를 올렸다. 이미 인간이라고는 도저히 생각할 수 없을 정도로 꺼림칙한 얼굴이었다.

"방해하는 자는 한 명도 남김없이 유린하고, 최후에는 내가 하늘에 서는 거다."

"당신 정도로는 하늘에 설 수 없어— 아니, 내가 세우지 않아."

어깨를 으쓱인 히로는 기막히다는 얼굴로 탄식했다.

"하늘에 설 수 있는 건 한 사람뿐. 당신은 아니야."

"뭐라고?"

슈트벨이 눈썹을 찌푸렸다. 그에 반해 히로는 담담히 입가를 끌어올렸다.

그 검은 눈동자에 깃든 것은 살기 같은 단순한 것이 아니었다.

온몸의 털이 곤두설 정도의 살의가 담긴 안광이 슈트벨을 꿰뚫었다.

"—내가 하늘을 먹어 치우겠어."

눈동자에 깊은 어둠을 내포하고서, 예리한 날붙이처럼 날카로운 전기(戰氣)를 온몸에서 내뿜었다.

"다시 태양이 떠오를 그 날까지 누구에게도 하늘은 넘기지 않아."

히로는 『명제』를 수평으로 들고 슈트벨에게 칼끝을 겨눴다.

"모든 생명은 동등하게 허무에 이끌리지."

슈바르츠발트
—명경시수(冥鏡屍水).

변화는 찾아오지 않았다.

다만 공기의 위압감이 증가했다.

눈앞에는 조금 전과 마찬가지로 여유롭게 소년이 서 있을 뿐.

거리도 있었다. 그렇기에 슈트벨은 긴장을 풀고 있었다.

그 순간—.

"뭐야?!"

슈트벨의 가슴에서 피가 튀어 공중으로 흩뿌려졌다. 흩날리는 선혈을 바라보며 슈트벨이 바닥에 한쪽 무릎을 꿇었다. 영문을 알 수 없다면서 그 표정은 곤혹을 이야기하고 있었다.

"무슨 짓을 한 거야아아아!"

격노가 토해졌다. 공간을 뒤흔들 정도로 분노에 찬 포효가 울렸다.

상처가 수복되지 않았다. 리즈에게 받은 상처와 똑같이 슈트벨의 몸에 이변이 찾아와 있었다. 분노가 아픔을 덮어 버렸는지 슈트벨은 격분으로 물든 얼굴을 하고서 바닥에 피를 퍼뜨리며 일어섰다.

"으아아아아아아!"

짐승처럼 포효한 슈트벨이 맹렬한 기세로 히로에게 돌격했다.

전격이 날뛰고, 바람의 칼날이 가차 없이 주변을 난도질했다. 슈트벨은 방대한 마력을 내뿜으며 압도적인 무위를 나타냈다.

그에 반해 히로는 조용히 눈을 감고 숨죽인 채 어둠 속에 가만히 서 있었다.

그 얼굴에는 감정이라고 해야 할 것이 존재하지 않았다.

있는 것은— 무(無). 초조도 분노도 패기조차도 없었다.

그저 이마에 대량의 비지땀이 맺혀 있을 뿐이었다.

“아직 힘을 완전히 다룰 수 없는 모양이야. 이성을 잃으면 짐승과 다를 바 없어.”

히로는 『명제』의 칼날에 손을 얹고서 허리를 낮추고 발도 자세를 취했다.

“그럼 나중에 성가시지 않기 위해서도 여기서 처리하도록 하겠어.”

—그렇게 선언했을 때였다.

딸랑, 어디선가 방울 소리가 울려 퍼졌다.

아주 잠깐, 소리에 정신을 빼앗겼다.

곧장 시선을 돌렸지만 히로 앞에 있던 슈트벨의 모습은 사라진 상태였다.

“저주받은 왕검 『명제(다인슬레이프)』.”

딸랑, 조금 전보다도 크게 방울 소리가 공기에 전파되었다.

히로 주위에 있던 어둠이 걷히더니 종이 꽃가루처럼 분해되어 바람에 쓸려 갔다.

"비극의 왕검『명제』."

딸랑, 방울 소리가 울리며 히로의 몸을 휘감고 구속했다. 보이지 않는 사슬이 바이스처럼 몸을 조여 왔다.

"……누구지?"

히로는 사지에 힘을 주어 보이지 않는 사슬을 파괴하고 분노를 응축한 시선으로 주위를 바라봤다.

그러다 이윽고 어떤 장소에 눈을 멈췄다. 그곳에는 슈트벨이 쓰러져 있었다.

그것을 내려다보듯이 후드를 뒤집어쓴 성별 불명의 인물이 서 있었다.

"『왕』이시여, 화를 가라앉혀 주십시오."

높지도 않고 낮지도 않았다. 중성적인 음성을 자아낸 인물은 아무것도 없는 공간으로 손을 뻗었다. 소매에 가려져 있던 손등이 바깥으로 나오면서 파란 결정석이 모습을 드러냈다.

그 결정석은 점차 빛을 띠다가 한층 큰 빛을 내며 주위로 확산되었다.

"그는 아직 살려 두셨으면 좋겠습니다. 모처럼 힘을 삼켰는데 아깝지 않습니까?"

빛이 모여들자 손에 석장(錫杖)이 나타났고, 후드 쓴 인물은 그것을 바닥에 꽂았다.

"넌 뭐지?"

"어라, 저번에도 말씀드리지 않았습니까. 『무명』이고 이장족(알브)입니다."

그는 그렇게 말하며 후드에 양손을 대고— 귀를 표현하는 것인지 검지를 펴고서 말했다.

"그래서 교섭을 하고 싶습니다만……?"

"소용없어. 슈트벨은 여기서 죽일 거야."

히로는 한순간에 거리를 좁혀 『무명』을 공격했다.

몸에 칼날이 파고들었다. 요란하게 피가— 튀었어야 했다.

그러나 『무명』의 모습은 환영처럼 일렁이나 싶더니 사라졌다.

"지금의 당신은 호전적이군요. 아니, 본래 모습이라고 하는 편이 좋을까요?"

등 뒤에서 들린 목소리에 반응하여 돌아보자 『무명』은 옥좌에 앉아 있었다.

그 발밑에는 슈트벨이 누워 있었다.

팔걸이에 팔을 걸친 『무명』은 손가락 두 개를 세워서 히로에게 보였다.

"두 가지. 『왕』에게 유익한 정보를 제공하겠습니다. 그러니 못 본 척 넘어가 주시지 않겠습니까?"

그 제안에 히로는 허리에 손을 얹고 크게 숨을 토해 내며 비웃었다.

"……좋아. 정보를 받도록 할까."

일단 상대의 권유를 받아들이기로 했다. 유익한 정보를 손에 넣은 후에 말살하면 문제없다고 판단한 것이다. 그러자 이장족의 입가가 희열에 일그러졌다.

"그럼 첫 번째— 저는 『흑사향(오르쿠스)』과 협력 관계를 맺고 있는데, 그들은 『아버지』의 부활을 바라고 있습니다. 슈트벨 전하가 이런 모습이 된 것도 그 일환이죠. 굉장하답니다. 그들은 어디에나 있으면서 어디에도 없으니 붙잡을 수가 없어요."

이장족이 즐겁게 목을 떨면서 말을 이었다.

"두 번째— 제가 소속된 진영은 여섯 나라입니다만, 머지않아 그란츠 대제국에 대규모 침공을 개시할 겁니다. 덧붙여 말씀드리자면 슈트벨 제1황자가 이 나라를 팔아 버린 거라서……. 부모는 고를 수 없다고들 하지만, 자식도 고를 수 없으니까요. 이에 관해서는 불쌍하리만큼 동정합니다."

어떻습니까— 하고 양팔을 펼치며 『무명』이 자랑스럽게 말했다.

"다른 정보는 없는 건가?"

"예, 없습니다. 전해야 할 것은 모두 전했습니다."

그렇다면 볼일은 없다. 히로는 공격하고자 어깨를 움직였다.

"괜찮으신 겁니까? 초대 황제 폐하의 옥좌가 부서질 텐데요?"

우뚝— 히로의 손이 멈췄다.

간단히 공격을 멈춘 히로를 보고 『무명』이 정말로 재미있다는 듯이 웃었다.

"부술 수 없겠죠. 어떤 재질로 만들어졌는지 짐작도 안 가지만, 1000년이나 썩지 않고 이곳에 군림한 옥좌를 부수다니, 『왕』이 할 수 있을 리가 없어요.”

음란한 손짓으로 팔걸이를 쓰다듬으며 『무명』은 일어섰다.

“『왕』이시여, 상냥한 당신에게 한 가지 충고하겠습니다.”

우아한 동작으로 허리를 숙인 『무명』은 슈트벨의 목덜미를 잡아서 들어 올렸다.

“진짜 적은 눈에 보이지 않는 법. 어둠 속에 숨어 사냥감이 약해지기를 담담히 기다리는 법입니다. 왜, 이런 말이 있지 않습니까. 진짜 적은 뒤에서 나타난다.”

“그걸 따지자면 『정의의 편은 뒤에서 나타난다』 아닐까.”

“……그랬던가요? 뭐, 어느 쪽이든 상관없지 않습니까.”

“즉, 여기에 이르기까지 전부 누군가가 계획한 일이라는 건가?”

“글쎄, 어떨까요. 언젠가 알게 되실 겁니다.”

『무명』이 석장으로 바닥을 때리자 딸랑, 하고 방울 소리가 세계를 진동시켰다.

“그럼 또 뵙지요. 그란츠 대제국이 붕괴된 후에 말입니다.”

공기가 소용돌이치며 어둠을 삼켰고, 커다란 균열이 공간에 생겨났다.

“후후, 안녕히—.”

—『흑진왕(黑辰王)』.

기묘한 대사를 남긴 『무명』은 슈트벨과 함께 모습을 감춰 버렸다.

정적. 남은 것은 고독을 좀먹는 슬픈 공기였다.

그러나 그것도 어수선한 발소리가 복도에서 울리며 깨지고 말았다.

"생존자를 찾아내라! 경계를 게을리하지 마라! 적이 숨어 있을지도 모른다!"

배후에서 가더의 목소리가 울렸다. 그것을 시작으로 병사들이 속속 홀로 들어왔고, 주위는 단숨에 소란으로 가득 차게 되었다.

"리즈 누님?! 스카아하 씨?! 의무병! 당장 두 사람을 치료해!"

히로가 계속 서 있으니 눈앞에 한 소녀가 나타났다.

"……히로, 다친 덴 없어?"

아우라가 걱정스럽게 히로의 얼굴을 들여다보았다.

하지만 그녀의 목소리는 닿지 않았다.

히로의 머릿속에는 어떤 단어만이 소용돌이치고 있었다.

—『흑진왕』.

일찍이 세계에 **공포**를 만연시킨『왕』의 이름이었다.

에필로그

온화한 바람이 불고 있었다. 북방과 비교하면 따뜻한 바람이라 추위는 느껴지지 않았다.

구름에 숨은 달에서 시선을 떼고 암흑에 휩싸인 대도시를 바라보았다.

이곳은 그란츠 대제국의 수도 클라디우스에서 1셀 떨어진 곳에 있는 높직한 언덕 위— 한 인물을 선두로 4천의 군세가 숨죽인 채 정렬해 있었다.

"끝났나 보네."

하얀 숨을 토한 셀레네 제2황자는 미소를 지었다.

"『왕』의 각성은 세계에 무엇을 가져올지……."

즐겁게 웃으며 입가에 손을 댄 셀레네 제2황자는 시선을 아래로 내렸다.

"무슨 일 있어? 도리쿠스."

"기리시 재상님의 안부가 걱정됩니다."

도리쿠스는 분하다는 얼굴로 땅에 주먹을 내리치고서 대제도를 보았다.

참 충성스럽다고 생각하며 셀레네는 어깨를 으쓱였다.

"그 사람이라면 살아남았어. 곧 모습을 나타낼 거야. 뱀처럼 끈질긴 사람이니까."

셀레네가 그렇게 말하며 다시 웃었다.

"급보! 급보입니다!"

그때, 숨을 헐떡이며 전령이 셀레네 앞으로 달려왔다.

"여섯 나라가 진격! 여섯 나라가 서방을 향해 진격을 개시했습니다!"

"뭐……."

도리쿠스가 놀람과 절망에 얼굴이 창백해져서 몸을 일으켰다.

설마 이런 때 공격해 올 줄이야. 마치 가늠했던 것처럼 재빠른 움직임이었다.

"수는?"

"10만! 10만입니다! 하지만 여전히 합류하는 병사가 끊이질 않아서 얼마나 불어날지 알 수 없습니다!"

조용히 눈을 감은 셀레네는 눈썹을 찡그리고 신음했다.

"산 넘어 산이네. 황제를 잃은 이 나라가 뭘 할 수 있을까……."

다시 눈을 뜬 셀레네는 머리 위로 손을 들어 달을 향해 뻗었다.

"자— 당신은 어떤 선택지를 고르려나."

셀레네는 수려한 얼굴에 웃음을 띄웠다.

"……흑진왕님."

제국력 1024년 1월 1일— 혼돈의 해가 막을 열었다.

■작가 후기

『신화 전설이 된 영웅의 이세계담 5』를 구매해 주셔서 감사합니다.

전권부터 이어서 읽어 주신 분, 다시 뵙게 되어 기쁘게 생각합니다.

이번 권은 즐겁게 읽으셨나요? 만약 재미있게 읽었다는 분이 계신다면 저는 기뻐서 창문 밖을 향해 소리치고 말 겁니다. 새벽 2시 정도에 달을 향해 부르짖을지도 모릅니다.

그런 민폐 행위는 제쳐 놓고, 이번 권은 여러 가지 의미에서 원점으로 돌아가는 한 권입니다.

인물, 이야기, 전투, 설정, 표지 등등 다양한 것이 원점으로 돌아갔습니다.

이야기에 관해 말하자면 이번 권부터 크게 움직이고 있는데, 다음 권은 더욱 노도 같은 기세로 진행할 예정이니 히로의 과거, 그 변모와 함께 즐겨 주셨으면 좋겠습니다.

그리고 조금 전 언급한 『표지』 말입니다만, 히로가 굉장히 멋있어요.

하지만 그 이상으로 늠름하면서도 아름다운 리즈의 모습이 독자님의 눈동자에 새겨졌겠지요.

특히 리즈의 허벅지가! 허벅지가! 액자에 넣어서 장식하고 싶어요!

리즈의 인기가 더욱 급상승할 것이 틀림없습니다. 히로에게 지지 않을 정도로 팬이 생길 것이 분명해요. 그리고 클라우디아가 꽤— 여러분이 깜짝 놀랄 만큼 인기를 자랑하기도 합니다. 그녀를 스카아하 씨가 맹추격하고 있죠. 참고로 제 주변에서 캐릭터 인기 순위 1위는 아우라였습니다.

앞으로 어떻게 될지는 모르지만 언젠가 또 독자 여러분께 보고하고 싶습니다.

그럼 감사 인사를 드리겠습니다.

미유키 루리아 님, 언제나 러프가 오기를 고대하고 있습니다. 그리고 기대를 배신하지 않는 그 미려한 일러스트는 제 치유제가 되고 있습니다.

담당 편집자 S님, 매 권마다 폐를 끼쳐서 죄송합니다. 다음 권에는 꼭, 다음 권에는 꼭, 하고 마음에 새겨 두고 있으니 앞으로도 잘 부탁드립니다.

편집부 여러분, 교정자분, 디자이너분, 본 작품과 연관된 관계자 여러분, 이 작품이 완성된 것은 여러분이 조력해 주신 덕분입니다. 정말로 고맙습니다.

동료분들, 이번에도 다대한 폐를 끼쳐서 죄송합니다. 여러 가지로 생각하시는 바도 있겠지만 부디 너그러이 봐주셨으면 좋겠습니다.

그리고 전권부터 읽어 주고 계신 독자님, 여러분이 지지해 주신 덕분에 여기까지 올 수 있었습니다. 진심으로 감사드립니다.

앞으로도 더욱 멈추지 않는 중2를 발산해 갈 테니 응원해 주시기 바랍니다.

그럼 또 뵐 날을 기대하고 있겠습니다.

타테마츠리

신화 전설이 된 영웅의 이세계담 5

1판 1쇄 발행 2018년 5월 10일
1판 2쇄 발행 2019년 7월 30일

지은이_ Tatematsuri
일러스트_ Ruria Miyuki
옮긴이_ 송재희

발행인_ 신현호
편집국장_ 김은주
편집진행_ 최은진 · 김기준 · 김승신 · 원현선 · 권세라
편집디자인_ 양우연
국제업무_ 정아라 · 전은지
관리 · 영업_ 김민원 · 조인희

펴낸곳_ (주)디앤씨미디어
등록_ 2002년 4월 25일 제20-260호
주소_ 서울시 구로구 디지털로 26길 111 JnK디지털타워 503호
전화_ 02-333-2513(대표)
팩시밀리_ 02-333-2514
이메일_ lnovelpiya@naver.com
L노벨 공식 카페_ http://cafe.naver.com/lnovel11

ISBN 979-11-278-4489-9 04830
ISBN 979-11-278-4025-9 (세트)

값 7,000원